FOLI

Jérôme Leroy

Le Bloc

Gallimard

© *Éditions Gallimard*, 2011.

Né en 1964, Jérôme Leroy est l'auteur d'une vingtaine de livres. *Le Bloc*, son premier roman à la Série Noire, a reçu le prix Michel Lebrun en 2012.

*Aux amis,
Aux ennemis aussi.*

Je pense que cela pourra intéresser un philosophe, quelqu'un qui peut penser par lui-même, de lire mes notes. Car même si je n'atteins la cible que rarement, il reconnaîtra quelle cible je me suis infatigablement efforcé d'atteindre.

Ludwig Wittgenstein,
De la certitude

Je vous dérange, fallait pas me provoquer
Je vous dérange, je suis pas venu vous chercher
Je vous dérange, fallait pas m'inviter
Je vous dérange, mais je n'ai rien demandé.

Eddy Mitchell,
Je vous dérange

1

Finalement, tu es devenu fasciste à cause d'un sexe de fille.

La formulation te fait sourire un instant et c'est bien la seule chose qui t'aura fait sourire aujourd'hui. On dirait une épitaphe : Antoine Maynard, devenu fasciste à cause d'un sexe de fille.

Et puis tu ne souris plus : tu sais qu'en ce moment précis, quelque part dans la ville, des hommes cherchent à tuer ton ami. Ton frère. Ton petit mec. Ou ton âme damnée, comme on disait dans les romans du monde d'avant.

Stanko.

Tu aurais peut-être mieux fait de te cantonner à écrire des romans, toi, d'ailleurs. Et au moment où tu penses cela, tu sais à quel point tu te mens, à quel point tu te serais ennuyé à faire carrière dans le milieu littéraire, en admettant que tu aies rencontré davantage qu'un succès d'estime dans des cercles très « marqués ». Très marqués à l'extrême droite, pour dire les choses clairement.

De toute manière, les quatre romans que tu avais dans le ventre, tu les as donnés. Ils ont été accueillis assez froidement, à part le premier. On savait qui tu étais, quelles étaient tes allégeances. La mode n'était pas encore au réarmement moral, comme ces temps-ci.

À la lutte contre l'ennemi intérieur, islamiste et gauchiste, et même islamo-gauchiste, pour faire bonne mesure. La mode n'était pas encore à la trouille honteuse de tout un pays qui vous amène aujourd'hui aux portes du pouvoir après que vous êtes devenus fréquentables, grâce à Agnès, notamment.

Tu souris encore, un peu amèrement cette fois-ci : si la semaine prochaine, comme il en est question, tu deviens secrétaire d'État — secrétaire d'État à quoi, tu ne sais pas et tu t'en fous —, tu t'amuseras à publier de nouveau un roman, pour voir quel effet ça fait d'être du côté de ceux que les médias révèrent et flattent. Et puis tu t'arrangeras, pendant que tu y es, pour que les quatre précédents soient réédités en poche. Tu n'es pas pour le pardon des offenses. Si tu as l'occasion de faire plier l'échine à deux ou trois petits marquis de la gauche caviardo-cultureuse, tu ne t'en priveras pas.

Pour peu que tout se passe comme prévu, tu pousseras même le vice jusqu'à te faire inviter dans deux ou trois émissions littéraires animées par quelques types qui seront bien obligés de ravaler leur morgue. Oh, tu leur ménageras une porte de sortie, tu la joueras grand seigneur, tu les laisseras être un peu insolents, s'ils en ont, toutefois, encore le courage. Les consignes du Bloc sont claires, de toute manière : pas de triomphalisme. Profil bas. On prend les ministères. On exerce le pouvoir. On se respectabilise. Compétence. Stratégie du recours. Agnès a bien insisté, ces derniers mois. Pas de chasses aux sorcières, pas de vengeance personnelle.

Enfin, pas tout de suite…

Il n'empêche, ce sera très différent des années 90 : à l'époque, quand on t'y invitait, dans ces émissions, c'était pour que tu serves de punching-ball à la bonne conscience des antifascistes en peau de zob, des antiracistes avec bonniche tamoule non déclarée, et des post-soixante-huitards qui se gobergeaient aux commandes depuis trente ans, jouaient aux libertaires, se proclamaient du côté du progrès et n'avaient pas prononcé le mot « ouvrier » depuis qu'ils étaient descendus des barricades pour devenir patrons de presse ou députés européens. Et qui publiaient chaque année la même autofictionnette merdique, la même biographie sur un héros inattaquable de la Résistance derrière lequel ils cachaient leur nullité ou le même essai libéral-libertaire sur la mondialisation heureuse.

Il leur fallait un salaud, dans ces émissions, et tu jouais à merveille le rôle qu'on voulait te faire jouer. Tu te rendais compte que c'était suicidaire d'un point de vue médiatique, mais tu y allais à fond.

Un des pires regards de haine que tu aies croisés, au cours de ta vie, et Dieu sait que tu en as croisé, c'est celui d'une maquilleuse, une beurette. Tu l'avais vue, cette haine, dans les yeux noirs en amande qui mangeaient un visage d'une grande pureté, noyé dans une tignasse bouclée. Tu l'avais vue, cette haine, par l'intermédiaire du miroir alors que la fille effaçait tes cernes à coups de pinceau à la fois hargneux et hautains, avant que tu n'entres en plateau.

De la haine et aussi, sois juste, de l'angoisse. Tu lui faisais peur. Déjà, il y avait ton physique, ta corpulence, ce halo de brutalité qui semble émaner de ta personne et met tant de monde mal à l'aise. Stanko fait un peu le même effet. En plus, ton appartenance au Bloc, aux cercles proches des dirigeants du Bloc. Elle était persuadée que, si tu en avais eu la possibilité, tu l'aurais violée avant de la renvoyer sur un bateau que tu aurais fait couler en pleine Méditerranée.

Comment aurais-tu pu lui en vouloir ? Tu savais très

bien qu'au Bloc il y en avait des militants comme ça, bien bas du front. Et chez certains cadres aussi. Stanko lui-même est limite, parfois, question racisme.

Où dois-tu dire « Stanko était... » ?

Tu regardes ta montre, tu regardes l'iPhone sur la table basse. Une heure du matin. Non, Stanko va donner plus de fil à retordre que ça. À moins qu'ils ne l'aient eu par surprise. Mais on t'aurait déjà prévenu, s'ils en avaient fini avec lui. Tu sais simplement, depuis le début de la matinée, que la chasse à l'homme est lancée.

Tu te demandes si tu ne te ferais pas une bonne ligne de coke. Tu hésites. Si Agnès rentre de son rendez-vous secret avec le secrétaire général de l'Élysée et le ministre de l'Intérieur, au pavillon de la Lanterne, et qu'elle voie que tu t'es défoncé, elle aura de la peine. Elle ne dira rien, mais elle aura de la peine. Alors tu décides de laisser les sachets où ils sont, dans le petit buste doré de Mussolini, creux comme un éditorial d'économiste médiatique.

Tu regardes sans les regarder les infos qui passent en boucle sur LCI. Tu as coupé le son de l'écran plat.

Les émeutes ne cessent plus depuis quatre mois.

Encore cinq morts dans la banlieue d'Orléans. La police, débordée, a tiré dans le tas. On ne peut pas s'empêcher de relier cette attitude flicardière à la mort par balles de trois CRS lors d'une intervention, hier, à Roubaix. Dégommés au fusil d'assaut. Sang pour sang. Prodromes de la guerre civile ?

Un rectangle rouge en haut à gauche de l'écran marque désormais 752. Le nombre de victimes depuis le début des événements.

Au Bloc, on dit plutôt la « guerre civile », justement. Au Bloc, on fait attention aux mots depuis qu'Agnès a succédé au Vieux. Et le Bloc en paraît presque modéré, rassurant. Sur sa droite, les commandos identitaires blancs, qui font aussi occasionnellement le coup de feu, communiquent sur la « guerre ethnique », la « Toussaint blanche ». Toujours aussi cons, les *zids*, qui font là où on leur dit de faire. Fini le temps où ils pouvaient servir de main-d'œuvre docile pour les basses œuvres du Bloc.

Tu reviens au souvenir de la maquilleuse beurette. C'était quoi, en 92, 93 ? Tiens, les grandes années du *Fou Français*, l'hebdo de François Erwan Combourg. Peur et haine, donc. Ce genre de mélange mortifère qui est le prélude aux carnages. Comme celui, à bas bruit, qui se déroule, en ce moment même, un peu partout en France.

Tu voyais aussi à l'époque la même chose, les mêmes sentiments, quand tu accompagnais Agnès ou un autre candidat du Bloc en campagne, dans le regard des petits Blancs paniqués qui formaient le socle dur de votre électorat. Que ce soit dans les salles municipales de banlieue, avec à l'extérieur des bandes de cailleras et des associations antifascistes qui manifestaient contre votre venue. Ou dans les réunions électorales sous les préaux de villages de l'Est, qui n'avaient jamais vu un Arabe ni un Turc de leur vie mais vous filaient trente ou quarante pour cent des voix à chaque élection parce que, c'est bien connu, on déteste encore plus et on est encore plus angoissé par ce qu'on ne connaît pas mais que l'on croit connaître.

Ils avaient tous peur, les Français, de toute manière : la beurette maquilleuse avait peur, les petits Blancs avaient peur, les cadres délocalisables avaient peur, les mômes des cités avaient peur, les flics avaient peur. Les profs des collèges de ZEP, les toubibs en visite dans les HLM déglinguées, les retraités pavillonnaires, les ados blancs des zones rurbanisées avaient peur.

Les Chinois avaient peur des Arabes, les Arabes avaient peur des Noirs, les Noirs des Turcs, les Turcs des Roms. Tous avaient peur, tous avaient la haine. Et d'abord la peur et la haine les uns des autres.

Ça ne s'est pas calmé depuis, c'est le moins qu'on puisse dire, et c'est même pour ça que tu risques de te retrouver secrétaire d'État la semaine prochaine.

L'explosion a eu lieu.

C'est étrange mais, à part le pouvoir qui panique, on dirait presque qu'il y a un soulagement suicidaire dans le pays. L'abcès est enfin crevé. Haïssez-vous les uns les autres. Craignez-vous les uns les autres.

Contrairement à ce qu'a voulu faire croire la volaille médiatique — elle s'est calmée depuis quelques semaines, elle ne sait plus trop de quoi ses lendemains vont être faits si vous avez vos dix ministères, comme le laisse entendre la rumeur que vous démentez de plus en plus mollement —, ce n'est pas vous, le Bloc Patriotique, qui l'avez créée cette peur.

Que vous l'ayez entretenu, cet affolement haineux, c'est une chose, mais d'autres avaient déjà bien sapé les fondations de la maison, quand vous avez décidé de la prendre. Quand le Chef s'était dit, de retour en France après avoir joué au mercenaire un peu partout en Afrique : c'est bon, le fruit est mûr. Depuis, toutes les vieilles solidarités avaient été méthodiquement détruites. La société était devenue une jungle. Vous vous êtes contentés de ramasser la mise.

Derrière son côté foutraque, provocateur, il n'avait pas dit autre chose, François Erwan Combourg, dans son *Fou Français*, au début des années 90, un hebdo qui servait de lieu de rendez-vous à certains bloquistes et à une certaine extrême gauche, tout le monde prêt à la partouze idéologique si on pouvait en finir avec un système en voie de pourrissement, celui qui s'effondre aujourd'hui dans l'émeute et le carnage.

Pendant ces émissions littéraires, toi aussi, tu en rajoutais, tu provoquais. Tu citais des écrivains collabos, Drieu, surtout. Mais aussi des communistes, des surréalistes, des irréguliers, Aragon, Vailland, Cravan, Rigaut. Tu aimes bien Cravan. Un boxeur. Une brute. Comme toi.

— Vous n'avez pas honte, Maynard ? C'est du mélange des genres, vous êtes un rouge-brun ! D'ailleurs vos articles dans *Le Fou Français*…

On ne s'adressait jamais à toi en disant Antoine Maynard, et encore moins Antoine, évidemment. Cela aurait pu paraître une marque de complaisance, voire de complicité de la part des animateurs. On ne parlait jamais de tes livres, non plus. Tu étais dans une émission littéraire mais tu n'étais pas considéré comme un écrivain. Comment un fasciste aurait-il pu écrire de bons livres ?

Tu étais plutôt vu comme un ennemi, un salaud. Comme tu pesais déjà cent dix kilos pour un mètre quatre-vingt-quinze et que tu ressemblais avec ta brosse à un flic new-yorkais qui aurait abusé des menus *Giant*, tes interlocuteurs qui s'emportaient un peu vite ajoutaient prudemment, « un salaud, au sens sartrien du terme, bien sûr ».

Bien sûr.

On rappelait ta proximité avec Roland Dorgelles, chaque fois. Alors tu défendais Dorgelles, au-delà du raisonnable. Tu défendais ses fameux dérapages, ses déclarations sur l'inégalité des races, ses jeux de mots foireux, tu citais Lacan et André Breton pour le dédouaner. Ça s'indignait, en face. Ça trépignait.

— Vous ne comprenez rien, disais-tu, Dorgelles est

un poète dada. Et le Bloc Patriotique une nouvelle école artistique, au moins autant qu'une formation politique. La preuve, c'est le seul mouvement qui fait bouger les lignes, qui change les perceptions. C'est la définition même de l'art, de la poésie. Ne vous inquiétez pas, avec le Bloc Patriotique, nous allons vous faire aimer l'an 2000…

D'instinct, tu avais trouvé l'angle de tir et la posture adéquate sur ces plateaux où la haine à ton encontre était palpable. Tu étais posé, tu gardais un petit sourire, tu plissais les yeux. Physique de flic amerloque, d'accord, mais pour peu que tu t'en donnes la peine, un côté bouddha zen. Combien de fois tu as vu un acteur à la mode se demander s'il n'allait pas trouver avec toi un moyen assez facile de passer au Zapping de Canal Plus, en te balançant son verre d'eau à la figure ? Ah le courageux héros contre la bête immonde ! On rappelle qu'il jouera Sacha Guitry au Théâtre de la Ville jusqu'à la fin du mois, avec une séance en matinée le dimanche. Tu la regardais sous toutes les coutures, l'icône putative de l'antifascisme, soupeser minutieusement sa réaction « spontanée » d'indignation.

Jouer le résistant cathodique, d'accord, mais jouer Guitry avec un gros coquard ou des dents en moins, ça demandait réflexion. Et avec un gars comme ce Maynard, on ne sait jamais… Il a l'air calme, comme ça, mais il est costaud. Et ce regard trop clair. S'il me balance son poing dans la tronche en direct, il ne sera pas plus discrédité qu'il ne l'est aujourd'hui, mais moi je risque d'avoir mal. Sans compter mon image. On ne sait jamais comment tournent ces choses-là. Ma gueule en sang à l'écran… Non, non, je laisse tomber.

Toi, tu voyais les phalanges qui avaient blanchi en serrant le verre d'eau relâcher leur pression. Tu voyais le corps de l'acteur se détendre, lâchement soulagé, même s'il gardait pour la galerie un regard noir braqué sur toi et, au choix, une moue écœurée, méprisante, concernée ou décidée. Quand c'était un bon acteur, il arrivait à tout faire en même temps.

La dernière fois que l'on t'avait invité, et c'était sans doute pour cela que ça avait été la dernière fois, tu avais réussi un petit exploit, qui t'avait valu une certaine sympathie, au-delà de tes habituels fans fafounets, jeunes chiens nationalistes qui connaissaient des pages de toi par cœur, alors que, pour quelqu'un qui aurait lu tes romans pour ce qu'ils étaient et non comme les romans d'un proche de Dorgelles, tu étais finalement un écrivain plus nostalgique qu'autre chose, un mélancolique qui transposait son écœurement de l'époque dans les réflexions d'un solitaire de Port-Royal ou d'un notable gaulois de retour de Rome à la veille des grandes invasions.

Toujours est-il que, ce soir-là, parmi les invités, il y avait le Rouquin. L'idole des gauchistes depuis 68, reconverti libéral-libertaire, le type même du bon client pour les médias. Il a d'abord fait mine de t'ignorer puis, comme il le faisait avec sa démagogie habituelle, son côté « sympa », « naturel », il s'était mis à te tutoyer avec une vraie condescendance :

— Tu as quoi, toi, trente ans, trente-cinq ans ? C'est une erreur de jeunesse... Vous êtes très immature, vous, la génération d'après 68... Tu te rends compte de ce que c'est vraiment le Bloc Patriotique ? De qui est vraiment Dorgelles, ce tortionnaire ? De ton confusionnisme idéologique quand tu écris tes papiers pour *Le Fou Français* qui est pire que *Je suis Partout* ? Tu es le SA de ces gens-là, Maynard ! S'ils avaient le pouvoir, tu serais le premier à y passer...

Toi, tu avais aussitôt contre-attaqué sur le thème du fascisme. En précisant que les seuls fascistes que tu connaissais aujourd'hui, c'étaient justement des gens comme lui, friqués et lyriques, qui condamnaient la génération suivante à bosser comme stagiaires à vie parce que les baby-boomers ne voulaient pas lâcher la rampe. Que, à cause d'eux, une jeunesse était devenue politiquement analphabète et n'avait même plus d'espérance révolutionnaire puisque leurs pères avaient saboté l'idée de Révolution en se goinfrant après 68, en bloquant l'horizon historique, en répétant obsessionnellement que, grâce à eux, on vivait dans le meilleur des mondes possibles.

Et tu avais, très consciemment, balancé :

— Ce n'est plus CRS-SS, qu'il faut dire, c'est libertaire-SS !

Le Rouquin était devenu cramoisi, il avait éructé, répété :

— Tu es un dégueulasse, Maynard, je vais te casser la gueule !

Et puis il avait pris à témoin l'animateur, qui semblait tétanisé.

Finalement, le Rouquin s'en était allé du studio, avec de grands gestes théâtraux. Le public avait hué mais, comme la télé est un médium confus, il avait été impossible de savoir si les huées t'étaient destinées à toi, ou à l'ancien leader de 68 qui désertait le ring. Sans doute un mélange des deux : tu avais repéré, malgré les spots, quelques têtes vaguement connues dans les travées, des têtes aux cheveux un peu trop courts, qui devaient être des militants du Bloc-Jeunesse.

Tu ne voulais pas, évidemment, qu'Agnès t'accompagne à ces émissions. Même si, à l'époque, elle était encore assez peu connue et ne jouait qu'un rôle politique secondaire au Bloc. On ne sait jamais. Tu n'avais pas envie qu'il lui arrive quelque chose. Tu ne l'aurais pas supporté. Tu t'es constamment arrangé pour que personne ne sache à quel point tu étais dépendant d'elle ces années-là, comme tu l'es toujours autant aujourd'hui. À quel point, sans elle, tu n'es rien. Le Bloc, au début, c'était quoi, pour toi ? Un remède à l'ennui, de la provoc, de la bêtise, va savoir… Mais il y a eu Agnès. La seule personne que tu aimes vraiment.

Avec Stanko, peut-être.

Pourquoi « peut-être » ? Avec Stanko, évidemment.

Agnès elle-même, et ce n'est sans doute pas plus mal, ne s'en rend probablement pas compte de cet amour presque immature que tu as pour elle, de cette vraie dépendance. Psychologique, physique. La seule que tu te connaisses. La coke, c'est pour rire. Tu as peut-être forcé un peu ces derniers temps, mais il a fallu rester sur le pont, vingt-quatre heures sur vingt-quatre, depuis le début des émeutes.

Fasciste à cause d'un sexe de fille. On n'en sort pas, on n'en sort plus, c'est le cas de le dire.

D'ailleurs, à l'époque, son père, que tu commençais à bien connaître, était un peu partagé sur tes interventions télévisées. Tu le faisais rire, bien sûr, mais il était déjà obsédé par sa propre aura médiatique et il n'aimait pas trop que quelqu'un d'autre que lui du Bloc Patriotique fasse le show. Même si politiquement, au sein du parti, tu ne pesais pas grand-chose en réalité. Tu te demandes même si tu avais ta carte. Mais tu la sentais bien, cette légère irritation, chez le Chef. Très légère mais présente.

Il te passait tout, sinon, Roland Dorgelles.

Celui qui t'accompagnait toujours, sans que tu lui aies jamais demandé de le faire, c'était Stanko.

Parce que c'était Stanko.

Même s'il menait une opération pour le Bloc à l'autre bout du pays, il revenait et arrivait juste quand il fallait. Il passait te prendre à la maison d'édition. Aucune attachée de presse ne trouvait jamais le temps de t'accompagner, comme par hasard. Tu y passais quand même pour le plaisir d'entendre ce qu'elles pouvaient inventer comme dérobades embarrassées, ces grandes consciences morales. Et tu étais pourtant certain que, parmi ces femmes sophistiquées, élégantes, cancanières, s'extasiant sur un compte rendu dans *Télérama* (que tu n'avais évidemment jamais eu et que tu n'aurais jamais) mais ignorant royalement les papiers sur toi de François Erwan Combourg ou, plus honteux encore, une pleine page dans *Maintenant*, un quotidien proche du Bloc qui te consacrait une demi-douzaine d'articles et autant d'interviews à chacun de tes livres, il y en avait forcément une ou deux qui avaient voté au moins une fois pour le Bloc. Parce qu'elles s'étaient fait piquer leur portable par une caillera, parce que le maire socialiste de l'arrondissement avait laissé ouvert un refuge pour SDF au pied de chez elles. C'était statistique. Elles te disaient néanmoins, très poliment :

— Mais on vous appelle un taxi pour y aller, si vous voulez, Antoine…

Et tu répondais :

— Je vous remercie, j'ai le mien qui va arriver.

Et c'était Stanko qui débarquait et qui ne faisait pas trop VIe arrondissement ni Closerie des Lilas. Un petit mètre soixante-sept de muscles dans un costume mal taillé. Le crâne rasé.

En fait, il avait l'air exactement de ce qu'il était. Un ancien skinhead avec un mince, mais alors très mince vernis de civilisation pour couvrir une sauvagerie à l'affût. Les attachées de presse détournaient les yeux de ses tatouages et notamment de celui, rouge feu, sur la nuque, représentant la pointe de la lame d'une épée qui donnait l'impression de jaillir de son col de chemise toujours trop étroit pour son cou de taureau.

Ce qui était gênant, surtout, c'étaient les flammes qui couronnaient le tout, embrasaient tout l'arrière de la tête de Stanko et finissaient par une langue rougeoyante sur son front, comme un accroche-cœur orangé du meilleur goût.

Tu savais, toi, en plus, que l'épée occupait une bonne partie du dos de Stanko. Et que sur le côté gauche était tatoué le mot « Commando » et sur le côté droit « Excalibur ». Le tout en lettres gothiques, évidemment. Il avait fait ça, d'après ce qu'il t'avait raconté, chez un tatoueur de Lens ou de Liévin, quand il avait à peine quinze ans, mais qu'il faisait plus, et qu'il avait été admis dans ce groupe de crânes rasés. « Commando Excalibur ». C'était à la fois ridicule et terrifiant. Une chose, parmi tant d'autres, qui t'avait fait aimer Stanko comme un petit frère spécialiste des conneries mais auquel on passe tout.

Ton petit mec.

Stanko, bordel, où était-il, cette nuit ? Est-ce qu'il avait peur ? Est-ce qu'il était en colère ? Est-ce qu'il avait compris ce qui lui arrivait, et pourquoi ? Sûrement, ce n'est pas un idiot, Stanko. Il ne l'était déjà pas à l'époque de tes émissions littéraires…

— Je n'ai pas envie qu'il t'arrive un sale coup, te disait-il quand tu montais avec lui, dans sa Golf pourrie qu'il avait garée en double file rue Notre-Dame-des-Champs.

Les klaxons s'arrêtaient assez vite quand Stanko arrivait. Et les observateurs les plus attentifs remarquaient l'autocollant de la Fédération française de karaté et puis aussi celui de l'ETAP de Pau sur le pare-brise arrière de la bagnole. Ça calmait les ardeurs.

Il s'était mis à lire, Stanko, dans ces années-là. Tout ce que tu lui passais. Tu avais décidé de faire sa culture. Ton côté prof. Et ça l'avait troublé, cette histoire d'un écrivain qui s'était fait agresser par un autre à la fin d'une émission d'*Apostrophes*, pendant le buffet qui avait suivi, hors caméra. Une histoire du début des années 80. Quand lui, dans le Nord-Pas-de-Calais, il se posait plutôt des questions de survie en milieu hostile et plongeait dans l'horreur avec le commando Excalibur et le Docteur.

Il continuait, Stanko :

— Je ne dis pas que tu ne pourrais pas te défendre tout seul, Antoine, mais ils peuvent aussi se mettre à plusieurs et t'attendre dans un parking.

Ce n'était jamais arrivé. Une fois, peut-être, à la sortie d'un studio, tard le soir, du côté de l'avenue Montaigne, vous aviez eu un doute.

— On est suivis, avait dit Stanko, alors que vous reveniez à pied vers la Golf.

Effectivement, trois types, aux silhouettes assez juvéniles, vous collaient au train. Ils ralentissaient quand vous ralentissiez. Repartaient quand vous repartiez.

— Des petits voyous ? avais-tu demandé.

— Avenue Montaigne ? À une heure du mat ? M'étonnerait, Antoine…

Tout à coup, Stanko s'était retourné, était allé à leur rencontre. Les trois silhouettes s'étaient arrêtées, surprises, ne sachant manifestement plus quelle attitude adopter. Tu avais suivi Stanko, légèrement en retrait. Il avait sorti une cigarette et leur avait demandé du feu. Une des silhouettes avait tendu un briquet et Stanko avait mis ses mains en coupe, invitant l'autre à allumer lui-même la cigarette. La flamme du briquet avait éclairé trois visages à peine sortis de l'adolescence, cheveux longs, peaux légèrement boutonneuses, barbichettes peu fournies.

— Merci les gars !

Ils avaient eu une hésitation quand, Stanko et toi, vous vous étiez effacés pour les laisser passer. Et du même coup, de suivis vous vous étiez transformés en suiveurs. Ils s'étaient éclipsés dans une rue perpendiculaire et vous aviez retrouvé la Golf sans encombre.

— Des petits gauchistes, avait dit Stanko. Ils auraient bien voulu mais ils se sont dégonflés. Casser la gueule à des mecs qui te demandent du feu, ça devient tout de suite beaucoup plus compliqué.

— Oui, si tu veux, Stanko. Mais je crois que c'est quand ils t'ont vu qu'ils ont trouvé les choses plus compliquées. D'ailleurs, en général, je ne sais pas si tu as remarqué, mais ta simple présence rend les choses beaucoup plus compliquées à nos adversaires. C'étaient des SAAB ?

Les Sections anarchistes anti-Bloc. Des Redskins bien entraînés qui menaient des batailles rangées contre la police lors de vos meetings, qui attaquaient vos militants pendant les collages. Les SAAB qui aimaient à dire qu'avec elles la peur changeait de camp, ce qui n'était pas faux.

— Parce que toi, Antoine, tu crois que tu ne fais pas peur ? M'étonnerait, sinon, que ç'ait été des SAAB. T'as vu leur look ? Les cheveux longs… Et puis, j'ai bien senti qu'ils étaient moyens sur le plan physique. C'est pour ça qu'ils avaient les foies. Se faire un écrivain faf et son pote, pourquoi pas ? Mais si ça doit te coûter trois mois d'hosto…

Stanko, vieux Stanko, toujours là quand il fallait…

Des images plus lumineuses attirent ton regard vers l'écran plat.

Incendies.

Une barre HLM de Clichy-sous-Bois.

Le rectangle rouge en haut à gauche a bondi de 752 à 756.

Les pompiers, les flics.

Tu lis les bandeaux qui défilent. Deux victimes dans l'incendie et deux chez les allumeurs. Apparemment, un coup des *zids*. Des connards de Combat Blanc, d'après des sources policières. Ils vont finir par faire foirer les accords, ces imbéciles.

Le Chef n'a plus aucun moyen de les contrôler. Trop vieux, Dorgelles. Et puis c'est une nouvelle génération. Tu sais qu'Agnès a réactivé quelques réseaux du côté de ses vieux copains du BE, le Bloc-Étudiant, qui fricotaient avec le Kop de Boulogne au PSG et avaient leurs entrées dans le mouvement skin mais, là aussi, changement de génération. À la limite, le seul qui aurait peut-être pu faire quelque chose, c'était Stanko. Il les connaissait. Il venait de chez eux : une autre région mais la même chose. Prolo *white trash*, bière, foot, baston et nazisme ornemental. Lui seul savait encore en recruter, de façon occulte, à l'occasion, pour prêter main-forte aux GPP.

Mais on a décidé que Stanko devait mourir. Stanko et quelques autres, trop mouillés, qui ont laissé trop de haine dans leur sillage pour un futur parti de gouvernement. Alors, il faudra trouver quelqu'un d'autre pour aller faire la guerre aux *zids* s'ils continuent à perturber le jeu du Bloc. Ravenne, peut-être. Oui, Ravenne pourrait…

Tu te vois soudain un instant, par un jeu de reflets, sur l'écran plat, au milieu des flammes.

Un quadra très avancé, presque un quinqua en fait, vingt kilos en trop, surtout dans le bide, assis dans le salon d'un cent cinquante mètres carrés, au dernier étage d'un immeuble moderne, enfin moderne en 1970, de la rue La Boétie. Ce n'est franchement pas le quartier où tu te serais vu vivre à Paris, quand tu es arrivé dans la capitale, avec ta bite et ton couteau. Mais cela fera bientôt vingt-cinq ans.

Une propriété Dorgelles, ça ne se refuse pas.

Tu n'auras rien choisi, en fait. As-tu le souvenir d'avoir pris une décision par toi-même ? D'avoir une seule fois vraiment dit oui ou vraiment dit non. D'avoir été autre chose que l'Ulysse de ta propre vie ? Et encore, un Ulysse sans Ithaque, seulement fasciné par les aléas du voyage. Pour un facho, toi qui aurais dû t'identifier au *Triomphe de la volonté* de Leni Riefenstahl, tu as plutôt l'impression de ressembler au *Petit Soldat* de Godard. D'ailleurs, le cinéma allemand, nazi ou pas, t'a toujours profondément ennuyé. Tu as toujours préféré la nouvelle vague et la comédie italienne.

Est-ce qu'ils vont avoir Stanko ?

C'est probable. C'est Stanko qui les a entraînés, pour la plupart.

Est-ce que ça va leur coûter cher, est-ce que ça va *vous* coûter cher — après tout, tu es partie prenante de la décision puisque tu n'as émis aucun veto ?

Certainement. Stanko est un bon.

Tu le souhaites presque, d'ailleurs, que ça vous coûte cher, qu'il faille ramasser trois ou quatre corps des petits cons des GPP parmi la dernière génération formée par Stanko.

Des petits cons que Stanko a récupérés par la peau du cul pour qu'ils n'aillent pas chez les *zids* de Combat Blanc, d'Europe et Peuples ou de Nation-Révolution.

Des petits cons cyberautistes qui ne quittent le monde virtuel de leurs consoles de jeux ou de leurs blogs pleins d'éructations nazebroques que pour les quatre heures quotidiennes d'entraînement physique après leurs cours en BTS vente action marchande. Et, bien sûr, les missions des GPP. Ils croyaient d'ailleurs malin d'appeler les groupes de protection du parti les G2P. G2P, tu parles…

Et tout le monde aussi s'est mis à dire ça, au parti. Même les vieux bloquistes, les historiques, ceux du mythique congrès fondateur du Bloc qui s'était tenu en 70 dans une salle des fêtes pourrie du côté de Sartrouville. Enfin ceux qui sont encore vivants. Dire ça pour faire jeune. G2P, un nom d'ordinateur ou de téléphone portable à la con. Pas le nom d'une troupe d'élite. Tu regrettes, toi, le temps où l'on disait encore « jépépé ».

G2P… Si on ne fait plus attention à ce genre de choses, au Bloc, on est foutu. Quand tu en parles avec Agnès, elle te dit que tu exagères, et que, de toute manière, les GPP, ce sera bientôt du passé. Qu'un parti de gouvernement a besoin d'un service d'ordre, sûrement, mais pas d'une armée privée.

Stanko paie ça aussi, d'être l'homme de ce temps-là. Si ça se trouve, on lui a même envoyé les fanatiques du groupe Delta, on lui a même envoyé Ravenne… Le syndrome Frankenstein de Stanko. Tué par sa propre création.

Soudain, tu as envie qu'Agnès revienne. De manière déchirante, désespérée. Creux dans le ventre, fourmillement au-dessus des mains. Comme une crise de panique qui se prépare. Agnès. Agnès. Agnès. Qu'elle soit là. Qu'elle approche son beau visage un peu épaissi par les années, son chignon noir fait à la diable, les premiers cheveux blancs ici et là.

Pas besoin qu'elle aille sous la douche, quand elle rentrera. Tu voudras la sentir, la renifler, respirer sur elle l'énervement refoulé des négociations interminables, le désir qu'elle aura eu de toi, aussi, à certains moments de la journée. Tu voudras la prendre pour qu'elle oublie le pavillon de la Lanterne.

Et pour que tu oublies Stanko.

La prendre mais avant lui bouffer longtemps la chatte, retrouver son goût de brune, mordiller, aspirer, te barbouiller d'elle, te perdre dans le rose mousseux de tout ça. Pour toujours.

Finalement, tu es devenu fasciste à cause d'un sexe de fille.

2

Tout est redevenu simple. Comme là-bas. Comme au temps de là-bas. Tout est redevenu simple comme à Denain, il y a trente ans.

Je voudrais bien dormir mais ça va être difficile dans cet hôtel de nègres. Je suis sûr qu'en ayant raqué tout à l'heure juste cinquante euros au patron je me suis quand même retrouvé avec la plus belle chambre de ce bouge.

Tout est relatif. Elle est grande, à peu près propre, mais tout y fait vieux, minable, déglingué. L'armoire à glace, piquetée, me donne l'impression que je suis déjà en train de disparaître du monde par morceaux.

Au moins, j'ai une douche et des chiottes à l'intérieur, ce qui m'évite de croiser sur le palier des familles qui s'entassent et cuisinent leur mafé poisson qui schlingue, malgré les interdictions affichées un peu partout. Le réceptionniste, un métèque obèse et huileux, n'en a apparemment rien à battre. Il doit prendre son bakchich pour fermer les yeux. Un métèque, turc ou géorgien, qui rackette des Sénégalais et des Maliens. Faut être con comme un gauchiste pour croire à la solidarité des opprimés. Moi, je n'en ai plus rien à foutre. Qu'ils crèvent. Tous.

L'hôtel est à deux pas de l'église Saint-Ambroise.

Elle vient de sonner je ne sais pas quelle heure. Je perds la notion du temps. On est rue Saint-Étienne, je crois.

J'ai mes propres hommes au cul, la crème de la crème, ceux du groupe Delta.

Quinze cadors, quinze épées, quinze tueurs. Je ne peux pas leur en vouloir. Ce sont de superbes chiens de guerre à qui j'ai enseigné qu'ils ne devaient obéir qu'à une seule chose : le Bloc. Que je n'étais que la courroie de transmission entre eux et la volonté du Bloc. Et comme le Bloc leur a fait savoir que j'étais devenu la bête à abattre, ils vont s'y mettre sans haine mais avec compétence.

Les quinze, je les ai recrutés moi-même, comme je faisais pour tout le secteur professionnalisé des groupes de protection du parti.

Mais j'étais beaucoup plus exigeant quand j'avais besoin d'un gonze pour le groupe Delta.

D'abord, il y avait l'entretien dans mon bureau du Bunker, le siège du parti, à la Défense. J'aimais voir arriver ces mecs à belle gueule, jeunes, qui s'étaient mis sur leur trente et un, qui sentaient l'eau de toilette et qui avaient l'air mal à l'aise dans des costumes bon marché qu'ils avaient achetés pour l'occasion. J'avais l'impression de me revoir, à leur place, il y avait une éternité, quand Antoine m'avait fait rentrer aux GPP. C'était le même bureau nu qu'à l'époque, avec son mobilier métallique, ses affiches électorales représentant le Trident tricolore et ses portraits du Chef sur les murs. Un ordinateur avait remplacé le Minitel, c'était tout.

J'aimais les déstabiliser, ces gamins, lorsque je pressentais qu'ils pouvaient faire d'éventuelles recrues pour le groupe Delta. Quand l'idée de cette unité secrète a été acceptée par le Vieux, j'ai dû en voir, pour chaque poste, une bonne trentaine avant d'en retenir enfin un.

C'est fou ce qu'il y a, de nos jours, comme mecs de moins de trente ans en bonne condition physique, disponibles sur le marché et prêts au baroud antigaucho ou anti*muzz*. Antoine me disait en rigolant, quand je lui en parlais, de cet afflux de candidatures, que c'étaient surtout des mecs prêts au baroud tout court.

Et il continuait :

— La preuve, c'est que tu as même des *muzz,* comme tu les appelles, qui se présentent devant toi.

Il avait raison. Pas seulement des harkis énervés mais aussi des lascars des cités. Plein. Ça me faisait bien chier, mais c'était la nouvelle politique du Vieux qui les attirait comme des mouches à merde : « Les Français musulmans n'ont rien à craindre de nous puisqu'ils sont français. Nous sommes même, au Bloc Patriotique, le parti qui les protégera le mieux du racisme car nous sommes contre l'immigration avec laquelle on les confond trop souvent. »

Des fois, le Vieux, je ne le comprenais plus trop. Je sentais derrière ça l'influence d'Agnès et de ses potes au sein du Bloc. Résultat, j'avais des Mohamed et des Selim en veux-tu en voilà dans mon burlingue, prêts à adhérer au Bloc et à toucher une paye en intégrant les GPP. Je m'arrangeais pour rester poli mais, putain, je les aurais bien raccompagnés à la sortie du Bunker à coup de pompe dans le train.

Un *muzz*, ça reste un *muzz*, même s'il a une carte d'identité. La preuve, c'est bien eux qui foutent le bordel dans les cités en ce moment et qui tuent du flic. De toute façon, pour le groupe Delta, je ne voulais que d'anciens bérets verts ou d'anciens bérets rouges. La Légion ou les paras.

Ceux qui avaient passé l'étape de l'entretien, je les testais ensuite, un par un, à Vernery. C'est le château d'un sympathisant, dans le Berry, près de Saint-Amand-Montrond. Un aristo richissime qui ne l'habite pas mais le laisse à la disposition du Bloc, enfin surtout du Vieux. En souvenir d'une amitié forgée à l'époque de Bob Denard et des Affreux, d'après ce que le Vieux m'a raconté.

Ouais, combien de fois, je l'ai fait, l'aller-retour entre le Bunker de la Défense et Vernery. Je laissais le gars conduire sur l'autoroute. Ça me permettait de l'observer. J'aime bien regarder les profils de *warriors*, on dirait des médailles ou des pièces de monnaie romaine ou grecque, comme on en voit chez le Vieux, dans des vitrines, dans le hall ou le salon rouge. J'aime bien m'attarder aussi sur la jugulaire, là, dans le tendre du cou. Le seul endroit qu'on sent chaud, palpitant, vulnérable dans ces corps tendus, musculeux, aux tendons saillants.

Quand on arrivait à Vernery, le plus souvent, il faisait nuit. J'amenais le gars au bord de la piscine intérieure. Je proposais qu'on fasse quelques longueurs pour se détendre. Et puis on dînait.

La femme du régisseur était prévenue et laissait de quoi nourrir un régiment : pâtés, terrines, salades, gros pains de campagne, plateaux de fromages et deux ou trois bouteilles de vin du pays, le châteaumeillant, un rouge léger, mais qui tient la route. Il avait un peu la tête qui tournait, le gars. C'était normal, les vrais guerriers sont des ascètes, comme les Spartiates. Tiens, une des grandes lectures que je dois à Antoine, c'est la *Guerre du Péloponnèse* de Thucydide…

J'ai toujours pensé que, si le Bloc prenait le pouvoir un jour, on ferait de la France une nouvelle Sparte. Et on remettrait les *muzz,* les nègres et les juifs à leur place d'ilotes. Après le dîner, si je sentais que le gars était d'accord, on couchait ensemble.

Mais pas si souvent que ça. Pas si souvent que certains l'ont dit au Bloc. De toute façon, le lendemain, c'était oublié. Le gars avait pris ça pour ce que c'était, un moyen de se connaître, de s'éprouver là comme on s'éprouve au combat.

On commençait la journée par un cross de quinze bornes avec un sac à dos rempli de packs de lait. Vingt kilos. On continuait avec le parcours du combattant aménagé dans le bois, derrière le château. J'aimais bien quand ces moments-là coïncidaient avec l'automne. Les feuillages rougeoyants, bien sûr, mais aussi l'odeur de la terre. À Denain, la terre ne sent pas la terre, même en automne. Elle sent la poussière de l'acier et du charbon, même s'il n'y a plus ni acier ni charbon, et depuis longtemps.

On bouffait une ration de combat sur le pouce à midi et on recommençait un nouveau cross.

Parfois le gars s'écroulait. Je ne lui en voulais pas. Je le ramenais au château, souvent sur mes épaules. Je le baignais dans la piscine et ensuite je le conduisais à Bourges où il prenait un train pour Paris, avec une lettre dans laquelle je demandais à mon premier lieutenant de le reverser dans une SMI, section mobile d'intervention des GPP. Le gars ne regrettait rien de toute façon, il ne savait pas vraiment qu'il était là pour intégrer un groupe d'élite. Au contraire, quand je le revoyais au Bunker ou sur le terrain, il m'était presque reconnaissant de ne pas avoir été viré.

Pour ceux qui tenaient le choc, on continuait dans les caves du château où un stand de tir avait été aménagé. Au fond, on trouvait une armurerie dans une pièce blindée dont j'étais le seul à avoir le code.

J'avais de tout à l'intérieur : des fusils d'assaut qui allaient du Famas au M16 en passant par l'AK-47 et le

RK 62 finlandais, pour qui j'ai une petite faiblesse à cause de sa cadence de tir. Des PM, Scorpio, Uzi, Heckler und Koch, des armes de poing des principaux modèles sur le marché et même quelques antiquités comme des Sten, des Mat 49, des FR-F1 et des Mac 50 « vintage » mais n'ayant jamais servi. Ils dataient de l'époque des barbouzeries postcoloniales et des caches d'armes pour les réseaux Gladio. Il y avait même une rareté, un Sturmgewehr 44, le premier fusil d'assaut de l'histoire, mis au point par les Allemands dans les tout derniers mois de la guerre et dont ils ont à peine eu le temps de se servir.

Tout ça datait de mon prédécesseur, le vieux Molène, ancien de la LVF, de la Légion Charlemagne et de la brigade Frankreich, ancien d'Indo, ancien d'Algérie, ancien de l'OAS et qui était même allé, à plus de cinquante piges, juste pour l'honneur, faire le coup de feu avec les phalanges chrétiennes au Liban, en 75.

C'est lui qui m'avait laissé la responsabilité des GPP qu'il avait le premier organisés sous le nom d'OSM (Organisation sécurité meeting), quelques mois après la création du Bloc Patriotique par le Vieux. Il m'avait intronisé juste avant de mourir. Je le revois dans son bureau du Bunker :

— Je passe la main, Stanko, et Dorgelles est d'accord, c'est toi qui prends le relais.

J'ai compris pourquoi il avait fait ça si vite, Molène. Deux jours après, il se faisait sauter le caisson dans sa villa de Hyères : il avait appris le mois précédent qu'il était atteint de la maladie d'Alzheimer.

Molène, en dehors d'Antoine et de Dorgelles, c'était vraiment le type que j'ai le plus aimé au Bloc.

À Vernery, avec mes futures recrues du groupe Delta, on finissait par du close-combat, du karaté, du krav maga. Parfois, je perdais, parfois je gagnais. L'important n'était pas là. L'important, c'était comment le gars se battait, comment il gérait sa défaite ou sa victoire, sa façon de prendre la main que je lui tendais pour le relever ou de me tendre la sienne si c'était moi qui étais resté à terre.

Alors voilà pourquoi, dans ma chambre de Saint-Ambroise, je suis assez pessimiste quand il s'agit d'évaluer mes chances parce que je sais que c'est le groupe Delta qui est chargé de mon cas et que je sais mieux que personne ce dont ils sont capables.

D'autant plus que, depuis deux ans, le groupe Delta est commandé par cette petite salope de Ravenne qui a toujours voulu devenir calife à la place du calife, c'est-à-dire devenir chef des GPP à ma place ou, comme on me désigne officiellement dans l'organigramme du Bloc, pour faire sérieux et rassurant, Délégué général à la sécurité.

Mais me passer de Ravenne, malgré son arrivisme, aurait été une erreur énorme. Presque une faute professionnelle. Ravenne est équilibré, intelligent. Ravenne a passé cinq ans dans les paras, est sorti sergent avec la médaille militaire. Gagnée pendant ses deux ans en Afghanistan et au Pakistan, à combattre comme membre des forces spéciales, en plein dans les zones tribales.

Il est revenu de là-bas persuadé que nous sommes en guerre à mort contre l'Islam et qu'il faut virer tous les *muzz* de chez nous si on veut avoir une chance de tenir le choc. Ce qui veut dire que Ravenne est également fiable sur le plan idéologique : la preuve, il a rejoint le Bloc et les GPP où il gagne moins qu'à l'armée parce qu'il a compris que les talibans menaçaient le monde et qu'ils étaient déjà dans nos banlieues.

Un vrai soldat politique, Ravenne, comme les SS.

Comme Molène, en son temps.

En plus, il est beau comme un dieu. Un mètre quatre-vingt, des yeux gris, des traits fins, des épaules larges, pas un poil de graisse. Un peu comme Antoine, avant qu'il ne grossisse. Comme c'est Antoine qui m'a tout appris à Coët, alors que je n'étais qu'un petit paumé de militaire du rang avec un casier judicaire qui me valait un traitement spécial de la part d'un adjudant à moitié sadique. Il savait, cet enfoiré de sous-off, que moi, surtout moi, je ne pouvais pas répondre : mes peines de taule avec sursis, à la première incartade, se transformaient en séjour au mitard, en attendant la prison, la vraie.

Il me faisait nettoyer les chiottes, à poil et à quatre pattes. J'avais le droit à une brosse à dents pour ça, dans la plus pure tradition des militaires planqués et frustrés. Et pendant que j'astiquais la faïence la haine aux tripes, il me caressait le cul ou me donnait des petits coups avec le goupillon servant à nettoyer les Famas. Il rigolait et j'essayais de ne pas bander.

Ç'avait été ça, le plus humiliant, essayer de ne pas bander.

Pour en revenir à Ravenne, c'est important que les guerriers soient beaux. Les hommes sous leurs ordres ont davantage confiance, ont moins peur de mourir. Pour finir, avec son sens pédagogique et ses compétences, c'était le type idéal pour m'aider à former les futures recrues du groupe Delta, au sein des GPP. Parce que, hélas, au groupe Delta, on s'use assez vite. On y meurt, même, parfois.

En m'envoyant Ravenne et le groupe Delta, ils ont bien évalué la situation, au Bloc. Comme ils me connaissent mieux que moi-même, ces guerriers, c'est pour ça que j'ai choisi cet hôtel au hasard, sans en avoir l'idée deux minutes avant. Et que j'ai éteint mon portable parce que j'ai aussi appris à ces petits cons à localiser un appareil par triangulation. Je l'ai posé sur la table de nuit, à côté de mon GP 35 qui a une balle engagée dans le canon.

Pour que j'aie le temps d'en coucher un ou deux s'ils font irruption dans la piaule.

Officiellement, le groupe Delta n'existe pas, évidemment. D'ailleurs, au sein du Bloc, on est quelques-uns seulement à savoir. Même au niveau du bureau politique, tout le monde n'est pas au courant. Quelques rumeurs, mais c'est tout.

En ce qui concerne les GPP, le Bloc ne reconnaît que nos bénévoles, des gentils papys flics, vigiles ou militaires à la retraite. On les habille avec de jolis blazers bleu marine, des pantalons gris. Ils ont aussi un écusson sur lequel est représenté le trident tricolore du Bloc Patriotique, avec la devise des GPP qu'on a piquée à la police de Los Angeles : « Protéger et Servir. »

On les pose bien sagement à l'entrée des meetings ou de la fête annuelle du Trident, au Parc des expositions à Villepinte. Ils parlent gentiment aux vieilles dames et ont des carrures suffisamment dissuasives pour écarter les journalistes trop curieux ou les provocateurs à la petite semaine. Si ça devient plus sérieux, ils appellent dans leur oreillette. Parce qu'on a pris, le responsable local ou moi, l'initiative de tous les « doubler » par des mecs plus jeunes et plus affûtés, qui sont disséminés dans la foule mais rappliquent à la première alerte avec leurs matraques télescopiques et leurs Goliath, des bombes lacrymogènes de 50 cl.

Le Bloc admet aussi l'existence des sections mobiles d'intervention mais nie le fait que ce soit des structures permanentes et professionnelles. En fait, on les paie au coup par coup avec une caisse noire. Légalement, ces gars sont aussi des bénévoles, par ailleurs employés d'entreprises de surveillance amies mais tout à fait respectables et dont le Bloc n'est qu'un client parmi d'autres. Dans les faits, nos SMI sont disponibles vingt-quatre heures sur vingt-quatre et viennent s'entraîner au Bunker, où il y a des salles de musculation et une piscine. Pour le tir, ils font ça dans des stands agréés par la préfecture de police. Et puis, par petits groupes, jamais plus de vingt, j'organisais aussi régulièrement des stages commandos à Vernery, au château.

Un fouille-merde, free-lance à *Libé* et à *Politis*, a essayé de démonter tout ça, il y a deux ans. Il n'était pas le premier. On a décidé, avec Ravenne, de ne pas mouiller le groupe Delta sur ce coup-là.

J'ai prévenu le Chef. Il a dit :

— On est en train de se refaire péniblement une santé pour les européennes et on va avoir la concurrence de cette chienne de Mme Louise Burgos. Je ne veux pas de scandale. Débrouille-toi, Stanko.

Dorgelles est toujours sibyllin quand il est emmerdé. Pas de scandale, ça voulait dire pas de scandale à cause des révélations éventuelles du fouille-merde, mais aussi pas de scandale si vous le mettez hors d'état de nuire. Ou plutôt *quand* vous allez le mettre hors d'état de nuire.

Alors, avec Ravenne, on a commencé à contre-enquêter sur le type. Un youtre, comme presque tous les scribouillards de la presse. Un youtre qui habitait Montreuil, comme tous les bobos. Tout pour plaire.

On a planqué en bas de chez lui. Il créchait au sixième et dernier étage d'un immeuble, tout près du siège historique de ces enculés de la CGT.

J'ai cru devenir dingue. Pas à cause de la planque

interminable dans une vieille 207, mais parce que je sentais Ravenne à côté de moi, dans l'habitacle trop étroit pour nos carrures. Je sentais l'odeur de sa peau, de sa transpiration. Je bandais comme un cerf. Je suis certain qu'il l'a deviné, cette salope. Il faisait exprès de me foutre la main sur la cuisse, à quelques centimètres du paquet, pour me signaler que le journaleux venait de rentrer ou de se coucher, en me montrant de l'autre main la fenêtre de son appart qui s'allumait ou s'éteignait.

On l'a filoché, pendant des jours. On l'a vu ramener des filles chez lui, une demi-douzaine de fois. Jamais les mêmes. Souvent des Noires. Comme par hasard… Ce mec devait être un adepte du métissage à tous crins. France de merde…

Mais on a manqué de pot. On l'a perdu comme des amateurs chaque fois qu'il est parti s'approvisionner en chatte nègre, ou pour dire les choses autrement, si j'avais dû faire un rapport écrit au Chef, à la recherche de ses conquêtes de couleur. À cause d'une crevaison de la 207, ou du taxi qu'il prenait et qui risquait de nous repérer parce qu'il n'y a pas plus vicelard qu'un taxi pour repérer une filoche, à croire que ces mecs ont des antennes.

En revanche, on l'a vu rôder autour du Bunker, interroger les types qui rentraient dans nos locaux, surtout s'ils étaient en survêt ou avec un sac de sport. En théorie, les gars des GPP reçoivent un module de formation dispensée par le directeur de la communication du Bloc, Frank Marie lui-même. Mais on ne sait jamais, il y en a toujours qui ont envie de plastronner ou qui l'ont mauvaise parce qu'un instructeur leur a mis un coup de pied au cul devant les autres. Alors ils bavent. Ça n'arrive pas souvent mais ça arrive.

Et là, les élections européennes, c'était dans trois mois. Il fallait faire vite.

Mais on ne trouvait pas l'angle. Impression de patiner, d'être en proie à la scoumoune.

C'est Antoine qui m'a donné la solution. Sans le vouloir.

Je déjeunais avec lui, dans une brasserie de son quartier, le 22, où l'on avait nos habitudes, près du métro Saint-Philippe-du-Roule.

J'étais crevé et je n'en pouvais plus. Les filoches foirées, la tension sexuelle avec Ravenne. En désespoir de cause, je lui ai montré la photo de notre problème. Antoine a reposé son verre de brouilly, arrêté de bâfrer son steak tartare et a souri :

— Mais tu sais que je le connais, ce mec ? Enfin quand je dis que je le connais, c'est une façon de parler. Il traîne dans une boîte de nuit qui est dans ma rue... Oui, rue La Boétie. Tu vois ou pas ? Le Maloya, ça s'appelle. Tu sais, la danse de chaudasses à La Réunion. C'est une boîte colorée, mais chicos. De la touffe de Blaquette, en veux-tu en voilà, provenance directe de la banlieue via les Champs-Élysées, pour allumer le diplomate zaïrois de passage ou l'homme d'affaires ivoirien. Entre la prostitution cool, le flirt intéressé et l'entôlage pur et simple.

— Comment tu sais ça, toi ?

Et j'ai failli lui demander s'il n'était pas, lui aussi, par hasard, amateur de touffe de Blaquette mais non, c'était absurde. Il avait Agnès. Et puis, pas dans sa propre rue... Quoique, justement...

— Parce que je suis insomniaque et que je n'ai que cinquante mètres à faire pour aller boire deux ou trois rhums arrangés et revenir chez moi rêver en couleur. En attendant, comme on n'est pas beaucoup de Blancs sur le *dance floor*, ton type, avec son éternelle barbe de trois jours de branleur, je l'ai repéré. D'autant plus qu'il a levé une fille différente chaque fois que je l'ai vu. Bon, je te laisse, Stanko, je suis à la bourre, là. J'ai un édito pour *Trident-Hebdo* à boucler et un discours de Roland à revoir.

Je suis resté seul.

J'ai repris un café. J'ai réfléchi. C'était encore flou mais ça venait.

Et tout d'un coup, j'ai clairement vu comment monter une manip jouable. J'ai tout de suite appelé Ravenne.

Ravenne avait toujours ses contacts avec une bande de Blacks, à Trappes.

C'était chez eux qu'il se fournissait en herbe, en shit et en coke. Parce que Ravenne, avec le temps, c'était devenu le dealer officiel des toxicos du Bloc. Lui ne consommait pas mais il rendait service, en quelque sorte. Et prenait sa commission au passage.

Il savait qui sniffait et qui fumait quoi au bureau politique, au comité central et même au conseil national. C'est comme ça que j'ai appris qu'Antoine se faisait des lignes à l'occasion depuis quelque temps, mais je n'ai jamais osé lui en parler, même si je trouve un peu triste qu'un mec comme lui, à qui je dois tout, ait besoin de ça.

Malin, Ravenne. Il avait acquis comme ça, en quelques mois, un vrai moyen de pression. Pas étonnant que le Bloc et mes bons amis du bureau politique n'aient pas fait trop d'histoires pour le charger de m'éliminer. Le Vieux et Agnès ne sont pas puritains, ils picolent leur coup plus souvent qu'à leur tour, mais ils détestent les camés. Et si Ravenne balançait, ça risquait de valser dans les instances dirigeantes. Il y a deux ou trois choses comme ça qui ne font pas marrer le Vieux : le pognon, la drogue et son autorité sur le parti.

Pour le reste, tu peux baiser qui tu veux et même prier qui tu veux. Il s'en tape. Du moment qu'on ne fait pas de vagues et que les résultats sont au rendez-vous. C'est pour ça que le Vieux, il ne m'a jamais fait de remarques sur mes méthodes de recrutement, à Vernery.

J'ai expliqué mon idée à Ravenne quand on s'est retrouvés dans un bistrot à côté du Bunker, où le petit personnel du parti et des entreprises environnantes venait avaler un croque-monsieur et boire une bière.

— Voilà, j'ai dit, tu vas te servir de ta bande de Trappes, bien les embrouiller dès ta prochaine rencontre, genre : "Vous voulez encore plus de pognon ? J'ai un super-plan. Vous allez passer à l'échelon supérieur et devenir les rois du monde. Envoyez une sœur bien canon au Maloya, rue La Boétie. Il y a un feuj qui est pété de thunes, comme tous les feujs, et qui vient régulièrement y faire le beau. Vous l'enlevez et vous demandez une rançon." C'est une connerie évidemment, on sait toi comme moi qu'il n'a que sa mère, à Sarcelles, qui touche une retraite d'instit. Alors, avec de la chance, ils le butent. Au pire, ils le relâchent et il sera plus occupé à raconter son histoire qu'à nous chercher des poux dans la tête. Le temps qu'il revienne à la charge sur les GPP, les européennes seront passées et le Vieux sera content.

Ravenne s'est passé le dos de la main sous le menton. Il fait toujours ça quand il réfléchit. J'essaie de ne pas me perdre comme une gonzesse dans ses yeux clairs. Salope.

— C'est jouable, Stanko, c'est jouable…

J'avais renoncé depuis longtemps à ce qu'il me donne du « chef » comme tous les autres membres des GPP.

— Mais bon, il a continué, je me grille mon approvisionnement en came avec cette manip. Il va y avoir des crises de manque au prochain bureau politique. Voir un mec de la mouvance catho intégriste, genre Samain, renifler tout ce qu'il peut et faire une crise de larmes devant le Vieux, ça va faire du bruit dans le landerneau. Et puis, il y a mon préjudice financier…

— Ne me prends pas pour un con, Ravenne. Avec ton amicale officieuse des anciens des forces spéciales en Afghanistan, je suis sûr que tu as des solutions de repli dont tu ne m'as jamais parlé, en ce qui concerne la came.

Il a souri. Il la jouait énigmatique, mais cool. Il a terminé son demi.

— O.K., Stanko, on fonce !

Le lendemain soir, il m'a annoncé, dans le même bistrot, que le début de l'opération était lancé.

La bande de Trappes avait accroché à fond tellement Ravenne s'était montré persuasif.

La bande de Trappes avait eu les yeux qui brillaient.

La bande de Trappes allait envoyer tous les soirs au Maloya une fille à eux pour allumer le fouille-merde. Comme on savait qu'il les ramenait chez lui, Ravenne avait donné à ses Blacks l'adresse de Montreuil où ils pouvaient choper le fouille-merde si on le perdait en route.

On n'a pas eu longtemps à attendre.

Deux jours après, vers minuit, un taxi s'est arrêté devant le Maloya et a déposé notre journaleux. J'avais prévenu Antoine qu'il cesse pendant quelque temps de soigner ses insomnies au rhum arrangé, histoire de ne pas mêler un responsable du Bloc à cette manip si ça foirait par un malheureux concours de circonstances.

À deux heures du mat, le gars ressortait avec une fille un peu ronde à mon goût, habillée d'une robe trop courte en lamé bleu et coiffée comme une fille des *girl groups* dans les sixties. On aurait dit une chanteuse des Supremes ou des Marvelettes. Ce genre de musique qu'adore Antoine. Elle frissonnait mais se collait bien au feuj comme à un gros paquet de fric potentiel.

— C'est la bonne gonzesse ! a simplement dit Ravenne.

Le taxi que le pisse-copie avait demandé pour son retour à Montreuil est arrivé. On ne l'a pas suivi pour ne pas se faire repérer par le chauffeur, mais on a pris un autre itinéraire en roulant comme des dingues jusqu'à Montreuil dans un Paris désert et nocturne, ressemblant à une ville abandonnée pour cause de fin du monde.

On est arrivés cinq bonnes minutes en avance. On a vu le tax s'amener et les déposer devant le siège de la CGT. Les tourtereaux bicolores ont commencé à marcher vers l'appart.

Un vieux J7 a déboîté de la file des véhicules garés le long du trottoir. Les portes arrière se sont ouvertes en même temps.

Deux Blacks sont descendus, souples.

Le fouille-merde a compris, mais trop tard. Il a essayé de s'enfuir, a eu le temps de pousser un hurlement avant d'être rattrapé, ceinturé et bâillonné. Ils l'ont bien tabassé au passage.

Moins de deux minutes après, la camionnette avait disparu.

Ça avait marché comme sur des roulettes et il ne nous restait plus, à Ravenne et moi, qu'à rentrer tranquillement.

Une semaine après, alors qu'on épluchait les faits divers sur le Net et dans la presse, on apprenait dans *Le Parisien* que deux Noirs avaient été coffrés par une patrouille de la BAC pendant qu'ils tentaient de s'introduire chez une instit retraitée de Sarcelles.

Ça ne pouvait vouloir dire qu'une chose : le journaleux avait dû, en désespoir de cause, à force d'en prendre plein la gueule, balancer le nom et l'adresse de sa mère.

La vieille, elle, pendant que la police recueillait son témoignage, a précisé qu'elle n'avait pas de nouvelles du fiston depuis plusieurs jours et que ça avait peut-être un rapport. Les flics, qui ne furent pas trop manchots sur ce coup-là, ont vite fait le lien, ont cuisiné les deux qu'ils avaient arrêtés et ont logé très vite la bande de Trappes.

Et ils ont retrouvé notre journaliste. Dans une cave, évidemment. Il n'était pas mort, mais c'était tout comme.

Il avait été battu, brûlé au chalumeau, émasculé. Aujourd'hui encore, d'après ce que je sais, il est toujours dans une clinique psychiatrique, prostré.

La bande et la fille ont tout balancé, tout de suite. On n'a jamais su si c'était par bravade, par inconscience ou par calcul, genre « faute avouée, à moitié pardonnée ». Ils ont dit qu'ils l'avaient enlevé parce qu'il était juif et que donc il devait être riche à millions comme tous ceux de sa race. Deux ou trois membres ont bien parlé dans certaines dépositions d'un mec, un Blanc, qui leur avait indiqué le plan mais personne ne remonta jusqu'à Ravenne. Un bon, Ravenne, un malin : quand il allait faire ses courses chez les Blacks, il ne leur donnait jamais rien de concret et, entre la perruque et les lentilles colorées, au cas où, il y avait peu de risque qu'un portrait-robot soit sérieusement ressemblant. Mais les flics n'ont même pas été jusque-là. Ils n'ont pas cru à la piste du commanditaire, ils ont pensé que les Blacks les menaient en bateau pour ralentir l'enquête.

Le scandale a été énorme. On a parlé de résurgence de l'antisémitisme et tout le toutim. Les intellectuels habitués des plateaux télé, les belles âmes comme les appelle Antoine, ceux qu'il déteste, sont venus débattre sur toutes les chaînes. Ils ont déploré les haines ethniques qui minaient la République. Certains, et c'était nouveau, se sont même mis à dauber explicitement sur le compte des *muzz* et des Blacks, ce qui aurait été inimaginable il y avait quelques années.

Antoine, lui, m'a fait la gueule un bout de temps quand il a vu des photos volées dans un journal à scandale.

On voyait la cave transformée en chambre de torture.

On voyait l'état du mec quand il est sorti sur une civière.

Et aussi les polaroïds pris par les Blacks eux-mêmes, entre deux séances.

C'est vrai que ce n'était pas beau. Pas beau du tout.

Le Chef, lui, s'est félicité devant moi. À demi-mot, il m'a fait comprendre que c'était tout bénef. On avait fait d'une pierre deux coups. Un fouille-merde en moins et trois points dans les sondages : la méfiance pour les banlieues, les nègres, les *muzz*, c'était toujours bon pour le Bloc Patriotique. Il s'est en plus payé le luxe d'un communiqué solennel dans lequel il appelait à un sursaut national contre le racisme et l'antisémitisme.

Voilà qui je suis.

Voilà aussi qui est Ravenne, celui qui me pourchasse.

Voilà qui sont nos maîtres.

Le pire, c'est que je ne regrette rien. *Ni le bien ni le mal...*

Alors que je commence à comprendre, dans cette chambre minable, qu'il serait plus que temps, sans doute, que je demande pardon.

Mais je ne vois pas bien à qui.

3

Tu as peut-être perdu conscience cinq ou six minutes, mais pas davantage, si tu en crois ta montre. Tu es toujours dans la même position, assis sur un canapé club devant le grand écran plat qui a renoncé un instant à diffuser ses images anxiogènes d'émeutes raciales pour les remplacer par des flashs de sport. Et c'est un match qui oppose entre elles des basketteuses sud-coréennes sur lequel tu tombes. Elles ont des moues concentrées dans l'effort et les cheveux noirs collés par la sueur sur les tempes comme dans ces films pornographiques asiatiques, vaguement sado-maso-bondage, que tu as appréciés, sois honnête, à une certaine période de ta vie.

Tu affectes de te demander ce qui t'a réveillé, mais rien de précis ne t'a réveillé, tu ne le sais que trop bien. Tu es soumis depuis toujours ou presque, dans ton mauvais sommeil, à ces sursauts d'homme traqué, à ces retours soudains de lucidité paniquée, semblables à ceux de la sentinelle qui se rend compte qu'elle était sur le point de sombrer. Ou pire, tu as l'impression d'être à la place du conducteur qui a présumé de ses forces pendant un trajet de nuit et qui, malgré sa lutte contre l'endormissement, s'est assoupi un bref instant. Quand il rouvre les yeux, c'est pour s'apercevoir qu'il quitte la route pour le fossé, ou qu'il défonce le rail de sécurité de la voie de gauche, ou que la calandre hurlante et illuminée d'un poids lourd arrive sur lui : dans tous les cas, il est évidemment trop tard pour espérer survivre.

Et tu sais aussi que rien, comme d'habitude, ne peut expliquer objectivement ce genre de réveil qui te laisse le cœur battant à tout rompre : il n'y a eu aucun signal de l'interphone de l'appartement comme, par exemple, les cinq coups brefs, entrecoupés par une pause après le troisième (*Al-gé-rie fran-çaise, Al-gé-rie fran-çaise !*) de Loux, le chauffeur et garde du corps d'Agnès, qui signale ainsi qu'il a fait entrer la C6 dans le parking souterrain de l'immeuble et qu'il ne va pas tarder à prendre avec elle l'ascenseur intérieur codé, celui qui débouche directement dans le vestibule de l'appartement, alors que l'autre amène plus classiquement dans le couloir de l'étage.

Ce n'est pas non plus ton iPhone sur la table basse, il n'indique rien de nouveau, aucun appel sur mode vibreur, un appel que tu aurais raté de presque rien, en te réveillant juste un peu trop tard.

Non, allons, tu le sais bien, tu as toujours été insomniaque et quand par hasard tu arrives à dormir ou, comme maintenant, si tu t'assoupis à force d'épuisement, tu seras toujours réveillé deux ou trois fois par nuit de cette façon angoissée et brutale, te retrouvant en sueur, les tempes battantes, le souffle court. On dit que les gens qui se réveillent de cette manière échappent en fait à un cauchemar. Ce n'est pas le cas pour toi ou alors c'est un cauchemar tellement terrifiant que tu as tout refoulé au moment où tu reprends conscience.

Tu ne parles jamais à personne de quoi que ce soit qui concerne ton intimité, sauf à Agnès et à Stanko. Et encore, à Stanko, tu ne dis pas tout. Mais tu es certain que si tu le faisais, si tu te confiais à un psy, il chercherait à te faire admettre l'idée que ce sont toutes ces turpitudes, ces petites et grandes saloperies qui entachent ta vie depuis que tu as fait le choix du Bloc Patriotique qui sont responsables de ces sursauts d'épouvante. Des sursauts de plus en plus épuisants avec l'âge.

Mais il n'aurait pas compris grand-chose, ce psy.

D'abord, si tu as fait un choix, c'est celui d'Agnès bien plus que du Bloc Patriotique. Et il resterait à prouver que c'est toi qui as choisi Agnès et non le contraire.

Ensuite, tu lui répondrais qu'il se trompe lourdement, que tout cela remonte encore plus loin, à l'enfance, au point que cela inquiéta assez vite ton ophtalmologiste de père, qui te fit consulter dès que tu atteignis l'âge de cinq ou six ans tous les neuropsychiatres amis et autres psychothérapeutes qu'il connaissait sur la bonne ville de Rouen, à la fin des années 60 et à l'orée des années 70.

On ne put donner aucune explication, du côté de ces spécialistes, au fait que ta mère, dans ta chambre de l'appartement haussmannien de l'avenue Jeanne-d'Arc, te découvrait régulièrement, vers trois heures du matin, assis dans ton lit, figé, les yeux écarquillés par la terreur, au milieu de tes soldats Airfix, de tes albums de *Lucky Luke* et des numéros chiffonnés du journal de *Spirou* répandus sur le couvre-lit.

Elle avait été en général attirée par la lumière de ta lampe de chevet, que tu avais allumée pour chasser des démons dont tu ne te souvenais plus. Il faut dire qu'enfant, déjà, tu ne criais pas quand cela t'arrivait, au contraire de ceux qui viennent de faire un mauvais rêve et que les hurlements libèrent et ramènent à la réalité. C'était de cette manière, par exemple, que réagissaient tes deux frères cadets.

Et si ta mère ne te découvrait pas ainsi toutes les nuits, c'était tout de même assez fréquent et il y avait des nuits où elle devait se relever plusieurs fois pour te calmer, ranger soldats et bédés, et éteindre la lumière.

Mais quand on cherche absolument quelque chose de pathologique chez quelqu'un, comme tes parents le faisaient avec toi, on finit par trouver, même si ce n'est pas ce à quoi on s'attend, même si ça n'a aucun rapport, même si on aurait préféré ne pas le trouver.

Ainsi, à l'issue des nombreux entretiens et examens médicaux que tu subis alors que de Gaulle venait de quitter le pouvoir, aux alentours de tes huit ans, avec des hommes et des femmes en blouse blanche, bienveillants et souriants, qui te parlaient d'une voix douce dans leurs cabinets où l'on voyait accrochés des diplômes, des toiles de petits maîtres normands, des plans en coupe de cerveaux malades et parfois un portrait de Freud, il résulta cependant un diagnostic presque unanime : on ne savait pas le pourquoi de tes réveils paniqués.

En revanche, les tests révélaient autre chose, d'un peu ennuyeux : il apparaissait clairement que tu étais potentiellement d'une grande violence vis-à-vis des autres comme de toi-même. Ils avaient dû voir cela dans les dessins qu'ils te demandaient, immanquablement, de réaliser, alors que tu as toujours détesté dessiner. Certains spécialistes avaient même ajouté que tu pourrais bien être dépourvu, dans des situations extrêmes, de la moindre empathie à l'égard du vivant, qu'il s'agisse d'animaux ou d'êtres humains. Et qu'il faudrait absolument qu'ils te revoient au moment de ta puberté.

Tu imagines sans peine quel effondrement cette révélation dut être pour tes parents, honnêtes notables démocrates-chrétiens — notables démocrates-chrétiens étant un pléonasme à Rouen dans ces années-là. Tout d'un coup, tes troubles du sommeil passaient au second rang. Dans la maison, on t'épiait du coin de l'œil. On vérifiait régulièrement que le chat de la maison, Julius, ne portait aucun stigmate de ton sadisme éventuel.

L'Adversaire était dans leurs murs, le Monstre en devenir, la Vipère au sein.

Tu tombais de surcroît à une bien mauvaise époque. C'était la mode de *Rosemary's Baby*, de *L'Exorciste* et autres fantaisies cinématographiques satanistes qui remplissaient les salles obscures. Polanski et Friedkin furent sans doute pour beaucoup dans la façon dont votre vieille bonne t'interdisait de toucher aux tiroirs de la cuisine renfermant des couteaux et te préparait elle-même, d'un air craintif, ton goûter quand tu rentrais de l'école, puis du collège.

Au début, même si tu n'avais pas forcément compris ce qui se jouait autour de toi, tu subodorais malgré tout quelque chose d'anormal. Quand ta grand-mère t'emmenait au square Solferino, à deux pas du cabinet de ton père, tu te devinais sous haute surveillance. Dès que toi et quelques copains, vous mimiez combats et fusillades entrevus dans les westerns ou dans la série *Les Incorruptibles*, elle te rappelait à l'ordre. Surtout si tu prenais l'avantage sur un de tes petits copains, le fils du pharmacien de la rue du Général-Leclerc par exemple, et que tu menaces de le scalper.

Pourtant, plutôt que des émissions télévisées, tu reproduisais ce que tu avais lu dans les romans de Gustave Le Rouge et de Fenimore Cooper qui se trouvaient dans la bibliothèque de ton grand-père, François Maynard, professeur de lettres classiques au lycée Corneille, et qui avait pris sa retraite pour mourir dans la foulée, peu de temps avant ton sixième anniversaire.

Peut-être que si tu l'avais mieux connu, lui, en revanche...

Ce résistant chrétien pendant l'Occupation était devenu communiste après la guerre, comme en témoignait dans sa bibliothèque une édition numérotée de *La Diane française* dédicacée par Aragon lui-même, à laquelle tu ne pris garde que quelques années plus tard.

Plus tu avais vieilli, plus tu avais eu l'impression qu'il aurait été le seul, ce François Maynard, avec qui tu aurais pu discuter dans cette famille de culs-bénits, éternellement centristes, se méfiant de toutes les idéologies un peu fortes, gaullisme, communisme et, évidemment, fascisme, comme elle se méfiait des nourritures trop typées — on ne mangeait jamais de gibier —, des vins qui avaient trop le goût de vin — on ne buvait que du bordeaux à la table de l'ophtalmologiste —, et des horizons lointains — on passait toujours ses vacances en France, dans la villa familiale de Pontaillac, près de Royan.

Ton grand-père François Maynard, lui, n'avait pas dû être de ce genre-là. La preuve, quand, vers douze, treize ans, tu parlais de lui à la table dominicale, on te disait que c'était du passé et que tu faisais de la peine à ta grand-mère, grand-mère en question qui tamponnait avec un rien de componction exagérément mélancolique le coin de ses yeux à l'aide de sa serviette soigneusement amidonnée.

Alors, ce que tu savais sur lui, sur ce François Maynard, tu l'avais appris par d'autres. D'abord en troisième, quand tu avais eu pour professeur de français un de ses anciens élèves, mais qui n'avait dit que des généralités à l'ado que tu étais : « Très courageux, votre grand-père, et quel enseignant ! » Et puis, surtout, en hypokhâgne, grâce à Denis Cicriac, dit « Cricri », qui était en spécialité histoire et membre des Jeunesses communistes. Il t'avait balancé, droit dans les yeux : « Maynard, quand on a eu un grand-père comme le tien, on devrait avoir honte de se comporter comme tu le fais. »

« Se comporter comme tu le fais » signifiait, ce jour-là, perturber une conférence de SOS Racisme en demandant pourquoi elle avait lieu au lycée, dans le local du ciné-club, et pas dans une salle de quartier de la rive gauche où, cela avait été tes propres termes, « les antiracistes de centre-ville avec leurs petites mains jaunes auraient été plus utiles et auraient fait preuve de plus de couilles au lieu de prêcher des humanistes convaincus comme le sont, c'était bien connu, tous les hypokhâgneux et leurs distingués enseignants ».

Tu avais été hué, copieusement hué même, et le professeur d'histoire, un nommé Letreuil, t'avait sommé de sortir, ce que tu avais fait mais en adressant un doigt d'honneur aux intervenants et en chantant :

C'est nous les Africains
Qui revenons de loin !

Tu étais ressorti dans la cour déserte du lycée Jeanne-d'Arc. Il était déjà sept heures du soir et le soleil couchant noyait tout. Tu avais été surpris qu'il soit si tard.

« Les antiracistes ont toujours été de grands bavards, penses-tu cette nuit, des années plus tard, en attendant Agnès, et s'ils ne s'étaient pas tant écoutés parler, ils nous auraient entendus venir, nous, les bloquistes, les fascistes, la lie populiste, mais ils faisaient tellement de bruits moraux avec la bouche que la réalité pendant ce temps-là nous donnait chaque fois un peu plus de voix aux élections et rendait nos idées de plus en plus acceptables, logiques, au point que maintenant, moins d'un an avant les élections présidentielles, c'est la droite "respectable", dure mais "respectable" qui nous appelle au secours en catimini. Et qui fait que je n'arrive pas à me coucher et que ce sera impossible, tant qu'Agnès ne sera pas rentrée de ces putains de négociations au pavillon de la Lanterne. »

Cricri t'avait rejoint dans la cour, les mains légèrement en avant, paumes apparentes, en signe d'apaisement.

— Tu ne m'as pas déjà assez fait chier comme ça, Cicriac, dis ?

— Maynard, je voulais juste te dire que je m'intéresse à la Résistance dans la région. Et que, lorsque je pousserai jusqu'à la maîtrise, je ferai sans doute mon mémoire sur ton grand-père. J'avais vaguement espéré te demander des renseignements, mais étant donné tes idées pourries et la manière dont tu te donnes en spectacle…

Et il avait désigné, derrière lui, la salle du ciné-club où le prêchi-prêcha « citoyen et antiraciste » se poursuivait.

— Écoute, Cricri, si tu me fais la morale, comme je n'ai pas envie d'argumenter, que je suis fasciste et que je suis plus fort que toi, la logique va faire que je vais te casser la gueule et que tu vas avoir mal.

Tu as été étonné. Cricri n'avait manifestement pas peur de toi. Il a sorti une cigarette, te l'a tendue. Mais pas comme un geste de soumission ou de bonne volonté. Non, il avait fait ça naturellement, parce qu'il avait envie de fumer pour continuer de te parler et que, par courtoisie, il t'en proposait une. Du coup, alors que tu ne fumais presque pas, tu l'as acceptée…

— Ton numéro de pitbull, arrête, d'accord ? Tu n'y crois même pas. Dans ce que je te dis, il n'est pas question de morale. Il est question de faits. Et les faits…

— … sont têtus. Oui, je sais Cicriac, c'est de Lénine. Oh, ne prends pas cet air surpris ! Il n'y a pas que les cocos qui lisent Lénine. Moi, tout ce qui parle des façons de prendre le pouvoir avec un petit groupe et baiser le plus grand monde possible, ça m'intéresse.

Cricri a expiré sa fumée. Vous vous étiez assis à l'ombre d'un des rares arbres de la cour, à même l'asphalte qui sentait le chaud. Ciel pâle, miroitements passagers sur les vitres des salles de classe, bruit étouffé d'un hélicoptère qui se posait sur le toit du CHU tout proche.

— Ton fascisme, je n'y crois pas non plus, Maynard. Dilettante, provocateur, tu as peut-être même du talent… Alors, avant que tu ailles plus loin dans ton suicide idéologique, je veux que tu saches que tu ne seras pas le premier marginal de ta famille. J'ai commencé à bosser, à recueillir des témoignages, j'ai fouillé aux archives du parti communiste. Ton grand-père, le prof de Corneille, avant guerre, il était plutôt catholique, mais déjà catholique social, tendance le Sillon, Marc Sangnier. Et pendant l'Occupation, il a protesté contre l'exclusion de trois collègues juifs et franc-macs du lycée. Il l'a fait par écrit : pétition et lettre à l'inspection académique. Il a été révoqué, sans traitement. Il a été obligé de vivoter en donnant des leçons particulières. La Résistance l'a contacté, quelques mois plus tard. Un réseau FTP. Ils avaient besoin d'une planque pour un haut responsable. Je n'en suis pas sûr, il faut que je fasse encore des recoupements, mais si ça se trouve, c'était peut-être Charles Tillon lui-même, le chef de toute la résistance armée communiste. Ils devaient vraiment être sans autre solution pour se présenter comme ça chez lui, les camarades. Ton grand-père habitait rue Saint-Nicolas…

— Je sais, j'ai passé des heures dans sa bibliothèque.

— Ce que tu ne sais pas, c'est qu'en 44 François Maynard a été arrêté, quelques jours avant la libération de Rouen, et qu'il a été torturé.

Il t'était revenu, alors, en écoutant Cricri, des souvenirs de tes vacances à Pontaillac, dans la villa de famille. La façon dont ton grand-père Maynard gardait toujours un polo sur la plage et attendait que vous soyez tous rentrés pour se baigner, seul, alors que le soir tombait. « Pourquoi il se baigne jamais avec nous, Papy ? » demandais-tu parfois, et ton père disait que Papy préférait parce qu'il y avait moins de monde, que c'était comme ça. Ta grand-mère avait les yeux qui se mouillaient et regardait, par un bow-window en contrebas de la villa, la silhouette de son mari, seule à cette heure, qui nageait dans l'océan.

— Ensuite, François Maynard a adhéré au Parti, en 45. Ça l'a complètement coupé de la bourgeoisie locale et il a plutôt été mal vu de ses collègues au lycée, la plupart démocrates-chrétiens, assez attentistes pendant la guerre. Mais il a été plus loin. Il a rendu sa carte du Parti au moment du rapport Khrouchtchev, en 56, et là il s'est retrouvé tout aussi isolé de ce côté-là où on le considérait comme un traître. Tu vois, il était le véritable solitaire, l'homme qui a toujours été minoritaire au nom de l'idée qu'il se faisait de… comment dire, c'est plutôt un mot connoté à droite, mais oui, c'est ça, de l'idée qu'il se faisait de l'honneur. Moi, j'aimerais bien que le Parti le réhabilite. C'est pour ça qu'il m'intéresse. Toi, il devrait t'intéresser comme la preuve qu'on peut être un homme qui dit non à son temps sans sombrer dans le camp des ordures, que dire non suppose une démarche qui va au-delà du désir de choquer le bourgeois. Tu es fasciste comme sont punks les garçons et les filles qui glandent place du Vieux-Marché. Tu crois, comme eux, que ça emmerde le monde mais le monde s'en fout. Non, ce n'est même pas qu'il s'en foute. Au contraire, ça le rassure, des jeunes qui tiennent des positions tellement marginales que c'est la meilleure preuve qu'à un moment ou à un autre ils vont rentrer dans le rang.

Tu as écrasé ta cigarette. Tu t'es senti très triste et tu ne savais pas si tu devais remercier Cicriac ou lui mettre ta main sur la gueule.

Tu t'es juste levé et tu as laissé Cricri le coco sous l'arbre de la cour.

Dans la rue, en sortant du lycée, une fille t'a croisé. Des yeux délurés, un sourire aguicheur. Elle devait apprécier les grands formats.

Il faut dire que, pour ajouter au malheur de tes parents et confirmer ta nature décidément inquiétante, tu t'étais mis à représenter une exception physiologique assez terrifiante par rapport à ta famille, proche et lointaine. Personne, en effet, chez toi, ne dépassait le mètre soixante-cinq, ton père faisant office de géant en ayant atteint cette barre fatidique. Ils étaient tous, également, noirs de poil et d'œil, le teint mat, secs et anguleux avec un faux air espagnol. Toi, en revanche, tu apparus très vite comme le seul à avoir un physique de Normand. Tu gardas la blondeur de ton jeune âge, avec une peau d'Anglais et des yeux très clairs. Mais surtout, tu te mis à grandir et à grossir au point de laisser perplexe le pédiatre attitré de la famille.

— C'est Pantagruel, madame Maynard, votre Antoine...

Cette particularité physique acheva de faire de toi un étranger définitif dans le foyer familial et ce fut avec une certaine tristesse mais sans vraiment de surprise que ton père apprit, lorsque tu entras en terminale, que tu te déclarais de façon fracassante et décomplexée « fasciste surréaliste » et qu'il avait fallu, chose rarissime pour un bon élève au lycée, t'exclure deux jours.

Tu avais tordu le bras d'un pion, en salle de permanence, quand celui-ci s'était permis des remarques alors que tu lisais à haute voix *Les Poèmes de Fresnes* de Brasillach, au grand scandale des prépas HEC qui révisaient.

— Maynard, cessez ce petit jeu ou je vous confisque votre torchon.

Évidemment, tu avais continué plus fort, exagérant le ton déploratoire. En fait, tu ne trouvais pas ces vers si bons que ça, c'était presque aussi grandiloquent que l'Aragon de la même époque :

Mon pays m'a fait mal par ses routes trop pleines,
Par ses enfants jetés sous les aigles de sang,
Par ses soldats tirant dans les déroutes vaines,
Et par le ciel de juin sous le soleil brûlant.

Mon pays m'a fait mal sous les sombres années,
Par les serments jurés que l'on ne tenait pas,
Par son harassement et par sa destinée,
Et par les lourds fardeaux qui pesaient sur ses pas.

En même temps, tu souriais à une jolie brune à l'air sage, modèle tanagra, une fille d'origine roumaine croyais-tu, élève en prépa agro. Comme les autres d'abord, elle avait soupiré, joué l'indignation puis, comme si elle avait compris qu'il y avait une part de jeu, elle t'avait regardé à son tour avec un air mi-étonné, mi-séduit qui avait galvanisé le jeune coq que tu étais. Le pion, lui, avec son pantalon de velours milleraies et sa chemise à carreaux rouges et bleus de figurant dans la série *Pause-Café,* avait enfin décidé de sévir.

Il s'approcha de ta table et t'arracha des mains le recueil de Brasillach en en déchirant involontairement la couverture. Le livre, une édition originale chez Stock, t'avait coûté plutôt cher quand tu l'avais trouvé chez un bouquiniste près de l'aître Saint-Maclou.

— Vous irez récupérer cette saloperie chez le proviseur, Maynard !

Tu t'étais levé en faisant tomber volontairement ta chaise. Tu lui rendais bien vingt-cinq centimètres et encore plus de kilos, à ce surveillant. Tout le monde s'était tu, un peu surpris par cette scène que l'on imaginait davantage appartenir à ces lycées de la rive gauche, dont on commençait à dire qu'ils étaient « à problèmes », plutôt qu'à une institution BCBG comme le lycée Corneille.

— Je ne crois pas…, as-tu dit.

— Je ne crois pas *quoi* ? a presque crié le surveillant qui tentait de garder une contenance, ce qui n'est pas évident quand on est obligé de se tordre le cou et de lever les yeux pour croiser le regard de son interlocuteur.

— Je ne crois pas que *Les Poèmes de Fresnes* soient une saloperie et je ne crois pas que je vais aller les récupérer chez le proviseur. Je crois plutôt que vous allez me les rendre tout de suite et que l'on va en rester là, vous et moi.

— Mais pour qui vous prenez-vous, Maynard ? C'est inacceptable !

Tu le retournas et tu lui fis une clef de bras. Il poussa un cri de surprise qui se termina en gémissement de douleur.

— Je veux mon Brasillach… Maintenant. Je n'hésiterai pas, vous savez.

Et tu avais insensiblement accentué la pression.

Le pion ne répondit pas mais tenta de se dégager, ce qui eut pour effet d'augmenter la douleur et il se retrouva à genoux, humilié, un bras tordu. On aurait dit que tu tenais un insecte d'une espèce bizarre par une de ses pattes.

— Ça vient ? Ou je vous le casse ?

On entendait des murmures d'indignation dans la salle, on parlait d'aller chercher le surveillant général. Le pion gémit puis lâcha finalement l'exemplaire des *Poèmes de Fresnes* que tu récupéras et que tu rangeas avec tes affaires.

Avant de quitter la perm, tu n'oublias pas d'adresser un petit signe de la main à la Roumaine qui mordillait un crayon et te suivit du regard, songeuse et amusée.

D'ailleurs, ce fut elle qui te retrouva moins d'une demi-heure plus tard, en terrasse du Château d'Ô, un des bars proches du lycée. Comme on était au milieu de l'après-midi et que c'était l'heure des cours, il n'y avait presque personne.

— Tu es quelqu'un de brutal, non ? demanda-t-elle sans préambule.

— C'est ce qu'on dit.

— C'est parce que tu es fasciste ?

— Tu bois quelque chose ?

— Une orange pressée. Je suis roumaine d'origine, mais je suis juive aussi, tu le sais ?

— Et alors ? Je m'en fous et je ne vois pas le rapport entre aimer les oranges pressées et le fait que tu sois juive.

Elle rit.

Don't Play That Song d'Adriano Celentano passait sur le juke-box. Septembre, comme souvent à Rouen, était très chaud. La Roumaine avait mis des lunettes de soleil. Elles changèrent son visage mobile de musaraigne surdouée en celui d'une créature qui rappelait davantage les femmes fatales des films noirs que tu consommais sans modération à l'Ariel, le cinéma d'art et d'essai de la fac, à Mont-Saint-Aignan.

— Tu veux coucher avec moi ? J'ai une chambre, rue des Minimes. À deux pas.

Tu fus un peu surpris. Un peu mais en même temps tu savais que ce genre de chose allait bien finir par t'arriver. Tu étais encore puceau à vrai dire. Tu fus tenté d'en rajouter, de faire le malin, l'affranchi, de lui demander si ce n'était pas son côté maso, genre *Portier de nuit*, qui la rendait si rapide avec toi. Mais la perspective de passer enfin cette étape indispensable avec cette petite brune aux cheveux longs te fit sagement te taire.

Elle avait en effet un corps, à bien y regarder, qui se révélait étonnamment ferme et flexible. Tu rendis grâce, en la voyant nue, à ce goût des Roumaines pour la gymnastique qui fait les cambrures heureuses et les culs fermes.

Ce fut très bien, parfaitement réussi et cela démentait ce lieu commun sur les premières fois toujours un peu moyennes. Rien ne t'enchantait plus, déjà, que les clichés démentis. Elle fit preuve de ses talents de gymnaste et de la parfaite maîtrise de ses muscles, même les plus intimes, mais aussi d'une autre spécialité roumaine, particulièrement agréable en l'occurrence : le vampirisme.

Et tu compris, de surcroît, quelque chose de capital. Non seulement le corps des femmes te plaisait, mais tu y trouvais aussi un peu plus que du plaisir : une manière d'apaisement, quelque chose qui atténuait la violence que tu sentais si souvent en toi, quelque chose qui nourrissait la bête et la faisait enfin sommeiller.

Tu compris que le corps des femmes serait une possible rédemption et que la femme qui saurait maintenir en toi cette paix chaque fois que vous feriez l'amour, eh bien, cette femme serait la tienne pour toujours. Et effectivement, ce fut ce qui se passa quand tu rencontras, plus tard, Agnès Dorgelles.

En attendant, Irina Vibescu, puisque tel était le nom de cette élève de prépa agro, n'eut pas l'air non plus trop mécontente de ta prestation mais t'expliqua qu'elle avait déjà un petit ami qu'elle rejoignait le week-end à Paris. Et qu'il n'était pas question qu'il y ait une prochaine fois.

Pour te consoler, mais tu n'en avais pas vraiment besoin, elle te donna un recueil des poésies d'Eminescu en roumain, couverture jaune, éditions Bucarest, 1978.

Elle te tendit le livre, nue, alors que tu allais franchir sa porte :

— Pour toi, et pour te souvenir de ce joli moment, *scump meu*, puisque tu aimes la poésie.

Finalement, deux jours d'exclusion, pour perdre son pucelage et acquérir un statut de sauvage dans un lycée si policé, tu pensas que ce n'était pas cher payé.

Il y a quelques années, quand Google a commencé à devenir le Big Brother que tout le monde attendait secrètement, et que tous ont aimé comme les Anciens aimaient les dieux méchants, le souvenir d'Irina Vibescu t'est revenu. Tu n'as pas trouvé de photos, ni de profil Facebook. Seulement une Irina Bulard-Vibescu, ingénieur agronome et consultante dans une ONG au projet manifestement altermondialiste.

Si c'était bien cela, aujourd'hui, elle ne devait pas se vanter d'avoir couché à vingt ans avec une des futures têtes d'affiche du Bloc Patriotique. Ou peut-être que si.

Elle n'était pas dépourvue d'humour, Irina Vibescu.

4

J'ai retiré mon pantalon, ma veste et ma chemise. Et je suis allongé sur le lit au matelas défoncé, les mains derrière la tête, depuis des heures. On est en novembre et il fait toujours aussi chaud. La nuit avance mais les nègres parlent toujours, hommes, femmes, gosses, sans arrêt.

Je ferais bien une sortie dans le couloir, pour distribuer quelques mornifles et écraser quelques nez déjà épatés aux grosses narines écœurantes, mais je risquerais d'attirer l'attention. Déjà, j'ai des doutes, avec ce gros fumier de réceptionniste. Les réceptionnistes d'hôtel, comme les putes, les dealers et les chauffeurs de taxi, ce sont tous plus ou moins des indics. Et un mec comme ce Levantin moite, là, en bas, qui héberge dix clandestins en moyenne dans chacune de ses chambres à peine salubres, il doit avoir ses accointances avec les flics du XIe, qui le laissent faire son marchand de sommeil tranquillement en échange de quelques renseignements de temps en temps, du genre signaler un deal d'héro ou de crack un peu plus important que d'habitude ou un client inhabituel, au cas où…

Et je suis un client inhabituel, au milieu de cette pouillerie parquée ici. Un client qui détonne par un simple détail : je suis blanc. Ce n'est pas plus compliqué que ça. De toute façon, si le Bloc ne se bouge pas le cul, c'est dans toute la France, bientôt, que le fait d'être blanc deviendra inhabituel. Et risqué.

J'aurais dû lui graisser la patte et lui demander de taire sa gueule, au réceptionniste. Mais ça n'aurait rien changé. Au contraire, ça aurait peut-être encore plus attiré son attention. Et l'idée de filer mon artiche à ce fumier me fait gerber de toute façon. Je ferais sans doute mieux de bouger.

Tiens, et me tirer à Vernery, pourquoi pas ?

La jouer fort Chabrol dans l'armurerie. Dégommer mes beaux guerriers du groupe Delta au Sturmgewehr. Je suis le seul à avoir le code. Mais il faudrait l'atteindre, Vernery. Et puis Ravenne a déjà dû placer un ou deux mecs dans le parc. Si c'est seulement un ou deux, j'aurais ma chance.

Faut voir.

Mais là, j'ai un coup de barre. Un dégoût de tout. Une envie de pleurer comme un môme, comme quand papa, à Usinor, a…

Non, je n'ai pas envie de penser à ça.

Je regarde mes jambes et mes cuisses, légèrement écartées sur le couvre-lit marqué ici et là par des brûlures de cigarettes.

Elles sont musclées et poilues. Dommage qu'il me manque trente-cinq centimètres et que je sois resté un petit râblé, alors que j'aurais bien aimé être aussi élancé que Ravenne ou Antoine. Enfin Antoine n'est pas franchement élancé, et il l'est de moins en moins à force de grossir mais, quand même, il peut voir le monde d'un peu plus haut.

Sur mon mollet droit, l'étui avec le poignard de commando et, le long de ma cheville gauche, dans un joli holster en nubuck bleu roi, une petite fantaisie. Un

Vélodog Hammerless, chambré en 6 mm. Une arme de collection qui fonctionne très bien. Belle comme un bijou. Le Vélodog tient dans une main d'enfant, c'est un revolver qui équipait les facteurs à la fin du XIXe siècle pour les protéger des chiens méchants pendant leurs tournées.

Et moi, si je ne suis pas facteur, j'ai quand même un paquet de chiens méchants à mes trousses.

Je l'ai acheté il y a deux ans, via Internet, à un collectionneur flamand. En souvenir de maman qui m'avait raconté qu'un de ses grands-pères avait été facteur en Belgique. Si ça se trouve, il avait eu un Vélodog et il avait tiré sur du bouledogue du côté de Comines ou de Warneton.

Et puis, quand je dis qu'il fonctionne bien, ce n'est pas seulement parce que je l'ai essayé dans ma cave insonorisée, rue Brézin, et que je me suis amusé de ses détonations qui ressemblaient à des pets et de son imprécision désastreuse au-delà de deux mètres. J'ai eu l'occasion de m'en servir *in vivo* si je puis dire.

Et il m'a sauvé la peau ce matin.

Il était très tôt quand mon téléphone fixe s'est mis à sonner. J'ai été surpris, j'avais presque oublié le bruit de la sonnerie. Ce n'est pas habituel. Il n'y a plus que maman qui m'appelle sur mon fixe, de temps en temps, et de moins en moins souvent, il faut bien le dire. Et elle n'appelle jamais le matin, de toute façon.

J'ai décroché. C'était Loux, un ancien cadre des GPP, qui avait été mon mentor, en même temps qu'Antoine, quand j'avais adhéré au Bloc. Il s'était bien comporté avec moi. Toujours clair. Je me demande même s'il n'était pas un peu… enfin genre Vernery, quoi. Mais il ne s'est jamais rien passé. Même pas des gestes ou des propos équivoques. Il a dû deviner que ça ne m'aurait rien dit, avec lui. Il ne m'en a pas voulu, au contraire, et il m'a toujours eu à la bonne. Une sorte de paternel par procuration.

À lui aussi, à la longue, j'avais raconté Usinor, Denain, le commando Excalibur dans le Pas-de-Calais. Enfin pas tout, il y a des choses que je ne pourrais jamais raconter, sur le commando Excalibur. Jamais. Des choses que je paie avec des cauchemars une ou deux fois par mois, moi qui ne rêve jamais… Des cauchemars qui me tiennent toute la journée qui suit, comme une sale gueule de bois où le cafard et l'anxiété d'on ne sait quoi se mélangent. Antoine, seulement, sait et je sais que ça m'a sauvé de la folie qu'une personne au moins sur terre soit au courant de tout ça…

Loux, maintenant, c'est le chauffeur personnel d'Agnès. Et son garde du corps aussi. Je ne suis pas sûr que ce soit l'idée du siècle, il conduit bien mais, physiquement, il n'est plus vraiment au top. Je crois qu'il a soixante-cinq piges bien tassées. Il était déjà là avant 70, il avait été mercenaire avec le Vieux, bien avant la création du Bloc et des GPP. Il s'occupait de la protection de Dorgelles et c'était lui qui conduisait les deux filles et le garçon à l'école, y compris Agnès, l'aînée. Je l'imagine, Loux, avec un costard mauve, une chemise pelle à tarte orange, une cravate à pois, des semelles compensées et des rouflaquettes, écoutant C. Jérôme sur l'autoradio d'une R16. Et Agnès et Emma, les deux filles du Chef, derrière, en robe à smokes et chaussures cirées avec au milieu Éric, le garçon, en bermuda bleu marine, tous bruns et bien coiffés.

Pas franchement l'enfance qu'on avait du côté de Denain.

Et Loux au téléphone qui me dit :

— Il faut que tu fasses gaffe, Stanko…

— Vas-y. Explique.
— Marlin est dans l'équipe du ministre de l'Intérieur qui négocie avec Agnès.
— Le commissaire Marlin?
— Tu veux dire le préfet spécial Marlin, maintenant.
— Les salopes montent toujours vite en grade.
— Pas faux.
— Et alors…
— Tu ne te doutes pas?
— Merde, ça remonte à la scission de Louise Burgos…
— Il n'empêche, il veut ta peau, vraiment… Et celle de quelques autres. Et quand je dis "ta peau", ce n'est pas une métaphore, Stanko. Il a téléphoné au Bloc pour rencontrer un responsable. Agnès a cru à une négociation parallèle à celle de la Lanterne. Sur un point particulier, quelque chose qui ne pouvait pas apparaître dans un éventuel accord officiel. Et finalement, c'était presque ça. Elle a envoyé Ströbel et Ravenne. Ils se sont vus avec Marlin dans le bar d'un Novotel d'Orléans. Marlin a expliqué que son ministre de tutelle ne savait pas tout ce que tu avais fait en sous-main avec les GPP à l'époque de la scission. Le commando que tu avais monté contre les partisans de Louise Burgos. La guerre que tu leur as faite. Le nettoyage du Bunker. Et les victimes collatérales. Dont une, il aurait mieux pas fallu. Mais enfin tu connais l'histoire aussi bien que moi… Marlin a dit que, pour lui, il n'y avait pas prescription, qu'il pouvait toujours en parler et que, dans ce cas-là, le ministre aurait de quoi faire pression sur le Bloc pour qu'on soit moins gourmands. On perdrait l'objectif des dix ministères. On serait bien heureux avec deux ou trois. Et Agnès en veut dix. En dessous, sa stratégie du recours risque de

foirer, on va se retrouver noyés parce qu'on n'aura plus la masse critique. Et nib pour les prochaines présidentielles. Tu comprends ?

— Oui. Alors, le Bloc me lâche… Vous allez me livrer à cette ordure, vous allez le laisser me foutre le grappin dessus. Vous savez que c'est un psychopathe et que, si je tombe entre ses mains, non seulement il n'y aura pas de procès parce que ça va arranger tout le monde, vous y compris, mais Marlin va mettre très longtemps à me faire mourir si je suis encore vivant quand il me chopera.

— C'est presque pire, Stanko…

— Explique-toi, Loux, merde !

— Marlin a fait le grand seigneur, en quelque sorte, tout en nous forçant à nous mouiller. Il nous a promis de ne rien dire à ses services ni à son ministre. Mais il ne veut pas demander non plus à ses propres barbouzes de te trouver. Je te répète, il veut nous mouiller et c'est à nous qu'il demande de régler le problème. En interne, en quelque sorte. Il se limitera à une aide logistique si on en a besoin…

— Ce qui veut dire…

— Ce qui veut dire que l'ordre a été donné au groupe Delta de te buter et que Ravenne, quand on lui a annoncé la nouvelle, n'a pas franchement eu l'air d'être soumis à un dilemme cornélien.

— Qui a accepté ce deal ? Qui a donné l'ordre ? Ströbel ? Agnès ? Antoine ? Toi ?

— Ne te fais pas de mal Stanko, c'est… comment dire… c'est collectif. Les GPP sont de toute façon appelés à disparaître si on arrive au pouvoir dans une coalition. Et c'est sur le point de se faire…

— Et si je balançais à la presse ou sur Internet tout ce que je sais ? Je pourrais aussi mouiller Marlin, en plus. J'en ai autant à son service, à cet enculé. Il était pas plus dans la légalité que moi, au moment de la scission.

— Premièrement, en ce qui concerne le Bloc, tu ne le feras pas. On le sait tous. Antoine, Agnès, moi, le Vieux. Tu es Stanko le taiseux. Stanko le fidèle. *Perinde ac cadaver*. Deuxièmement, si tu le faisais, rien ne dit que le gouvernement, et à travers lui Marlin, laisserait passer, parce qu'ils n'ont pas envie eux non plus de tout bousiller avec le Bloc, d'empêcher la coalition. Ils ont besoin de nous avec tout ce bordel, mais ils feront tout pour que le rapport de force avec le Bloc leur soit favorable. Nous, on espère les baiser, et eux sont persuadés qu'on va leur sauver les miches en faisant le sale boulot à leur place. Quant à Marlin et à ce qu'il a fait, tu n'as pas non plus de preuve. Il n'y a que ta parole, sur ces coups pourris. Ni toi, ni les GPP, ni le Bloc, ni Marlin et ses boys n'avez été assez cons pour faire des notes de frais qu'on retrouverait dans des archives du Bloc ou des RG qui, je te le rappelle, n'existent plus… Marlin a dû faire un putain de nettoyage par le vide lors de la fusion DST-RG : il a retrouvé une pureté de jeune fille en quatrième vitesse. Pour lui, la création de la DCRI, ça a été encore plus efficace qu'un marabout de Barbès. Retour de la virginité avant le mariage.

— *Perinde ac cadaver* : mes couilles ! N'essaie pas de m'impressionner avec ton latin, Loux. Il y a longtemps qu'Antoine m'a expliqué l'utilité des pages roses pour avoir l'air cultivé en société. "Obéissant comme un cadavre", c'est une image et j'ai bien l'intention que ça le reste…

— C'est pour ça que je t'appelle. Tire-toi, Stanko, tire-toi loin. Tu n'as pas beaucoup d'avance mais c'est jouable. J'ai un pote chez Blackwater. Les armées privées américaines recrutent en ce moment. Irak, Afghanistan, Birmanie, et puis bientôt les opés de déstabilisation en Iran et au Venezuela. T'as les références, ton passage chez les paras, tes années de direction des GPP. Tu pourrais même te faire beaucoup de blé, envisager une nouvelle vie.

— Mais… Et Antoine… Et Agnès… Je peux pas les…

— Bordel, Stanko, réveille-toi ! C'est tout le Bloc qui te lâche. On est aux portes du pouvoir, mon garçon. Tu imagines ? Ça fait presque quarante-cinq ans qu'on attend. Tous. Et si pour monter la dernière marche, il faut sacrifier un des nôtres, même toi Stanko, personne n'hésitera. Je te le répète, tire-toi. Je te file le numéro de mon pote de Blackwater. C'est en Angleterre, il a ses bureaux à Acton. Si tu veux, je te le file maintenant. Je l'appelle pour toi, même, et je lui dis qu'il t'accueille dès ce soir.

— Merci, Loux, mais tu peux aller te faire mettre.

— Je t'aurai prévenu, Stanko. Merde, c'est trop… C'est trop con !

Et il a raccroché.

Juste au moment où on a sonné à la porte de l'appartement.

J'étais à poil. J'ai voulu retourner dans ma chambre, enfiler un calcif et un peignoir pour aller ouvrir.

Je n'en ai pas eu le temps.

Les montants ont craqué simultanément en deux endroits, là où il y a les verrous. Il y en a même un qui a glissé sur le parquet jusqu'à mes pieds.

Autant j'ai posé du sérieux, portes blindées et tout le toutim, pour la cave parce que j'y entrepose mes armes et la thune en liquide pour les « opérations mouillées » des GPP, autant j'ai laissé du standard sur la porte de l'appartement lui-même.

J'ai encore entendu un coup sourd, la porte a cédé et ils sont entrés à deux, chacun un pied-de-biche à la main.

« Ils », c'était Gros Luc et Vingadassamy, dit Vinga, un Réunionnais d'origine hindoue ou tamoule, je n'ai jamais trop su et d'ailleurs je m'en branle.

J'ai presque été soulagé. Ce n'étaient pas les hommes du groupe Delta que m'avait annoncés Loux. Pas encore, en tout cas.

C'était juste le tout-venant des GPP. Des contractuels. On avait fait appel à eux, la semaine dernière, pour assurer la protection d'une permanence d'un conseiller général du Bloc, à Saint-Denis. Il s'était fait agresser par trois ou quatre bougnoules, des barbus évidemment. Il ne s'en était pas trop mal tiré, juste un coquard, mais les *muzz* avaient bousillé deux ordinateurs flambant neufs et le conseiller avait les chocottes.

J'avais alors pensé aux deux abrutis qui étaient devant moi.

Gros Luc et Vinga, c'était vraiment le *Lumpenproletariat* de la surveillance, enchaînant les missions d'intérim dans les boîtes de vigiles ou de transports de fonds. Adhérents au Bloc parce qu'ils confondaient leur carte avec un permis de casser du nègre et de l'Arabe, comme moi au début. Le genre de mecs dont Agnès, depuis quelques mois, essaie de se débarrasser pour rendre le Bloc présentable mais qu'elle est bien contente de trouver à l'occasion pour le sale boulot. J'étais tout de même assez étonné de voir ces deux ringards se pointer chez moi, avant même Ravenne et le groupe Delta.

— Qu'est-ce qui vous prend, les gars ? Vous avez vos vapeurs ou quoi ? Qu'est-ce que vous foutez chez moi ? Et en bousillant ma porte, en plus ?

Vinga a eu un sourire qui se voulait rusé et découvrait surtout une canine cariée au dernier degré.

— On s'est laissé dire, avec Gros Luc, que t'étais plus franchement bien vu au Bloc, que la chasse allait même être ouverte. Alors on s'est dit qu'on pourrait peut-être avoir une promo dans le parti si on était les premiers à rapporter ton scalp…

— Vous délirez, les mecs, vous délirez complètement. Je peux aller mettre un calbute ? J'ai du mal à discuter la bite à l'air.

— Bouge pas ! a fait Gros Luc. Bouge pas où je te fracasse la tronche. Et pis, t'es mignonne comme ça.

— Vous avez su comment pour le Bloc et moi ? Parce que, si vous avez mal compris, vous allez au-devant de très gros emmerdements.

Gagner du temps. Avec les amateurs, dans une situation de ce genre, c'est la seule solution. Des pros m'auraient déjà, de fait, laissé sur le carreau, avec la cervelle dégoulinant par les oreilles, et ils auraient calté aussitôt, une jolie photo prise au téléphone portable de mon crâne défoncé au pied-de-biche en guise de preuve. Mais Gros Luc et Vinga n'étaient pas des pros. Pour une fois qu'ils pouvaient faire les malins, eux, les sous-fifres à qui on ne demandait jamais leur avis, qu'on ne laissait jamais parler, ils n'allaient pas se priver.

C'est Gros Luc, l'intellectuel du binôme, qui s'y est collé et qui instinctivement reprenait le vouvoiement du subordonné respectueux qui fait son rapport :

— Dans la permanence où vous nous avez envoyés, chef… Agnès Dorgelles est passée hier en fin d'après-midi, faire la tournée des popotes, comme elle a dit au conseiller qu'avait encore son pansement à l'œil et son air tout pâle. Elle lui a remonté le moral. Elle a dit que tout allait bientôt changer, que le Bloc était en position de force et qu'elle saurait se souvenir de ceux qui, comme lui, avaient été des élus de terrain dans des zones hostiles.

« Et puis son portable a sonné. Elle a regardé l'écran, elle a changé de visage et elle a dit au conseiller qu'elle sortait cinq minutes, s'il voulait bien l'excuser. Et dehors, devant la permanence, qui était là ? Je vous le donne en mille : Vinga. En sentinelle. À qui personne ne faisait attention. En plus, comme il est un peu négro aussi on le voit moins quand la nuit tombe. Elle s'est rapprochée de sa C6 et y avait Loux, son chauffeur, qu'attendait, assis sur le capot, à fumer un cigarillo. Raconte, toi Vinga, maintenant, puisque c'est toi qu'as entendu le reste en *direct live*…

Le Réunionnais aux dents pourries a pris le relais :

— Eh bah, elle avait vraiment l'air emmerdée, Agnès, si vous voulez savoir, chef. En colère, même. Elle répondait par oui ou par non les trois quarts du temps. À un moment, elle a dit d'un mec que c'était un vrai salaud. Un nommé Malin ou Marlin. Et là où je suis tombé sur le cul, c'est quand elle a dit : "Tu te rends compte qu'il va falloir lui amener la tête de Stéphane Stankowiak sur un plateau. Notre Stanko. Je sais qu'on n'a pas le choix. J'ai compris." Après elle a dit un truc à propos d'un groupe Delta et que oui, foutu pour foutu, c'était la meilleure solution pour vous éliminer proprement et rapidement. Vous connaissez, vous, chef, le groupe Delta ? C'est quoi ?

— Ta gueule. Continue…

— Eh bah, Agnès Dorgelles, elle était encore plus furieuse. Et ce n'est pas pour dire, mais je crois qu'elle était à la limite de chialer. Le vieux Loux a dû voir que ça n'allait pas. Il s'est rapproché d'elle et elle lui a parlé à l'oreille, j'ai rien entendu mais Loux, il a changé de visage, il a eu l'air encore plus vieux, et il a tapoté le dos d'Agnès Dorgelles, comme on fait pour consoler une gamine. Voilà. Alors Gros Luc et moi, on s'est dit qu'y avait pas de raison de laisser je sais pas quel groupe Delta faire un boulot comme ça, et que, puisqu'on avait l'info, on n'allait pas laisser passer notre chance de se faire bien voir par les chefs du Bloc.

— Bien les mecs, très bien. Je ne vous aurais pas crus aussi débrouillards, avec un tel sens de l'initiative. Si ça se trouve, je vous ai sous-estimés.

Ils ont eu un sourire idiot et ravi.

— Vous allez me tuer, alors, c'est ça ?

— Bah oui…, a fait Gros Luc.

— Avec vos pieds-de-biche ?

— À moins que vous préfériez ça, chef ? a dit Vinga en sortant un couteau à cran d'arrêt de son blouson. Je vous promets de faire ça proprement.

— T'es trop bon, Vinga. Je te remercie de ta délicate attention. Et il n'y aurait pas un moyen de s'arranger, plutôt ? J'ai pas mal de liquide dans l'appartement. Il est à vous, et vous me laissez me casser…

— On peut aussi vous buter tout de suite, chef, et fouiller l'appartement après. Comme ça on ferait d'une pierre deux coups.

— C'est vrai, les gars, vous pourriez. Mais je suis plus méchant que vous. Deux pieds-de-biche, un cran d'arrêt : vous pouvez tenter votre chance. En même temps, je ne suis pas manchot, on a dû vous le dire aux GPP. Alors il y a des chances qu'il n'y en ait qu'un qui reparte avec l'argent. L'autre, je pense que j'aurai eu le temps de le tuer à mains nues. Et en m'arrangeant pour qu'il ait mal. Très mal.

Vinga et Gros Luc se sont regardés. J'entendais presque les mécanismes rouillés par la mauvaise bière, le mauvais shit et des années de *junk food* à l'œuvre dans leurs cerveaux.

— Vous avez combien, en liquide ? a demandé Gros Luc.

— Ici, 15 000 euros.

— C'est pas lourd.

— C'est à vous de voir. Je ne suis pas Liliane Bettencourt non plus. 7 500 chacun, pour une info que vous n'auriez jamais dû avoir et que personne ne saura que vous avez eue. Parce que vous savez, au Bloc, j'ai quelques potes tout de même, de vieilles fidélités. Même si la politique du Bloc, en ce moment, c'est que je dois disparaître, eux se souviendront de qui l'a appliquée. Et dans deux ou trois mois, quand la ligne du parti aura changé, que je ne serai plus un sujet d'actualité, il n'est pas impossible qu'ils se rappellent à votre bon souvenir et que vous compreniez votre malheur.

— Bon, il est où votre pognon ?

— Dans mon bureau.

Gros Luc est passé derrière moi et m'a appliqué le pied-de-biche sur la trachée. En appuyant fort.

— On vous suit, chef…

J'ai avancé à petits pas vers une sorte d'alcôve qu'il y avait dans mon salon et qui avait dû être formée par une avancée excessive de la cheminée, apparue sans doute lors de la découpe des appartements. J'avais mis là un paravent et arrangé un petit bureau.

— Vinga, bouge ce truc ! a dit Gros Luc, qui a encore accentué la pression du pied-de-biche sur ma pomme d'Adam.

Vinga a repoussé le paravent d'un coup de pied. Il est tombé et a découvert l'alcôve.

On a vu mon bureau avec son fauteuil Voltaire, le MacBook, quelques dossiers en cours et sur le mur, derrière, une photo du Chef et de moi, juste après la scission de Louise Burgos. Et puis une autre, où j'ai l'air bien plus jeune, avec Antoine, sortant de Coëtquidan.

— Le fric est où ?
— Premier tiroir en haut à gauche, avec le cadenas.
— T'as les clés ?
— Dans le pot à crayons.

Vinga s'est assis dans le Voltaire et a renversé le pot sur le bureau. Des pièces de monnaie, des trombones, les clefs du cadenas et le Vélodog.

— C'est quoi, cet engin ? Un flingue ?
— Non, enfin si mais c'est un jouet ancien pour les garçons. J'avais l'intention de l'offrir à mon neveu pour son anniversaire.

Vinga l'a retourné, sur toutes les coutures.

— On dirait un vrai. Mais c'est trop petit, non ? Tiens, Gros Luc, regarde.

Instinctivement, Gros Luc a allégé la pression du pied-de-biche sur ma gorge.

C'était le moment. J'ai laissé fléchir mes jambes, il s'est retrouvé en déséquilibre et j'ai fait passer, en me servant du pied-de-biche comme barre d'appui, sa grosse carcasse par-dessus mes épaules. Il a chuté lourdement sur le bureau qu'il a fracassé dans un bruit d'explosion en envoyant des éclats de bois un peu partout.

Surpris, Vinga a eu le réflexe de se protéger le visage et a lâché le Vélodog.

Je me suis jeté sur la petite arme, j'ai débloqué le cran de sûreté et déplié la détente qui se trouve encastrée sous le canon.

Ébouriffé et rougeoyant, Gros Luc tentait de se rétablir dans les débris. Son regard a croisé le mien. J'étais à moins de quatre mètres. Je visais l'œil.

La balle arriva dans la pommette.

— Merde, dit Gros Luc en se portant la main au visage, ça fait vachement mal pour un jouet.

Un filet de sang coulait, partant de son œil noyé dans la graisse jusqu'à ses lèvres molles.

— Ce n'est pas un jouet, c'est un Vélodog, j'ai dit et je me suis encore rapproché de lui alors qu'il essayait de reprendre pied sur le plancher.

Du coup, en tentant de se remettre debout, il me présenta le dessus de son crâne roux aux cheveux déjà clairsemés. J'appliquai le canon et je tirai encore deux fois.

— Aïe, aïe, aïe, a fait Gros Luc avec une voix étrange de môme pleurnichard.

Il avait posé les deux mains sur son crâne, il avait du sang sur tout le visage et il se promenait en titubant dans le salon.

Vinga, tétanisé, toujours assis derrière mon bureau, regardait le spectacle, la bouche ouverte. Bien que ce ne fût pas très rationnel, j'ai visé sa dent cariée, j'ai corrigé à la hausse et j'ai tiré deux fois sur ce chicot verdâtre qui me fascinait littéralement. Vinga a eu l'air étonné de quelqu'un qui avale quelque chose d'imprévu et puis il est resté assis, immobile, assis sur le fauteuil Voltaire, très droit, les yeux ouverts et la bouche pleine d'une bouillie rougeâtre.

En attendant Gros Luc gémissait, la face inondée de sang en répétant : « Je suis aveugle, je suis aveugle », et en agitant dans tous les sens le pied-de-biche. Il devait avoir des os épais, ce con, pour que les balles de 6mm n'arrivent pas à les transpercer.

J'étais toujours à poil et pieds nus puisqu'ils ne m'avaient pas laissé le temps de me reloquer. Ça ne m'a pas empêché d'entamer une manière de danse mortelle avec lui, en tournoyant et en évitant les coups de pied-de-biche qu'il balançait au petit bonheur la chance.

— Je vais t'avoir, Stanko, je vais t'avoir ! gémissait Gros Luc en secouant la tête dans un brouillard de gouttelettes rouges.

Mais ses gestes devenaient de plus en plus imprécis et finalement j'arrivai à me placer derrière lui, à appliquer le canon du Vélodog juste au niveau du cervelet et à tirer les deux dernières cartouches.

Je suis resté un moment, un peu abasourdi, avec les corps de ces deux abrutis au milieu de chez moi.

Il était huit heures du matin. Mes petites plaisanteries avec Gros Luc et Vinga n'avaient pas l'air d'avoir plus que ça attiré l'attention.

C'est que mon immeuble de la rue Brézin est occupé par des jeunes couples avec des enfants en bas âge. Et une matinée, chez des bobos comme ça, entre les biberons, les bains, les douches, les « Où j'ai mis mon portable, chérie ? », les « Je ne suis pas là pour ranger tes affaires ! », les « Tu mets cette écharpe ou tu prends une claque », le bla-bla de France Culture ou de France Musique, elle est largement aussi agitée et bruyante que l'arrivée de deux branquignols que vous êtes obligés de buter avec le calibre ridiculement petit d'une arme qui a davantage sa place aux rayons des antiquités que dans le combat rapproché...

Cela dit, je n'avais plus autant de temps que ça, maintenant. Loux avait été clair. Peut-être le groupe Delta avait-il prévu de me cueillir quand j'arriverais à mon bureau du Bunker ? Non, ça risquait de manquer de discrétion.

J'ai repoussé la porte que les deux branques avaient bousillée. Pas la peine d'attirer l'attention du jeune banquier aux dents longues qui allait d'ici un quart d'heure partir pour sa succursale du boulevard des Italiens avant que sa bonne femme, une prof gauchiste qui distribue des tracts de SUD dans les boîtes aux lettres, aille déposer le moutard à la crèche et filer ses cours de français à des bouquaques d'un collège de Malakoff.

J'ai toujours su qu'un moment comme ça arriverait.

Un moment où tout s'effondrerait : l'amitié avec Antoine, les années au Bloc Patriotique, la fraternité des GPP. Oui, je l'ai toujours su.

J'ai déjà vu, quand j'étais gamin, un monde entier s'effondrer.

Denain, fin des années 70.

Ce genre de choses qu'on ne lit toujours pas dans les livres d'histoire. Cent mille nègres ou autant de niaquoués s'exterminent dans leur coin pourri, ça fait des reportages, des émissions tous les ans, des tribunaux internationaux, de grands articles de philosophes dans les canards, des bouquins écrits par des spécialistes, mais condamner une région française à mort, une région de son propre pays parce qu'elle n'est plus compétitive, ça tout le monde s'en fout. Sans doute parce que les ouvriers là-bas étaient tous ou presque des cons de Blancs. Comme papa.

Alors, finalement, pour moi, ce n'était que la seconde fois que je devais tout laisser. Je suis passé dans la salle de bains, j'ai regardé la trace mauve sur ma gorge qu'avait laissée ce fumier de Gros Luc avec son pied-de-biche. J'allais avoir un peu de mal à avaler.

Il y avait de quoi, tu me diras, avoir du mal à avaler, et pas seulement à cause de cet abruti de Gros Luc : le lâchage du Bloc, et Antoine et Agnès qui ne mouftent pas.

Antoine m'a souvent dit qu'il était un écrivain, pas un politique. Je ne crois pas qu'il aime l'idée qu'on me bute pour satisfaire les envies de vengeance de Marlin. Non, il ne doit pas aimer, mais il ne me fait pas signe.

En même temps, comment il pourrait, en admettant qu'il en ait envie. Là, il me manque, biloute…

J'ai allumé ma radio et je me suis rasé en prenant soin de ne pas irriter davantage la contusion. Je n'allais pas commencer ma cavale sans un brin de toilette. La crasse me déprime, je ne suis pas un intellectuel, moi. Chez nous, on s'habillait le dimanche.

Des éditorialistes éditorialisaient. Ils rappelaient la situation catastrophique dans les banlieues, l'état d'urgence sur tout le territoire, le couvre-feu à vingt heures sur une trentaine d'aires urbaines. Un responsable départemental du Bloc démentait les contacts avec le gouvernement, un porte-parole du ministère de l'Intérieur démentait les contacts avec le Bloc, tout le monde démentait, c'est donc que c'était vrai, comme hurlait un responsable socialiste. On allait se retrouver avec un gouvernement cryptofasciste, qu'il disait le socialiste.

Ensuite un autre éditorialiste se demandait si la stratégie du gouvernement dans les banlieues ne revenait pas à la politique du pire, mais je n'ai pas entendu la réponse parce que j'étais sous la douche et, de toute manière, ce n'était pas très grave de ne pas entendre la réponse. C'étaient tous soit des abrutis, soit des salauds qui ne respectaient que la force. Le seul truc qui m'embêtait, ai-je pensé, qui m'embêtait vraiment, c'est que je n'allais pas profiter du Bloc au pouvoir.

Je n'entends pas « profiter matériellement », je songe à des petits plaisirs comme de voir les journaleux et autres grandes consciences médiatiques taire un peu leur gueule quand nos responsables arriveraient dans les émissions. Leur donner du monsieur ou madame le ministre, être obséquieux comme ils le sont avec tous les autres, alors que, pendant des années, ils nous auront traités comme de la merde, jouant aux démocrates outragés protégés par leur carte de presse, leur salaire à quatre ou cinq zéros, leurs vigiles, leurs appartements sécurisés dans les beaux quartiers.

Tiens, j'ai infiniment plus de respect pour les types des SAAB, qui chargeaient nos meetings à un contre dix, les types des SAAB qui trouvaient encore la force de nous cracher à la gueule quand ils n'étaient plus que deux ou trois, la gueule en sang, épuisés, le dos au mur et qu'ils savaient qu'on allait donner l'ultime assaut, pour les laisser dans le coma ou pire. Oui, j'ai bien plus aimé le regard de haine de ces garçons, quand j'allais leur donner le coup de grâce, comme si j'allais les embrasser, plutôt que cette arrogance condescendante des connards sur les plateaux télé, quand j'accompagnais Antoine, le Vieux, Ströbel ou Agnès pour un de ces débats où l'on essayait toujours de nous caricaturer, de nous annihiler, alors que, merde, on représentait un Français sur cinq et que le Vieux était arrivé au second tour de l'avant-dernière élection présidentielle.

Je suis sorti de la douche.

Je me suis habillé avec un de mes costumes noirs de chez Agnès B, parce qu'ils me vont bien, ce qui n'est pas évident pour moi qui suis presque aussi large que haut. Ils me font comme une seconde peau et ils ne me gênent pas dans mes mouvements, ce qui est utile pour un métier où l'on doit souvent conjuguer, au cours de la même journée, élégance et coup de boule, soirée mondaine et baston de bas étage.

Je finissais de me fringuer quand mon iPhone a sonné. Numéro privé, qu'il y avait marqué. Personne ne m'appelle jamais avec un numéro masqué. Pas sur ce téléphone. J'avais compris. Le groupe Delta était déjà en chasse.

Ils triangulaient. Ravenne devait être fou de joie.

Salope.

J'ai pris avec moi un imper, quoique ce mois de novembre soit décidément bien chaud, comme si les émeutes, encore plus que le réchauffement climatique, avaient directement influencé les changements atmosphériques. J'ai jeté un dernier regard à mon appartement. J'ai bien aimé le XIVe. C'était aussi l'arrondissement préféré d'Audiard, m'a souvent dit Antoine. «Un arrondissement d'anar de droite», qu'il disait.

Antoine aussi, je le sais même s'il ne me l'a jamais dit explicitement, aurait préféré vivre par là, plutôt que dans son coin où les avenues sont profondes et calmes comme des cimetières. Prendre un gorgeon chez Perret, rue Daguerre, boire un rabelaisien avec des rillettes sur du pain Poilâne, avec lui et le vieux Molène, je crois que ça a fait partie des seuls vrais moments heureux de mon existence, des moments où je me suis senti parfaitement détendu, comme jamais depuis l'enfance, enfin avant 78, avant Usinor, bien sûr.

Je suis descendu à la cave. C'est dans la cave que je pouvais trouver de quoi tenir un peu contre le groupe Delta. J'ai tapé le code et je suis entré. J'ai pris 20 000 euros en liquide, que j'ai répartis dans toutes mes poches. J'ai fixé un étui à mon mollet pour le poignard de commando et un autre à la cheville pour le Vélodog dont je n'aurais jamais cru qu'il aurait pu me sauver la vie.

Après, j'ai hésité entre un Heckler und Koch, un Mac 50 et un Browning Herstal GP 35, avec sa crosse étui finlandaise. Même si j'ai un permis de port d'armes, le Herstal était moyennement cachère : je l'avais racheté à un truand libanais. Mais je l'aimais bien, c'était vraiment une bonne arme. Et cachère ou pas, au point où j'en étais…

Dans la rue, j'ai tout de suite vu la BM série 1 marron glacé, en version 4 × 4.

Les voitures avec lesquelles on venait d'équiper, Ravenne et moi, le groupe Delta.

Ils s'apprêtaient à descendre et ont été surpris de me voir. Moi aussi, mais un peu moins.

J'ai croisé le regard de Ravenne.

J'ai sorti le GP 35 de mon étui d'épaule et j'ai vidé le chargeur de quinze cartouches en prenant bien soin d'arroser toute la bagnole et les silhouettes autour. Comme tout ce petit monde était bien entraîné, ils se sont planqués derrière les portières ouvertes ou sont rentrés dans l'habitacle en pleurant leur mère. Ça a transformé la rue Brézin et son matin mou de novembre en zone de guerre.

Il y a eu comme un brouillard de securit et le capot de la BM s'est soulevé. J'ai entendu la voix de Ravenne :

— Stanko, fils de pute !

Mais je courais déjà vers l'avenue du Général-Leclerc et la station Alésia pour éviter la trop évidente Mouton-Duvernet, où Ravenne avait dû placer un ou deux gonzes en deuxième ligne.

J'ai éjecté le chargeur vide qui est tombé dans le caniveau, j'en ai glissé un autre et j'ai balancé encore quelques bastos un peu au hasard derrière moi, sans regarder.

La corrida avait commencé.

Et c'était moi le taureau.

5

Tu étires ta grande carcasse. Tu bâilles. Cela a pour effet de te rendre toute ton acuité auditive et tu entends une voiture qui passe rue La Boétie, et plus loin, du côté des Champs-Élysées, des fourgons, sirènes hurlantes, qui vont vers l'émeute, qui vont vers le front dont la ligne encercle Paris.

Sur l'écran plat, tes basketteuses coréennes ont à nouveau laissé la place aux infos. Le rectangle rouge en haut de l'écran à gauche n'a pas bougé. Bloqué à 756.

Tu zappes sur les autres chaînes info, y compris certaines étrangères. Quand ce n'est pas un rectangle rouge, c'est un carré noir, et quand ce n'est pas en haut à gauche, c'est en bas à droite. Et ça devient un triangle orange ou un petit logo représentant un incendie avec le chiffre en surimpression.

756.

Tu ne sais pas qui a eu l'idée, le premier, de ce décompte des morts. Cela a dû arriver après le vingtième ou le vingt-cinquième tué, pendant ce mois d'août trop chaud.

Tu ne sais pas, mais ce journaliste ou ce rédacteur en chef, il faudra le décorer du Trident 1re classe, quand vous serez au pouvoir. Avec son compteur de cadavres, il a matérialisé, bien plus que les discours et les images, le fait que ce n'était plus de simples émeutes, même répétées.

Un pas avait été franchi.

Vers quoi ? Pas évident à définir. Celui qui, le premier, a décidé d'afficher ce décompte a décidé aussi, plus ou moins consciemment, de nous dire : ça y est, ce coup-ci, c'est comme une guerre, une guerre à bas bruit, mais une guerre.

Il y a quelques années, à peu près à la même saison, il y avait déjà eu des émeutes de ce genre, assez spectaculaires et assez durables pour qu'elles fassent la une en Europe. Au début des événements, à la une des journaux télé comme de la presse écrite, on avait là aussi joué avec un compteur. Il indiquait le nombre de voitures brûlées. Certains médias donnaient même des compteurs locaux, par région ou par ville. Le pouvoir s'est aperçu que cela avait un effet désastreux d'entraînement. Cela avait été, pour les émeutiers, à la ville, à la cité, au quartier qui battrait les records. Émulation délirante. Et on avait fait pression, d'un peu partout, pour qu'ils disparaissent, ces indicateurs du désastre mis en scène comme un spectacle de téléréalité ou un jeu sur une chaîne commerciale.

Mais, là, le décompte n'est pas celui de quelques bagnoles, c'est celui des morts.

En le laissant bien visible, les autorités envoient un message clair à qui veut l'entendre : nous ne cherchons pas l'apaisement comme la dernière fois, nous ne cherchons pas à ce que vous rentriez dans vos quartiers et nos CRS dans leurs casernes jusqu'à la prochaine flambée de violence.

Non, nous cherchons la lutte à mort.

Nous voulons montrer à l'opinion à quel point vous êtes dangereux et à quel point nous sommes courageux de vous résister. Il faut nous comprendre. On veut rester au pouvoir et, pour qu'on reste au pouvoir, vous allez payer le prix du sang. Quant à vous, Français de souche, n'oubliez pas ensuite qui vous a sauvés, n'oubliez pas pour qui voter l'année prochaine.

Toi, tu es assez cynique, comme Cicriac l'avait compris au temps de l'hypokhâgne, pour savoir qu'il ne s'agit pas un seul instant d'une guerre ethnique, celle qui fait triquer les *zids*, ni même d'une guerre civile comme dans la terminologie officielle du Bloc Patriotique.

Tu sais, dans cette histoire, que les seuls qui ont raison dans leurs analyses sont les cocos — tiens, est-ce que ce Cicriac est toujours au PCF ou, comme tant d'autres, est-ce qu'il a fait ses valises ?

Les cocos, mais plus personne ne les écoute, ils parlent d'émeutes de la misère, de révoltes de la faim, de la façon dont le gouvernement a organisé la guerre de tous contre tous pour faire oublier qu'il enrichissait la caste de grands patrons qui l'avait amené au pouvoir, tout en paupérisant le reste de la population avec une brutalité sans précédent.

Quant à l'extrême gauche, toujours autiste, elle avait pris fait et cause pour les émeutiers indiquant que le nouveau prolétariat à émanciper était chez les musulmans, les Noirs, les relégués des cités. Et ces cons organisaient, sans s'apercevoir de la contradiction, des manifestations avec des filles voilées dans leurs rangs.

Émancipation mon cul. En même temps, chaque fois qu'ils ouvraient leur gueule, ceux-là, le Bloc grimpait tranquillement. Comme dans les années 80-90, avec les associations antiracistes. On dit que les anges n'ont pas de sexe, ils n'ont apparemment pas de cerveau non plus.

Tu sais aussi que, lorsque tu avais un peu envie d'action, sans le dire à Agnès, lorsque tu sentais que même lui faire l'amour pendant des heures ne calmerait pas la bête qui te ronge le ventre, il t'arrivait de téléphoner à Stanko.

Et de lui demander s'il n'y avait pas un truc en vue contre des gauchistes, des trotskistes, des alternatifs...

C'était toujours le même dialogue.

— J'ai bien une réunion propalestinienne à la Bellevilloise à te proposer...

— Qui organise ?

— Le PCF...

— Non, Stanko.

— Ah oui, j'oubliais. Ton grand-père. Mais c'est plus les mêmes, tu sais...

— Ta gueule, Stanko, je n'ai pas envie de discuter de ça. Tu as de quoi nous offrir un peu d'ultraviolence, oui ou non ?

— Un foyer Sonacotra au Pré-Saint-Gervais. Ils ont même fait une mosquée dans la cave.

— Putain, t'appelles ça du sport, Stanko ? Tabasser des vieux ouvriers maliens... Laisse ça à Combat Blanc. Je ne mange pas de ce pain-là...

— Je sais ce que tu veux, Antoine, tu veux te friter avec des SAAB. Merde, tu n'es plus assez entraîné. Tu as vieilli, comme moi. Laisse mes jeunots des GPP-Bloc-Jeunesse se faire les dents sur eux. Et aussi sous-traiter à des skins. Des hommes de nos âges, Antoine... monter au feu contre des rouges et des anars qui font cinq heures de karaté par jour.

— Déconne pas, Stanko, je sais que toi, tu es encore de toutes les expéditions punitives anti-SAAB.

— Tu fais chier, Antoine. S'il t'arrive quelque chose, tu vas faire de la peine à Agnès et tu vas foutre le Bloc dans la merde. Comme l'avait fait cet adjoint au maire de Lancrezanne après nos victoires aux municipales...

— Rien à voir. Viens me chercher à dix-huit heures trente, Stanko. Et arrête de pleurnicher.

Et il venait te chercher. Pas chez toi, à l'appartement de la rue La Boétie, Agnès aurait senti que vous complotiez. Agnès savait aussi ce qui ne dormait que d'un œil au fond de toi. Ce qui avait toujours faim. Non, vous vous retrouviez dans un bistrot ouvert tard, en face du Maloya. Tiens, le Maloya, il t'avait bien baisé, Stanko, sur ce coup-là.

Stanko garait sa Merco, un coupé CLK, sur le trottoir, et foutait un macaron d'élu derrière le pare-brise pour ne pas être emmerdé par les flics. Il avait été un éphémère conseiller municipal d'opposition dans une commune de la ceinture rouge, Stanko, pour rendre service. Comme d'habitude. Éviter que le chef du groupe d'élus bloquistes au conseil municipal, une employée de préfecture qui vivait seule, ne se fasse attaquer, tringler et plus si affinités par les bandes du coin. Vous aviez su, avant la campagne, qu'elle avait déjà reçu des menaces de mort par téléphone et qu'elle avait été bousculée lors d'une distribution de tracts sur le marché dominical de la ville.

Alors le Bloc avait loué sur la commune un garage au nom de Stanko qui avait été mis sur la liste en position éligible. Il avait assuré la campagne et le service après-vente, se tapant des conseils municipaux jusqu'à deux heures du matin sur des sujets aussi passionnants que l'assainissement des eaux et les offres de marché pour sous-traiter les fournisseurs des nouvelles poubelles du tri sélectif.

Oui, il en avait toujours bavé au Bloc, toujours volontaire pour les trucs ennuyeux ou dangereux, mais il était monté en grade depuis l'époque de la Golf pourrie. Et ses costards aussi étaient mieux. Du sur-mesure ou du prêt-à-porter de luxe. Sans compter qu'il avait laissé repousser ses cheveux et subi plusieurs opérations de chirurgie esthétique pour les tatouages. Il était quand même le Délégué général à la sécurité du Bloc Patriotique depuis la mort de Molène. Il lui restait juste, quand on le voyait de face, une très légère dépression sur le front, souvenir de la flamme qui marquait l'extrémité de l'incendie « Commando Excalibur ».

Vous buviez un demi au comptoir. Stanko t'exposait le topo à voix basse.

— Un local, rue Doudeauville. Réunion informelle d'un groupe SAAB. Une bonne vingtaine. Peut-être plus, peut-être moins. Ils veulent lancer un journal de quartier et vont en discuter.

— Un flic sympathisant qui t'a rencardé ?

En général, c'était ça, les premières années. Et puis après il y a eu en plus les blogs, les réseaux sociaux. Ça en devenait presque trop facile. Tout le monde faisait sa petite propagande, mais tout le monde laissait aussi, pour des raisons d'ego, « blog, mon beau blog, dis-moi si je suis le plus beau de la blogosphère », filtrer des infos plus ou moins confidentielles, ce qui était assez désastreux, d'un point de vue tactique militante, pour les groupes évoluant à la marge du système.

— T'as fini ta mousse, Antoine ? Si on veut les choper à la sortie de leur petite fête, faut aller avant au point de ralliement.

Vous vous retrouviez dans un de ces appartements que Stanko louait un peu partout dans Paris pour les opérations spéciales des GPP. Des studios bourrés de matos et qui pouvaient aussi servir de planque pour des potes en difficulté et qui avaient besoin de se faire oublier.

Quand tu arrivais, avec ton grand corps vieillissant, impressionnant même en surpoids manifeste, cela provoquait pas mal d'étonnement chez les cinq ou six volontaires, toujours très jeunes, tout en muscles, avec des allures de chats sauvages. Certains d'entre eux, parce qu'ils étaient adhérents du Bloc et permanents des GPP, te reconnaissaient mais te voyaient souvent pour la première fois en chair et en os.

Ils n'en revenaient pas, ne savaient trop quelle attitude adopter. Complicité, respect, poser des questions poliment ou se taire au risque de passer pour des mal élevés. Les autres, souvent des skins ramassés par Stanko ou Ravenne du côté du Kop de Boulogne, étaient beaucoup plus méfiants. Ils ne voyaient pas qui pouvait être ce mec.

— C'est pas un flic, chef? demandaient-ils parfois à Stanko.

— Dis, merdeux, tu me prends pour un con?

Vous vous équipiez. Les skins restaient comme ils étaient et se contentaient d'une cagoule. Les GPP, Stanko et toi, vous enfiliez des treillis noirs sans marques distinctives. Toujours un peu mythomane, Stanko racontait qu'ils venaient de Serbie et qu'ils faisaient partie des surplus des tigres d'Arkan, le chef de guerre serbe recherché par le TPI et assassiné par on ne savait trop qui en sortant d'un palace de Belgrade. Que des camarades proserbes du Bloc, qui avaient combattu contre les Bosnioules assiégés dans Sarajevo, les avaient rapportés en souvenir.

Ensuite, des cagoules pour vous aussi. Les matraques, les poings américains, les nunchakus, un gros extincteur lacrymo dont se chargeait Stanko. Toi, les nunchs, tu évitais, tu n'avais jamais trop su t'en servir, malgré les cours de Stanko dans les salles d'entraînement du Bunker. Tu te retrouvais toujours à la limite de t'éborgner. Stanko, qui était pourtant patient avec toi, avait renoncé.

Tu aimais la testostérone presque palpable qui se concentrait dans un espace aussi confiné, se mêlant aux shoots d'adrénaline. Parfois, un jeune mec poussait un hurlement bref, comme ça, sans raison. Une sorte d'aboiement. On y sentait l'impatience du combat, le désir de violence.

Tu devinais ce qu'il en était, au fond, de ces petits mecs : une génération élevée dans le virtuel, dans la crainte du sida, des étrangers, du chômedu, de la précarité, dans la paupérisation honteuse des zones pavillonnaires. Le temps pour rien qui s'abîmait dans des jeux vidéo, les séances de branlette collective dans les piaules, ou, quand on avait de la chance, les filles d'à côté qui ne savaient plus faire l'amour qu'en mimant ce qu'elles avaient vu dans trop de films pornos.

Dans ces moments-là, en revanche, quand vous vous prépariez au combat, à ses risques, à ses incertitudes, et que sous les ordres de Stanko chacun savait exactement ce qu'il avait à faire, ils trouvaient à nouveau le goût du réel, ils se heurtaient enfin à des choses, des sentiments, des émotions, des êtres qui avaient une consistance, une force, une réalité.

Quand même, Stanko vérifiait que personne, surtout chez les skins, n'avait apporté avec lui d'armes de première ou de quatrième catégorie. Parce que, si ça tournait mal, ce n'était pas le même tarif.

Vous partiez dans une ou deux voitures louées sous de faux noms. Des morceaux de RIF, de rock identitaire français, saturaient les baffles des bagnoles, *Hotel Stella*, *Fraction Hexagone*, *Celtic Bastos*.

Et vous débouliez à toute vitesse, comme les hélicoptères d'*Apocalyse Now*, annoncés par votre propre musique d'épouvante et de haine.

Rue Doudeauville, tu t'en souviens particulièrement,

parce que tu as presque eu peur pour une fois, toi qui d'habitude es assez indifférent à ton propre sort comme à celui des autres, gardant toutes tes réserves d'anxiété et d'amour pour Agnès.

Ils n'étaient pas vingt mais plutôt trente, en fait, les SAAB qui voulaient jouer aux Citizen Kane de l'ultra-gauche. Ils étaient tous sur le trottoir devant le local : leur réunion venait de se terminer et ils discutaient par petits groupes.

— On y va quand même ?

La question avait été de pure forme. La frustration aurait été trop grande. Et les risques semblaient presque anodins en comparaison du plaisir dont on risquait de se priver. Le même raisonnement, exactement, qui fait qu'on baise sans capote avec un ou une inconnue.

Stanko est descendu le premier et, quand il a vu ça, il a arrosé tout le monde avec l'extincteur lacrymo en gueulant comme un damné et en nous ordonnant de sortir fissa des voitures.

En quelques secondes, il avait neutralisé une bonne dizaine de Redskins, mais les autres l'encerclaient et allaient le submerger.

Toi, tu t'es retrouvé face à un SAAB de dix-sept ans maximum qui n'avait pas encore saisi ce qui se passait au juste et tu l'as étalé d'un coup de boule. Vu son âge et comment il était baraqué, tu t'es dit que tu avais de la chance d'avoir eu l'effet de surprise pour toi. Ensuite tu en as étouffé un par-derrière et tu t'es servi de lui comme bouclier avant de lui cogner le crâne, deux fois, sur l'angle d'un volet. Il est devenu mou et tu l'as lâché.

Un de vos skins était par terre et gémissait entre deux bagnoles. Il avait un bras dans un angle impossible. Ça n'empêchait pas un SAAB aux yeux rougis par le gaz lacrymo de s'acharner sur lui à coup de Doc Martens.

Vous avez entendu une sirène.

Stanko esquivait par des sortes d'entrechats presque gracieux, qui contrastaient avec sa corpulence, les coups de batte d'un SAAB. Il a décidé que le jeu avait suffisamment duré. Il a défoncé le visage de son adversaire d'un coup-de-poing américain et a dit calmement :

— On décroche !

Déjà les SAAB commençaient à s'égailler, vous êtes repartis dans vos deux bagnoles et vous avez remonté la rue Doudeauville en surrégime et à contresens.

Ce soir-là, ce fut un bilan mitigé. Un des skins était resté sur le terrain et un GPP avait morflé. Nez cassé, bouche explosée. Il respirait mal. Esquilles d'os, fragments d'ivoire.

Vous êtes retournés au studio. Vous sentiez tous le gaz lacrymo, le sang, la sueur. Un des skins avait même dû chier dans son froc à cause de la trouille.

— Tu prendras ta douche le dernier ! lui a dit Stanko pendant qu'il donnait les premiers soins à son GPP blessé. On veut pas se laver dans ta chiasse.

Toi, tu baignais dans le bien-être, comme après un orgasme avec Agnès. Heureusement, tu avais plus souvent besoin d'Agnès, du corps d'Agnès, que de te retrouver dans un studio où ça sentait le sang et la merde.

Ce soir-là, une fois les skins repartis et les GPP étant allés conduire leur pote aux urgences, Stanko et toi vous avez eu, comme chaque fois, une faim de loup.

Il te ramenait chez toi mais vous faisiez un détour par l'Hippopotamus des Champs-Élysées et vous écœuriez les serveuses antillaises en dévorant chacun une côte de bœuf prévue pour deux, en redemandant sans arrêt de la sauce béarnaise et des frites. Sans compter les trois ou quatre bouteilles de chinon que vous buviez glacées comme des Américains, par plaisir de sentir vos dents agacées par un froid qui se transformait très vite en chaleur quand le vin arrivait dans votre estomac…

Stanko, il allait te manquer pour ça aussi. La pulsion de mort. Mais la pulsion de mort toujours surmontée.

Jusque-là.

Sur l'écran plat, devant toi, quelque chose attire ton attention. Quelque chose qui clignote.

757.

Tiens, un de plus.

Majoritairement, les morts sont du côté des jeunes, évidemment : grenades lacrymo en tir horizontal qui emportent la moitié du visage, Flash-Ball utilisés à bout portant, balles de 9 mm tirées par des unités cernées pour se dégager, voire, dans une demi-douzaine de cas, comme à La Courneuve, des exécutions sommaires, à l'arrière d'un fourgon.

Des images prises par des portables circulaient sur le Net.

Rien de probant, mais le simple fait que l'on n'essaie même pas de les censurer et qu'on ne se donne plus la peine de démentir, là aussi, c'était une façon pour le pouvoir de dire qu'il irait jusqu'au bout, par tous les moyens. Des journalistes chiens de garde l'encourageaient d'ailleurs, dans des talk-shows de plus en plus décomplexés sur les questions de répression et de sécurité.

Mais, et c'est nouveau, parmi les victimes, on compte aussi quatre-vingt-deux policiers à avoir perdu la vie depuis août. Là, le gouvernement, qui n'avait pas prévu de telles pertes, fait répéter à l'envi par tous les canaux dont il dispose que les membres des forces de l'ordre qui sont tombés ont été tués par balles.

Tous.

Et qu'il y a deux fois plus de blessés dans ses rangs. Par balles aussi.

Au Bloc, vous savez que c'est faux.

Sur l'ensemble des policiers tués, au dernier décompte, hier à dix-neuf heures, vingt et un l'avaient été effectivement par balles, d'après des chiffres officieux mais réels qu'un conseiller au ministère de l'Intérieur, taupe bloquiste, vous a communiqués.

C'est déjà trop, mais en faisant croire au pays que tous les flics morts le sont au feu, on donne l'impression à la population que c'est une guerre et qu'on est attaqués. C'est une arme à double tranchant. Il faut que les gens aient peur, mais pas trop.

En fait, toi tu devines que c'est presque pire pour ceux d'en face. Les révoltés. Les émeutiers. C'est leur Semaine Sanglante, mais ils n'ont même pas eu leur Commune.

Ils ne sont que quelques-uns à avoir des armes. Et même si la propagande du gouvernement et celle du Bloc, en termes différents, parlent d'équipements venus d'Afghanistan via la Bosnie et de moudjahidine surentraînés, c'est évidemment de la couille en barre.

Ce dont ils disposent, les émeutiers, ce sont de quelques armes que des truands leur ont revendues au prix fort, des fusils à pompe, des fusils de chasse à canons sciés, quelques pistolets automatiques aux ressorts fatigués et déjà utilisés par des braqueurs des années 80, un ou deux MR 73 piqués à des gardiens de la paix qui les ont perdus en courant.

Tu penses même, au plus profond de toi, qu'il faut une sacrée dose de désespoir suicidaire à ces gamins pour arriver à tuer autant de policiers avec les moyens du bord.

Il y a une semaine environ, une image aurait pu faire basculer l'opinion.

C'était du côté du Neuhof, un quartier insurgé près de Strasbourg. Un journaliste avec son oreillette et sa gueule en plastique de salarié de la domination (demain, il vous obéira comme il obéit maintenant à ses patrons progouvernementaux) commentait une intervention en cours.

On voyait, derrière lui, les habituelles rangées de CRS. Au second plan, des flammes qui faisaient rougeoyer la nuit et, plus loin encore, la forme massive et noire des barres d'habitation.

Et soudain, sur le côté gauche de l'écran, on a vu surgir un grand mec à capuche qui brandissait… un bidet.

Un vrai bidet, au-dessus de sa tête.

Le journaliste s'est retourné, on l'a vu se protéger le visage le temps que le mec bouscule trois, quatre, cinq CRS, en les écartant avec son bidet qui faisait une tache blanche incongrue dans tout ce bleu nuit, ce noir, ce rougeoiement.

On ne voyait plus que ce bidet, en fait. Malgré les hurlements et les avertissements, le gars en capuche a eu le temps, de toutes ses forces, d'écraser le bidet sur un CRS, sans casque, qui buvait une bouteille d'eau, adossé au fourgon.

Et puis la caméra, paniquée, a virevolté. L'image est devenue kaléidoscopique, on a entendu deux ou trois détonations sèches hors champ.

Deux secondes de noir à l'écran et à nouveau la tronche du journaliste. Il était en gros plan. Il avait changé de couleur.

Tu t'es rappelé que Louis-Ferdinand Céline avait dit quelque part que l'horreur était aussi une forme de dépucelage et tu t'es dit que ce jeune produit formaté d'école de journalisme venait de connaître sa première expérience.

Il a bredouillé, expliqué que l'agresseur avait sûrement contourné le dispositif policier par des fourrés et avait surgi sans prévenir. Quel niaiseux, ce journaliste ! as-tu songé. Comme si le gars allait faire : « Ouh ouh, j'arrive ! » Ce qui prouvait, n'est-ce pas, continuait le journaliste, à quel point les forces de l'ordre avaient affaire à forte partie et était vraiment au contact, au risque de se faire déborder. Le policier agressé par le bidet était soigné sur place. Son état était grave.

Et puis c'est là que la caméra a commis l'erreur de faire un plan large.

Toute la France a vu le corps du type au bidet.

Le tissu de la capuche se mélangeait directement à son crâne explosé. Il avait des blessures par balles un peu partout sur le reste du corps. Et surtout, surtout, le flic en civil qui balançait des coups de pied dans la dépouille, en souriant, pour vérifier que le type était bien mort.

Le lendemain, le peu de presse et de sites Internet qui n'étaient pas aux ordres avaient relayé les images qui évidemment ne furent jamais rediffusées par les grands médias. Mais chez les derniers à avoir un minimum de recul critique, on expliquait que, si la sauvagerie était dans les deux camps, la police, quoi qu'on en dise, avait, du fait de son entraînement et de son armement, le devoir de répondre de manière proportionnée. Et que ce n'était pas ce qu'on avait vu dans ce qui prit le nom éphémère d'« affaire du bidet ».

Le ministre de l'Intérieur, celui avec qui Agnès négocie en ce moment même, avait eu une ligne de défense presque surréaliste. « Imaginez, avait-il dit, que ce bidet ait été une bombe comme en porte les kamikazes islamistes. Imaginez le nombre de victimes. »

Les caricaturistes et les dernières émissions satiriques encore autorisées s'en étaient donné à cœur joie sur le thème du bidet explosif. Bien sûr, c'était ridicule et stupide, et tu espères qu'Agnès et la délégation bloquiste va bien le manipuler, ce con, même s'il est accompagné du secrétaire général de l'Élysée qui, lui, est beaucoup plus malin.

Il n'empêche, le désespoir qui avait poussé ce jeune mec, dont on apprit par la suite qu'il avait dix-huit ans et bossait en intérim dans une boîte de BTP, c'est ce désespoir lui-même, sa nature exacte, qui aurait dû vraiment faire peur.

Le gouvernement, qui avait voulu rouler des muscles avant les élections en matant des émeutes avec une férocité extrême, s'était retrouvé débordé. Il avait sous-estimé le désespoir mais aussi l'orgueil d'une population qui ne voulait pas faire les frais de la répression sans lutter, elle aussi, par tous les moyens. Et la situation était devenue ce qu'elle était maintenant : totalement incontrôlable.

D'où la danse du ventre de la majorité présidentielle autour du Bloc et les négociations, plus ou moins en sous-main, depuis une semaine.

Bizarrement, c'est le Vieux qui a prévu le premier le scénario du film tel qu'il se déroule aujourd'hui. Pourquoi bizarrement, d'ailleurs ? Le Vieux a toujours été un animal politique d'une intelligence fascinante et d'un instinct rarement pris en défaut. Il avait survécu à vingt ans de baroud avec les Affreux, les mercenaires de Bob Denard, tout en grenouillant dans la galaxie des groupuscules d'extrême droite qu'il avait réussi à fédérer, on se demandait encore comment, tellement ces gens-là se détestaient entre eux avant le Bloc. Après aussi, d'ailleurs, mais ça se voyait moins de l'extérieur. Quoique son prestige de chien de guerre ayant fait preuve de son anticommunisme les armes à la main, cela lui avait donné un putain de prestige.

Oui, pour les événements actuels, Dorgelles a compris dès que ça a commencé, en août.

Dès la première émeute.

Dès que s'est reproduit un scénario apparemment classique, banal jusqu'à l'écœurement.

Des gamins tournent en scooter au pied d'une cité de Saint-Étienne. Il fait chaud et la nuit qui vient de tomber n'a apporté aucune fraîcheur. Quelqu'un appelle les flics. C'est la BAC qui se pointe. Poursuite. La BAC serre de trop près un des scooters. Deux adolescents sont tués sur le coup. En quarante-huit heures, ça s'enflamme partout. À Saint-Étienne, à Lyon, mais aussi à Paris, Marseille, Lille, Strasbourg. Ça gagne même des villes d'importance secondaire.

Le lendemain de la deuxième nuit, à la consternation générale, il y a vingt et un morts. Deux policiers, dix-neuf émeutiers. On a tiré à balles réelles des deux côtés.

Le Vieux a dit à Agnès :

— Tu devrais te montrer à Paris, ma chérie. Vois ça avec Frank Marie. Antoine, tu me rédiges un communiqué pour l'AFP. Pour l'instant, la ligne est claire. On condamne l'impuissance du gouvernement à régler le problème des banlieues et de l'immigration puisque la moindre intervention policière tourne à l'émeute. On déplore les victimes, surtout dans la police, ça va de soi. Mais je ne vous cacherai pas que je suis surpris par le nombre de morts. L'incapable de l'Élysée veut gonfler ses muscles et se forger une réputation d'homme d'État par l'ordalie du sang. Seulement, il n'est pas sûr de la gagner, sa guerre contre les banlieues. À force de faire du Dorgelles sans Dorgelles, il les sous-estime gravement, ces voyous islamisés, il sous-estime leur fierté. Il oublie qu'ils n'ont rien à perdre, comme les Palestiniens, finalement. Il va entrer dans une spirale dont il va être incapable de sortir. Je ne serais pas étonné qu'il nous fasse signe, un de ces jours. Assez vite même. Dans deux ou trois mois, si ça continue sur cette lancée. Sous prétexte d'union nationale. En fait, ce sera surtout pour qu'on le sorte de la mouise dans laquelle il est en train de se mettre tout seul. Et quand il nous fera signe, alors là on aura ses burnes au creux de nos pognes. Et il nous suffira de serrer.

Tu as toujours aimé chez le Vieux son sens politique, son instinct de fauve, mais ce que tu aimes encore plus, c'est cette capacité qu'il a d'employer dans la même tirade les mots « ordalie » et « burne » le plus naturellement du monde.

Quand il a eu cette intuition, vous étiez, toute la tribu Dorgelles et toi, dans la chaumière normande de Sainte-Croix-Jugan, près d'Omaha Beach. Sainte-Croix-Jugan, c'est le village natal du Vieux. Un petit port, des parcs à huîtres. Sainte-Croix-Jugan, c'est sa légende dorée. Famille nombreuse, père ouvrier agricole, fusillé par les Allemands en 41 selon certaines versions ou parti sans laisser d'adresse parce qu'une famille nombreuse plus le rationnement, ça commençait à faire beaucoup. Même Agnès ne savait pas et n'a jamais réussi à en savoir plus. Comme toute la famille, en même temps, elle n'a pas cherché plus que ça. Sujet tabou. Et comme la plupart des archives locales avaient brûlé au moment du Débarquement, même les journalistes fouille-merde ne pouvaient rien prouver.

Ce qui est certain, c'est que Dorgelles avait douze ans au moment du Débarquement, et on raconte qu'il aurait pris le fusil de chasse de son père pour aller à la rencontre des Américains. On le voit encore, le fusil, dans la grande salle du rez-de-chaussée de la chaumière. Les rares invités, hors du premier cercle, sont presque obligés de se recueillir devant la relique. À Sainte-Croix-Jugan, sur trois cent trente-quatre électeurs inscrits, Dorgelles fait entre cinquante et soixante pour cent des voix. Même aux européennes qui ont suivi la scission de Louise Burgos, quand vous vous êtes effondrés partout, le Bloc a fait 42 % et Louise Burgos a dû avoir trois ou quatre voix.

En août, donc.

C'était à la fin du déjeuner. Vous aviez fait honneur à plusieurs bourriches d'huîtres d'Utah Beach arrosées avec du muscadet amphibolite de chez Landron. Et puis il y avait eu la tarte Tatin, noyée dans la crème fraîche d'une ferme voisine. Suzanne, la femme du Chef, avait fait la grimace. Les analyses du Vieux n'étaient pas si bonnes. Vous buviez le café, sous un ciel changeant avec la marée. La mer, au loin, hésitait entre toute une gamme de gris et de bleus, avec ce rien de métallique qui annonce parfois la pluie.

Dorgelles, depuis que tu le connais, a toujours sincèrement aimé ce coin du Cotentin. La chaumière appartenait à celui qui avait employé sa mère pour des ménages, un patron pêcheur de Sainte-Croix-Jugan. Revanche sociale. Mais aussi un goût sincère pour les jeux de lumière, l'iode, les embruns de ces plages du Débarquement, toute proches.

Il essaie d'y passer au moins quinze jours d'affilée l'été et il exige que la tribu soit là. Suzanne, sa seconde femme, est là évidemment, alors qu'elle t'a confié ne pas supporter l'humidité de la chaumière. Mais aussi son fils Éric, l'avocat de pas mal de chefs d'État de la Françafrique, et la femme de celui-ci, Gwenaëlle

Lefranc-Dorgelles, l'avocate du Bloc, grande bourgeoise blonde, ronde et faussement indolente. Éric, assez intelligemment, n'a jamais réclamé à son père le moindre poste au Bloc, le moindre siège d'élu. Il a simplement accepté de participer, au titre de personnalité extérieure, au conseil scientifique du Bloc pour élaborer le programme du parti sur la justice. « Tu seras garde des Sceaux, mon fils, si Dieu le veut ! » lui dit souvent Dorgelles. Et Éric de faire remarquer que ça l'étonnerait, qu'on les accuse assez comme ça de népotisme au sein du Bloc. « Alors je ferai de toi un ambassadeur ! » continue Dorgelles.

Éric sourit comme si c'était une plaisanterie. Éric est du genre impénétrable, tu n'as jamais su ce qu'il pense de toi au juste, de ton mariage avec sa sœur aînée et à vrai dire tu t'en fous. Il fait partie de ceux qui ont eu, au moins, la délicatesse de ne jamais te faire remarquer ton absence d'enfants avec Agnès.

Ce n'est pas le cas de sa femme Gwenaëlle. Elle n'a cessé de tanner sa belle-sœur, pendant des années : « Mais vous avez fait les examens ? C'est toi ou c'est Antoine ? Vous avez pensé à la FIV ? À adopter ? » Gwenaëlle est présidente de plusieurs associations ultracatholiques *pro-life* et elle ne jure que par ses cinq enfants. Elle est aussi blonde qu'Agnès est brune. En plus, elle s'occupe aussi du fils d'Emma depuis la mort de celle-ci. Eudes, un ado de quinze ans toujours malheureux comme les pierres, qui n'a pas eu le temps de connaître ses parents. Éric est le second mari de Gwenaëlle. Pour une intégriste, ça la fiche mal, surtout qu'elle n'a pas encore obtenu une annulation du mariage religieux au Vatican. Gwenaëlle, avant Éric Dorgelles, a été pendant quelques années l'épouse d'une figure du Bloc. Si elle a eu quatre filles qui ont entre douze et six ans avec Éric, son fils aîné, Gwenaëlle l'a eu avec son premier mari, Lefranc, beaucoup plus âgé qu'elle et qui possède deux belles propriétés dans le Médoc. Richissime. Il a été membre du bureau politique et même du bureau exécutif. Député au moment où il y a eu la proportionnelle. Député européen aussi, dès les premiers succès. Bailleur de fonds toujours présent pour régler les factures du parti.

Mais Lefranc, si bon chic bon genre, avec des costumes anglais et une façon de porter la moustache en guidon de vélo que tu lui as toujours enviée, a commis une erreur majeure : il a été partisan de Louise Burgos lors de la tentative de scission. Tu as été témoin à l'époque de la manière dont le Vieux, fou de rage, a reçu Gwenaëlle qui n'était pas encore sa belle-fille mais était venue tenter une médiation dans le grand bureau du Chef, au Bunker où toi et la garde rapprochée viviez comme des assiégés :

— C'est moi ou lui ! Et je vais te dire, tu as intérêt à vite faire ton choix ! Si tu restes avec Lefranc, ce n'est plus la peine de te présenter à Saint-Germain-en-Laye ou ici. Jamais. Ne te considère même plus comme l'avocate du Bloc ou de ma famille. Ton mari me doit tout. Tout, tu m'entends !

Il était rouge brique. Il avait tapé du poing sur la table tellement fort avec sa main artificielle qu'un des types de Stanko, placé à la porte du bureau, avait surgi en braquant un 11.43 parce qu'il croyait avoir entendu un coup de feu.

Gwenaëlle avait obéi au Vieux et même un peu plus que ça. Elle avait divorcé de Lefranc, avait pu garder son nom, toujours utile dans les milieux d'affaires, et pratiquement dans la foulée avait épousé Éric, le fils du Chef.

Tu es assez fasciné par Gwenaëlle, finalement, ce

mélange de cynisme et de rigorisme, d'ambition et de rigidité morale. Et même si elle a de moins beaux seins que ceux d'Agnès, ils sont tout de même pas mal pour une mère de cinq enfants.

Ce fils qu'elle a eu de Lefranc s'appelle Jason. Il n'a plus de relations avec son père et s'entend très bien avec son beau-père Éric et avec le Vieux. Le nom de Lefranc, finalement, c'est tout ce qui lui reste de son géniteur retourné à ses vignobles et à ses costumes de Savile Row.

Jason a vingt et un ans maintenant. Il vient d'être reçu au concours Orient du ministère des Affaires étrangères. Malgré sa famille un peu lourde à assumer mais dont il est fier et ses responsabilités au Bloc-Jeunesse. Il était venu avec sa fiancée, une brune charbonneuse prénommée Solange, sexy comme le sont les filles de la très vieille bourgeoisie et dont la famille avait donné à la France depuis deux cents ans, avec des fortunes diverses mais avec une remarquable régularité, de grands serviteurs, essentiellement des conseillers d'État, des militaires et des diplomates.

Tu aimes bien Jason. Ce jeune homme ne se contente pas de parler le russe, le japonais et un peu le chinois, il aime aussi tes romans et puis ceux de tous les Hussards. Il doit être la seule personne au Bloc avec qui tu puisses parler des moralistes du XVIIe siècle, le seul qui te ferait presque regretter de ne pas avoir consacré plus de temps à la littérature.

Une fois, il y a quelques années, lors des vacances de Pâques, quelqu'un s'était souvenu que tu avais été brièvement prof dans une autre vie et Gwenaëlle t'avait demandé si tu ne pouvais pas faire réviser à Jason le bac de français. Vous étiez partis trois jours à Sainte-Croix-Jugan, portables fermés.

Tu ne t'étais pas senti aussi bien depuis des années, à te promener de nouveau dans tous ces textes que tu n'avais pas oubliés mais dont tu ne te rappelais plus à quel point ils étaient somptueux et essentiels. Et tu t'étais promis de relire Rimbaud, ce que tu n'avais pas trouvé le temps de faire, évidemment. Tu t'étais demandé et tu te demandes toujours si ce n'est pas là ta vraie damnation pour avoir vendu ton âme au Bloc.

Ne plus pouvoir ni savoir lire Rimbaud dans le matin normand, sans avoir autre chose de plus urgent à faire :

> *Elle est retrouvée.*
> *Quoi ? — L'Éternité !*
> *C'est la mer allée*
> *Avec le soleil...*

Bien sûr, dans la tribu, il manque la fille du milieu, la sœur d'Éric et Agnès. Emma. Mais Emma, c'est encore une autre histoire et là tu n'as pas envie de penser à Emma.

Tu aurais plutôt envie cette nuit, alors que ça négocie toujours au pavillon de la Lanterne et que Stanko doit essayer de sauver sa peau, tu aurais plutôt envie donc du corps d'Agnès, blanc sur les draps blancs, dans le clair-obscur d'une chambre à Sainte-Croix-Jugan.

Avec une odeur de sel dont tu ne saurais plus si elle vient du sexe d'Agnès ou de la mer, la mer allée avec le soleil.

6

Je n'ai plus rien que la haine, cette nuit. La haine simple et nette d'un monde qui veut à nouveau ma peau comme il voulait la peau du petit garçon, quand Usinor a fermé. J'ai des images de pluie et de friches industrielles qui me reviennent. J'avais tout oublié. Ou plutôt, je croyais avoir tout oublié, à la longue. Et pourtant, j'y suis retourné souvent mais j'ai toujours évité Denain, Lourches, Douchy. Et puis aussi Lens, Liévin, Aire-sur-la-Lys. Trop de tristesse qui vient du fond de ma vie. Trop de honte. Trop d'horreur.

Quand même, c'est là que j'ai tué mon premier homme.

Et Antoine m'a fait lire assez de polars pour que je ne fasse pas comme tous ces caves qui reviennent sur le lieu du crime.

Mais j'essaie quand même de passer à Valenciennes, par exemple, deux ou trois fois par an. J'ai logé maman dans un F2 du centre-ville, juste derrière l'hôtel de ville, rue de la Nouvelle-Hollande.

C'est Antoine qui m'a filé du pognon pour le premier apport. Comme ça. Sans rien demander en échange. J'étais encore qu'une petite main des GPP, je sortais des paras et j'avais pas un flèche en poche, à part quelques billets donnés par-ci par-là par la compta du Bloc, et encore il fallait qu'Antoine et Molène insistent.

Heureusement, d'ailleurs, parce que avec ma gueule de skin, mes tatouages «Commando Excalibur», pour trouver un job, c'était pas ça. Et comme je n'étais ni raton ni karlouche, pour toucher quoi que ce soit, je pouvais toujours me brosser. En plus, c'était la crise et les agences d'intérim étaient bondées de gens qui hurlaient à la mort pour avoir du taf...

Enfin, la crise, elle avait bon dos. Ça a toujours été la crise, en fait. Depuis que je suis né, depuis Usinor.

La crise, la crise, la crise.

Comme tous les gars de ma génération, si je n'avais pas connu Antoine, si je n'étais pas entré au Bloc, j'aurais passé ma vie coincé entre les bougnoules qui squattent les allocs et les patrons qui sont tous juifs ou presque.

Antoine a beau me dire que c'est un peu plus compliqué, moi je sais que, s'il n'y avait pas les bouquaques, les patrons seraient bien obligés de nous embaucher. Ça leur sert bien, aux patrons, les immigrés, pour foutre la pression à la baisse sur les salaires et laisser les Blancos sur le bord de la route. Je suis sûr que si le Bloc avait autant critiqué les patrons que les bougnes, on y serait déjà, au pouvoir.

Et Agnès ne serait pas obligée de faire la pute avec la majorité présidentielle pour choper des ministères, le tout associé de clauses pas jolies jolies, comme de me faire la peau, à moi et à quelques autres. Mes potes du groupe anti-Burgos. Des anciens de ma section, recrutés pour l'occasion, parce que le Vieux n'avait plus confiance en personne ou presque. Et puis les mercenaires serbes, aussi.

C'est une connerie politique, en plus. Je suis sûr que

le Vieux, qui regarde ça de sa maison Art déco de Saint-Germain-en-Laye, au milieu de son grand parc, avec les roseraies, les serres, les bosquets et les folies imitations XVIIIe, les petits temples grecs et leurs pièces d'eau, il doit penser comme moi. Mais il n'a plus trop la main. J'ai pensé à l'appeler quand j'ai compris que le fait de me buter faisait partie du deal pour accéder au pouvoir.

Je sais qu'il m'aime bien, le Vieux. Il n'a eu qu'un seul fils et moi je n'ai pas eu de père, ou presque pas. En plus, on a été soldats tous les deux. Il m'a dit qu'il avait sauté en parachute quelque part au Congo, quand il se battait contre la subversion communiste et ses nègres diplômés.

C'est pour ça que Dorgelles et moi, on sent les hommes et les choses de la même façon, malgré notre différence d'âge. Sauter dans le vide d'un avion alors que rien ne vous y oblige, ça vous fait entrer dans une autre dimension. Ceux qui ont fait ça savent bien de quoi je veux parler. Ça crée une communion. Je suis sûr que, si j'arrivais à le joindre, à le voir entre quatre yeux, il ferait tout arrêter.

Et cette salope de Ravenne serait bien obligée d'obéir.

Dorgelles se souviendrait sûrement de la fois où je lui ai sauvé la vie, lors de la tentative de putsch de Louise Burgos. Et c'est pas une figure de style, quand je dis sauver la vie. Mais il était vraiment fatigué, ces derniers temps, le Vieux. Comme si d'avoir passé la main à Agnès, tout d'un coup, tout avait lâché en lui.

La dernière fois que je l'ai vu, c'était il y a deux mois environ, au tout début septembre. Les émeutes, meurtrières, étaient quotidiennes. Il était revenu de Sainte-Croix-Jugan, avec la tribu.

Comme il est encore officiellement président d'honneur du Bloc, il a l'initiative de convoquer quand il le souhaite un bureau exécutif. La plus haute instance du parti. En fait, le BE, je m'en faisais toute une montagne, quand je suis entré au Bloc. C'était le secret des Dieux. Tout se décidait là et redescendait au bureau politique puis au comité central. En fait, le BE, ça a toujours été une réunion entre potes, ou presque. Pas plus de cinq ou six.

Et ça s'est toujours passé à Saint-Germain-en-Laye, dans le salon rouge, assis à la bonne franquette, avec du champagne, du whisky irlandais et des mezze préparés par Suzanne elle-même, la femme libanaise du Chef, la maman du parti.

À ce dernier bureau exécutif auquel j'ai assisté en tant que chef des GPP, il y avait aussi, autour du Vieux, Agnès bien sûr et Antoine, toujours aussi amoureux ces deux-là, malgré les années et le fait qu'ils n'aient pas eu de mômes.

Bernard Ströbel était bien entendu présent. Ströbel, c'est l'éternel numéro deux, le prof de fac spécialiste de la Chine et qui, en vieillissant, finit par ressembler à un Chinois lui-même, avec des yeux de plus en plus bridés, un sourire de plus en plus figé, tellement il a dû avaler de couleuvres y compris quand Agnès l'a écrasé au congrès extraordinaire, l'année dernière. Le Vieux m'avait demandé à cette occasion de bien cadrer, mais en toute discrétion, les fédés ströbeliennes et leurs délégués au congrès. Il redoutait, jusqu'à la panique, que Ströbel tente un coup de pute à la manière de Louise Burgos. Sa tentative de scission avait laissé des traces, à cette salope.

Il n'avait pas digéré ça, le Vieux. Sans doute parce qu'il avait eu peur. Il ne me l'a jamais dit explicitement, mais je l'ai senti.

Il avait fait la plupart de ses coups mythiques avec

les soldats de fortune de Bob Denard et quelques autres. Il avait contrebarbouzé avec tout ce que la quatrième et la cinquième République avaient compté d'officines parallèles, il avait réussi, avec son charisme de dernier des Mohicans de l'Occident, à mettre l'extrême droite autour d'une table pour faire le Bloc, alors que tous ces groupuscules ne trouvaient rien de mieux à foutre que de se faire la guerre à coups de voitures piégées ou d'attentats. Il avait échappé lui-même à quatre ou cinq mitraillages de sa voiture et à trois bombes sur son palier, la deuxième avait même légèrement blessé Agnès, son aînée chérie, mais je sais qu'il n'avait jamais eu vraiment peur pour autant.

Parce qu'il est courageux, le Vieux, mais surtout parce que, même en position défavorable, il n'avait jamais connu le sentiment de *perdre la main*. Tandis que là, avec Louise Burgos, au congrès du Zénith, il n'avait pas vu venir le coup. Pour la première fois de sa vie.

Enfin, bref, à ce BE il y a deux mois, assistaient aussi Frank Marie, le directeur de la communication, et Christophe Delsalle, un ancien *zid* assagi, une tête en économie. Eh bien, le Vieux m'avait paru vraiment vieux. Hésitant, presque désemparé, répétant sans cesse : « Tu vas faire quoi, Agnès, tu vas faire quoi ? »

Et Agnès d'expliquer calmement sa stratégie du recours, les offres discrètes de service au gouvernement qui ne contrôlait plus rien ou presque. Et une fois dans la place, avec des ministères, faire preuve de nos compétences et emporter le morceau à la prochaine présidentielle. Elle n'avait pas osé dire à son père que c'était lui-même, comme me l'avait raconté Antoine, qui avait théorisé cette stratégie quelques semaines plus tôt, en août, quand la tribu était à Sainte-Croix-Jugan. On aurait dit que d'avoir eu raison avant tout le monde, plutôt que de le doper, ça l'avait achevé.

Les autres acquiesçaient à l'exposé d'Agnès, à part mon Antoine qui a toujours un peu l'air d'être ailleurs dans ces cas-là, avec sa grande carcasse et ses yeux clairs. Mais c'est Dorgelles que je regardais surtout. Il ne touchait pas à sa coupe de champagne, son menton tremblait un peu et la seule fois qu'il a interrompu Agnès, ç'a été pour dire :

— Alors, vous ne touchez pas à l'houmous que Suzanne a préparé exprès pour vous ? Allez, allez, servez-vous, vous allez lui faire de la peine.

Et on s'est tous sentis obligés de se tartiner de l'houmous sur les galettes de pain libanais. Quand tout le monde a eu la bouche pleine, le Vieux en a profité pour se lever et dire :

— Allez les enfants, je suis un peu las ce soir, je vais vous quitter. Mais restez, hein, je ne vous chasse pas...

Il nous a laissés comme deux ronds de flan sans qu'on sache trop comment réagir.

C'est Antoine qui a dit, au bout de deux minutes de mastications gênées et de silence :

— Il faudrait peut-être prévenir Suzanne.

Suzanne est arrivée d'elle-même presque aussitôt, avec un domestique qui a débarrassé les mezze pendant qu'elle se servait, debout, une coupe de champagne.

Agnès a fait la moue. Suzanne, c'est un remariage friqué du Vieux qui a permis à la famille Dorgelles de sortir de la situation financière assez précaire des années 60-70. Les mercenaires ne font jamais fortune. Suzanne, en même temps, ce n'est pas la mère des trois enfants.

— Roland est fatigué, tu ne trouves pas, Agnès ?

— Suzanne, on est dans un bureau exécutif, là. Je ne crois pas que ce genre de remarque puisse intéresser Stanko, Bernard, Christophe ou Frank.

— Tu as raison, ma chérie, excuse-moi. Bon, je ne vous retiens pas.

Voilà, c'est la dernière image que j'ai de l'homme à qui je dois tout, après Antoine Maynard et Molène.

Un vieux qui se lève, nous plante là sans prévenir, et son dos fatigué, voûté qui disparaît par une porte...

Non, même si j'arrivais à le joindre directement, je doute qu'il puisse faire quoi que ce soit.

J'entends dans le couloir une mère sénégalaise qui engueule en wolof ses mômes qui piaillent et du coup je repense à maman.

Rue de la Nouvelle-Hollande, c'est une jolie adresse, je trouve. Plus jolie que cité Werth, par exemple, ou cité Martin, avec leurs petites maisons en briques noircies. Là où je jouais à la guerre, dans les salades des jardins potagers, avec mes sœurs et mes copains. Je me demande ce qu'elles sont devenues, mes sœurs.

Elles ne veulent plus me voir depuis l'époque du commando Excalibur. Merde, j'avais quinze ans. Je suis certain que maman ne leur a pas raconté. Ne leur a pas *tout* raconté. Certain. Si elle l'avait fait, mes sœurs auraient vraiment une bonne raison. Mais là, c'est à cause du Bloc : le facho est déjà mort pour elles. Qu'elles se rassurent, il y a des chances que ça devienne autre chose qu'une clause de style, dans les heures qui viennent.

Ravenne doit faire bouger tous ses contacts dans le milieu et chez les flics, Marlin a donné des consignes pour qu'ils puissent secouer les indics.

Moi, de mon côté, en fait, j'en ai quand même eu, des nouvelles, d'une de mes sœurs. Pas de l'aînée, Hélène, mais de la benjamine, Natacha. Je n'ai pas eu de nouvelles par maman. Avec maman, parler de papa ou des sœurs, c'est tabou. Et pour éviter qu'elles me croisent quand je vais la voir à Valenciennes, je pense que maman doit les prévenir par téléphone.

Non, c'est très indirectement que j'ai eu des nouvelles de Natacha : j'ai vu sa tête sur une des professions de foi, aux dernières élections régionales, quand je suis allé superviser les GPP sur place. Elle faisait partie des soixante-quatorze candidats présentés par le parti communiste français pour le département du Nord.

C'est une région clef pour nous, le Nord-Pas-de-Calais, on y a toujours fait de bons scores et Agnès se taille un fief à Loudrincourt-les-Mines, dans le Pas-de-Calais. Elle va bien finir par y arriver, à prendre la mairie et la députation qui va avec dans la foulée. Dire qu'il faut que j'aille régulièrement la couvrir là-bas, alors que le Pas-de-Calais me fout des cauchemars, pire que le Denaisis, c'est dire. Le Pas-de-Calais, c'est la terre où j'ai perdu mon âme, où j'ai fait des choses qui m'enverraient en enfer si je ne savais pas que l'enfer c'est ici et maintenant, surtout depuis que je suis dans cette chambre à attendre que Ravenne ou un des Delta vienne me finir.

Mais pourquoi je dis encore nous, en parlant du Bloc ? « Nous » essaie de me buter, désormais. Et Agnès n'a pas dû s'y opposer. Ni Antoine d'ailleurs.

Pour ce qui concerne Natacha, c'est une habitude, chez moi, je regarde toujours les professions de foi en détail, quand je suis en mission pendant des campagnes électorales. On trouve parfois des coïncidences intéressantes, on peut faire des recoupements et éventuellement simplifier des situations.

Tiens, c'est drôle comme tout me remonte.

Voilà que je me souviens de l'affaire de Herlin. Une municipale partielle dans l'Oise. Herlin, commune de douze mille habitants. Campagne électorale bien féroce. Le maire de droite, mis en examen, lâché par une partie de sa majorité qui démissionne. Le Chef qui dit : « Là-bas, on peut la prendre, la mairie. On a un bon candidat, je lui ai dit d'accepter les démissionnaires du ripou. »

Seulement le ripou, il ne lâche pas l'affaire. Il veut la reprendre, sa mairie. Et nous, le Bloc Patriotique, on est son principal ennemi, la gauche ne pesant plus rien dans ce chef-lieu de canton devenu grande banlieue de Paris, avec sa seule usine, une fabrique de pompes, délocalisée chez les faces de citron depuis belle lurette.

Alors ce qu'il fait, ce malin de maire, c'est qu'il suscite en sous-main une autre liste d'extrême droite, complètement bidon. Complètement bidon mais carrément violente : des membres de cette liste, avec des gros bras, attaquent une réunion des candidats bloquistes qui se tenait dans la salle des fêtes. Ils ont arrosé le public, des vieux et des familles, avec des bombes lacrymo et il y a même un des mecs qui est monté à la tribune et a balancé un pain à un de nos candidats.

Ça fait un article dans le *Courrier picard*. L'ancien maire dit qu'il n'y est pour rien, que c'est une honte de voir l'extrême droite régler ses comptes dans sa bonne commune de Herlin.

Le Vieux me convoque avec Molène, qui était encore vivant, dans son bureau du Bunker. Il gueule.

Il dit : C'est quoi cette liste ?

Il dit : C'est des anciens de l'autre salope de Louise Burgos ?

Molène dit oui, mais pas que. Il y a des inconnus au bataillon.

Le Vieux dit :

— Tu veux pas envoyer Stanko avec quelques gars. Voir de plus près et protéger nos candidats. Stanko, tu veux bien ?

Molène me regarde. Le Vieux me regarde. Je dis que oui, je veux bien.

Je choisis trois costauds qui glandaient dans la salle de muscu.

Je dis :

— Faites vos bagages. On part dans l'Oise.

On arrive dans l'après-midi, on prend des chambres dans un Formule 1 sur la bretelle d'autoroute qui mène à Herlin. On entend un couple adultère qui baisouille. Il fait un temps de merde. Je téléphone à notre candidat. Il dit :

— Venez dîner.

Notre candidat, c'est un vétérinaire. Il a une belle maison et une belle femme aussi. Elle fait un peu la gueule quand elle voit les trois GPP aux allures de catcheurs plus moi à sa table. Ils font pourtant des efforts, mes gars, ils essaient de ne pas reprendre deux fois le single malt du véto ni de faire trop de bruit en buvant leur potage mais, ils ont beau faire, ils font tache, malgré leurs blazers. On dirait des orangs-outans habillés pour l'occasion. J'éprouve soudain une grande tendresse pour eux qui subissent le mépris muet de cette connasse de bourge qui a dû cacher ses filles alors qu'on vient sauver les miches de son bonhomme. Si ça se trouve elle le cocufie avec le notaire ou le sous-préfet, cette conne.

Le véto, lui, est sympa. Il nous remercie et remercie le Bloc de nous avoir fait venir si vite. Il dit qu'il connaît la tête de la liste qui fait chier. Il ne dit pas « qui fait chier », évidemment. C'est un marchand de bois. Il doit une fortune à l'ancien maire. Alors l'ancien maire lui a demandé de monter une liste d'extrême droite pour l'emmerder, lui, le véto, et le Bloc. Le numéro trois de cette liste dissidente, c'est d'ailleurs un ancien du Bloc, tendance Louise Burgos.

Et l'attaque de sa réunion, le véto, il en dit quoi ?

Il dit qu'encore deux ou trois incidents de ce genre et il va perdre tous ses électeurs potentiels qui vont revenir du côté de l'ancien maire. Il dit qu'il n'est même pas sûr d'aller jusqu'au bout de la campagne, à ce rythme. Je demande alors, au moment du café, que la femme du véto sert en faisant toujours autant la gueule, s'il ne pourrait pas me la montrer cette liste.

Il dit : Oui, bien sûr, passez dans mon bureau.

Je regarde la liste. Le nom du marchand de bois. Puis le nom du burgosiste. Je me le rappelle, il était au fameux conseil national de l'hôtel Nikko, celui au cours duquel Louise Burgos et sa bande avaient tenté leur putsch contre le Vieux.

Mais ce n'est pas ça qui attire mon attention. C'est un nom en neuvième position. Je vois écrit : « Régis Paskovski, garagiste, 32 ans, un enfant. »

Tiens, tiens, tiens.

Je demande au véto : Vous savez où il habite ce Paskovski.

Il me dit : Oui. Il me dit : Pas loin. Au-dessus de son garage, rue Clemenceau, pourquoi vous le connaissez ?

Je dis : Ça se pourrait.

Je dis : On va vous laisser.

Je dis : On vous tient au courant très vite.

Je dis : Merci madame pour cet excellent dîner.

Et je fais signe à mes trois gars qu'on s'en va.

Dehors, il fait nuit. On remonte dans notre 4 × 4 Mitsubishi, on regarde un plan du bled, la rue Clemenceau est à une petite borne. J'explique un peu aux gars.

Ils ricanent. Disent, un peu fayots : Vous avez bien fait d'examiner la liste, chef.

On arrive au garage, il est fermé. Je sonne à la porte à côté où il y a marqué Régis Paskovski. Ça ne répond pas. Je sonne encore.

Longtemps.

Une fenêtre s'ouvre au-dessus du garage. C'est une bonne femme qui braille :

— Qu'est-ce que vous voulez, vous avez vu l'heure ?

Un de mes gars dit :

— On est désolés, pépin mécanique, on est pressés.

La meuf grogne :

— Vous avez qu'à revenir demain, non mais.

Mon gars insiste :

— Mais c'est urgent madame, on est prêt à mettre beaucoup d'argent si on pouvait repartir vite. Beaucoup.

Et il secoue une liasse de biftons.

La bonne femme doit se retourner vers son mari. On entend sa voix, il dit :

— Ça va, je descends.

Moi, je suis toujours devant la porte. J'entends des pas dans l'escalier, je vois la lumière qui s'allume, je vois à travers le verre dépoli une silhouette qui s'amène, qui ouvre la porte.

Je dis :

— Bonsoir, Régis, tu te souviens de moi ?

Et je lui envoie un gros coup de boule.

On entre avec les gars, on grimpe les escaliers et on arrive au premier où Régis et sa rombière regardaient une série américaine. La rombière en nous voyant débouler avec son mari qui a la gueule en sang ne sait pas si elle doit hurler ou se jeter sur le téléphone. On ne lui laisse pas trop le temps de réfléchir vu qu'un de mes mastards lui balance une mornifle à lui dévisser la tête et dit :

— Toi, tu la fermes. Où est ton môme ?

Elle chiale :

— Qu'est-ce que vous voulez ?

On dit :

— Ta gueule. Où est ton môme ? Qu'on aille voir s'il dort bien pendant que les autres vont discuter gentiment.

Et il lui balance une autre mornifle et part avec elle dans le couloir.

On se retrouve avec mes deux gars restants, et Régis qui saigne toujours et renifle douloureusement.

— T'as mal, Régis ? je demande.

Il me regarde, il dit :

— Stanko, qu'est-ce que tu fais là, enculé ?

Un de mes gars s'apprête à lui envoyer une nouvelle mandale, je fais signe que non. Je dis :

— Je t'explique, Régis, puisque je vois que tu te souviens de moi. Voilà, Régis, tu vas aller voir le *Courrier picard* et tu vas dire que la liste du marchand de bois elle est pilotée en sous-main par le maire parce que, le marchand de bois, le maire le tient par les couilles à cause de ses dettes. Oui, je sais que tout le monde le sait. Mais personne ne le dit. Si un notable comme toi, mon beau Régis, balance ça dans la presse, ça va tout de suite prendre un autre poids, surtout si tu annonces que tu t'en vas de la liste parce que tu viens de comprendre que, dans ces conditions-là, elle ne peut dignement représenter les intérêts communaux. Tu comprends, Régis ? Dis-moi que tu comprends bien. Je sais, ce n'est pas de pot que je retombe sur toi, Régis, y avait pas une chance sur mille. Mais pourquoi il a fallu que tu te mêles de politique, Régis ? Pourquoi t'es pas resté tranquille avec tes vidanges, tes carburateurs et tes batteries, hein Régis ? Je suis un cauchemar pour toi, Régis, un cauchemar surgi du passé. Ce serait dommage que tu perdes tout ça, Régis, toute cette vie bien propre, bien nette, avec ta femme, ton môme, ton garage…

Je fais un signe aux gars d'aller en griller une dehors. Je n'ai pas envie qu'ils entendent la suite.

J'attends qu'ils descendent, que la porte claque et que leurs voix dehors parlent du temps frisquet.

Je continue en relevant le menton couvert de sang de Régis :

— Je sais que tu étais mineur au moment des faits, Régis, mais bon tu risques quand même de tout perdre. Tu crois que je ne pourrais pas retrouver les films du Docteur, Régis, tu prendrais le risque ? Vraiment ? Tu prendrais le risque que l'on te voie à dix-sept ans, complètement défoncé à la bière et au crack, avec tes tatouages, en train de violer et de torturer cette gamine au bord de la Lys, cette beurette que tu as saignée, découpée et dont tu jetais les morceaux dans l'eau, l'un après l'autre. Même le Docteur, derrière sa caméra, il rigolait au départ, mais à la fin il avait la gerbe. Tu veux que je parle moins fort, Régis ? Tu veux que je parle moins fort parce que tu ne veux pas que ta femme entende ? Je comprends, Régis, je comprends, tu as honte. Tu pleures, mais tu riais à l'époque, Régis, tu fumais du crack comme le dernier des nègres, Régis, comme le dernier des toxes et on te verrait encore rire sur les films du Docteur. Et ne me dis pas qu'on est tous dans le même bain, Régis, quand on jouait dans les *snuff* du Docteur. On était tous masqués, sauf toi, Régis, et puis le Docteur est mort maintenant. Il s'en fout. Mais va savoir qui a les films, Régis ? Peut-être moi… Peut-être un amateur que je connais et que je peux faire chanter comme je te fais chanter maintenant, Régis. Alors tu as compris, le *Courrier picard*, Régis, ton grand sursaut moral. Tu renonces et tu vas être très convaincant, Régis. On ne veut plus que tu embêtes le vétérinaire… On va attendre un peu dans le coin, sinon.

Ensuite je suis reparti avec les gars vers le Formule 1. En descendant du Mitsubishi, j'ai vomi tout ce que j'avais dîné chez le véto. Mes trois gars avaient l'air inquiet :

— Ça va pas, chef ?

J'ai dit : Si, si !

Mais non, ça n'allait pas, en fait. J'ai revu les bords de la Lys, la caméra du Docteur, les films, et surtout celui avec Régis, les yeux fous, à poil, en érection, qui brandissait le foie de la gamine en riant.

J'ai cauchemardé toute la nuit.

J'ai regretté de ne pas avoir de tranquillisants, moi qui n'en prends jamais. J'ai pensé que ça devait être bien, une nuit toute lisse, toute noire.

Le lendemain matin, j'ai téléphoné au véto.

J'ai dit que ça allait sûrement s'arranger mais qu'on restait encore un peu, histoire d'assurer le coup. Il a soupiré au bout du fil. Il a murmuré « merci », puis il a vite raccroché. Il devait sans doute examiner le trou de balle d'un clébard et ne voulait pas entrer dans les détails devant des clients.

Et on a traîné avec les gars toute la journée au Formule 1, à boire de la bière et de la vodka, à manger des hamburgers qui venaient du fast-food juste à côté, à regarder des émissions de télé, celles de l'après-midi, celles qui aident les vieillards à mourir et les femmes au foyer à devenir alcooliques.

Au bout de quatre jours Régis Paskovski donnait son interview au *Courrier picard*.

Les gars et moi, on s'est éparpillés dans la ville à hanter les commerces et les bistrots. Ça ne parlait que de ça, il n'y avait plus que le véto et le Bloc qui apparaissaient comme honnêtes dans ce panier de crabes.

On a encore attendu deux jours, il y avait une autre réunion électorale du véto. Un des gars y est allé. Quand il est revenu à l'hôtel, il nous a dit qu'il y avait la foule et qu'il n'y avait pas eu l'ombre de la moindre provocation. Le lendemain, le véto m'a appelé sur mon portable et m'a dit que le marchand de bois jetait l'éponge.

On est revenus sur Paris et, dans le Mitsubishi, un des trois GPP m'a demandé ce que je lui avais raconté vraiment à Régis Paskovski. Ça m'a fait repenser à l'époque Excalibur, les squats à Lens et surtout les films du Docteur et je lui ai dit :

— Qu'est-ce que ça peut te foutre, hein, sérieusement, qu'est-ce que ça peut te foutre ?

Je me suis mordu l'intérieur de la joue pour ne pas chialer et, quand on s'est arrêtés pour prendre de l'essence dans une station-service un peu avant de franchir le périph, je suis allé aux toilettes et j'ai recommencé à vomir jusqu'à ce que je n'aie plus rien dans l'estomac et qu'il y ait seulement de la bile qui me brûle l'arrière de la gorge.

Finalement, le véto a été élu avec 50,23 % des voix.

Cet enculé a rendu sa carte du Bloc dans les deux mois qui ont suivi pour devenir « indépendant » et faire plus fréquentable.

Oui, toujours regarder les listes de candidats en détail.

Toujours. Et la photo, à côté, s'il y en a une.

C'est comme ça que j'ai reconnu Natacha. Elle ne s'appelait plus Stankowiak mais Mazowiek. Polakland, un jour, Polakland toujours. Rouki dzouki, metka, luberka, bal chez Kubiak et photos de Jean-Paul II à côté du buste de Lénine. Natacha Mazowiek, mariée, un enfant, vingt-neuf ans. Je ne connais évidemment pas l'enfant, c'est une petite fille, je crois. Ni le mari. Ce qui n'est pas plus mal.

Des Mazowiek, il y en avait à la cité Martin, mais ça m'étonnerait qu'elle l'ait choisi là. Agente de médiation culturelle, qu'il y avait marqué sur la liste, pour sa profession. Elle avait dû rencontrer son mari chez ces petits pédés de Lille III. Et elle devait traîner avec les cultureux, dans toutes ces associations financées avec le pognon du contribuable. Ceux que la gauche envoie à Loudrincourt-les-Mines pour essayer de faire reculer le fascisme en la personne d'Agnès et qui ne comprennent toujours pas pourquoi le spectacle vivant sur le marché n'empêche pas le Bloc de faire 45 % à chaque élection, pourquoi le théâtre de rue ne rend pas sa conscience de classe aux 28 % de chômeurs, aux 30 % de érémistes, pourquoi les citations de Brecht peintes par des « plasticiens d'intervention citoyenne » sur les murs des corons n'empêchent pas la bête immonde de grossir, quand eux sont repartis le soir dans leurs lofts du Vieux-Lille.

Au moins, Natacha n'était pas partie sur une liste de trotskistes ou d'écologistes. Elle était restée fidèle à papa.

À l'idéal de papa.

À l'héroïque connerie de papa.

Qu'elle avait à peine eu le temps de connaître. Elle avait quel âge, quand il a décidé de se tromper de pont, Papa, et n'a pas pris celui qui arrivait sur Lourches mais celui qui menait à l'écluse sur le canal et que sa voiture est tombée dedans ?

Oui, tu avais quoi, Natacha, deux mois, trois mois ? La petite dernière, celle qu'on fait malgré les années de chômage, pour garder foi en l'avenir, celle qu'on fait malgré les mensonges de la gauche au pouvoir qui avait promis de sauver la baraque, qui avait juré qu'on continuerait à faire de l'acier à Denain. Il y avait même des ministres communistes au gouvernement, quand tu es née, Natacha, tu vois comme la vie allait être plus belle.

Les années se mélangent, je suis fatigué, mais je suis certain que c'était un mardi 12 décembre.

Je vais te dire pourquoi, Natacha, parce que je me souviens du petit garçon que j'étais quand la nouvelle est tombée le 12 décembre 1978 et qu'Usinor a annoncé la suppression de cinq mille emplois à Denain et de cinq cent cinquante à Trith-Saint-Léger.

Comme un bombardement, Natacha, un tapis de bombes. À cause, notamment, de ces enculés de Bruxelles, déjà. On disait la CEE à l'époque, moi je dis que c'étaient des enculés et que ce sont toujours des enculés, Natacha.

Et que c'était trois ans après jour pour jour, un 12 décembre, que les gendarmes sont arrivés à la maison, que maman leur a proposé, forcément, du café, tu sais bien, Natacha, cette cherloute du Nord, trop claire, cette lavasse qui reste toute la journée et qui laisse une odeur fade dans toutes les maisons. Hélène n'était pas là. Elle venait d'entrer en seconde. Elle apprenait ses leçons chez une copine, sans doute les Borowiek, trois maisons plus loin.

C'était la fierté de la rue, Hélène.

Les gendarmes, Natacha, les gendarmes…

Peut-être avaient-ils fait partie de ceux qui avaient chargé tant de fois pendant les grèves et mis Denain en état de siège durant des mois, bloquant les sorties de la ville vers Lille ou Valenciennes.

Peut-être avaient-ils fait partie de ceux qui avaient cogné papa pendant une de ces manifs qui avaient dégénéré, quand ils l'avaient surpris avec une fronde et des boulons. Peut-être avaient-ils fait partie de ceux qui lui avaient pratiquement fait perdre un œil à force de le tabasser à cinq ou six alors qu'il était à terre.

Peut-être avaient-ils fait partie de ceux qui avaient voulu le ramener vers leurs fourgons et qui y seraient parvenus si ses potes d'atelier, tous au Parti et à la CGT, ceux qui bossaient avec lui à la coulée, ceux qui avaient le même teint de brique que lui, bronzés toute l'année qu'on disait pour rigoler tellement ils étaient cuits par la chaleur de l'acier en fusion, ceux qui avaient la même toux caverneuse que lui, cette toux qui nous réveillait la nuit, si ceux-là n'avaient pas lancé une charge désespérée à la barre à mine, à une dizaine, avec leur casque et leurs lunettes de protection, en hurlant, une putain de charge héroïque, et avaient réussi à ramener papa à moitié évanoui dans les rangs de la manif sous les applaudissements.

On t'a raconté tout ça, Natacha ? Hélène te l'a raconté, ou maman, ou tes camarades plus âgés du parti communiste qui l'ont connu ?

Oui, c'étaient peut-être ces mêmes gendarmes qui sentaient le dehors et le tabac froid qui disaient à Maman qui avait dans les mains une guirlande dorée parce que malgré tout, on avait beau dire, c'était Noël : « Pas de chance, madame Stankowiak. Il faisait nuit. Il faisait du brouillard. Et puis, il avait peut-être bu un coup de trop avec ses copains de la cégète au Poilu. Il y passait beaucoup de temps, non, depuis quelques mois ? Mais non, madame Stankowiak, on ne dit pas que votre mari buvait. Tout le monde sait que c'était un ouvrier sérieux même si un de nos collègues de la gendarmerie de Saint-Amand l'a contrôlé en excès de vitesse il y a deux semaines et qu'il sentait l'alcool. Il n'a pas verbalisé parce qu'on sait que c'est difficile en ce moment pour les anciens d'Usinor. Non, vous ne pouvez pas le voir, il a été emmené à la..., enfin vous pourrez venir le reconnaître demain, si vous voulez. Un suicide, mais pourquoi un suicide, madame Stankowiak ? De toute façon, il vaudrait mieux pas. Il avait peut-être prévu une assurance-vie, même toute petite ? Et dans ces cas-là, vous savez, ils font des histoires. Pareil pour le fonds d'indemnisation. Enfin nous, ce qu'on vous en dit, madame Stankowiak... »

Et toi, Natacha, tu en dis quoi quand tu fais des ateliers d'écriture avec des chômeuses, des licenciées du textile de Roubaix, de la Cristallerie d'Arques ou des précaires de chez Toyota, parce que ce n'est pas ce qui manque la misère sociale à encadrer dans le Nord-Pas-de-Calais, tu en penses quoi ?

Il était bourré, papa ?

Ou il s'est suicidé froidement ?

Ou il s'est suicidé bourré ?

Dis-le, Natacha, dis-le, parce que, moi, la seule chose dont je suis certain, c'est que les gendarmes, ils ont achevé de tuer ce qui restait d'un petit garçon, ce 12 décembre.

Je ne sais toujours pas qui est né après, je sais juste que c'est quelqu'un qui ne supporte plus que le café très fort, qui déteste l'approche de Noël, les guirlandes et toutes ces joyeuses saloperies lumineuses. Je sais que tu dois penser avec Hélène que c'est un monstre, un skin hyperviolent, une ordure fasciste, et vous avez peut-être raison, mais moi, Natacha, la seule chose dont je sois certain, encore une fois, dans cette piaule sordide, entre mon GP 35 et mon iPhone, c'est qu'un petit garçon est mort, ce 12 décembre-là, et que ce petit garçon, c'était moi, Natacha.

7

Tu te lèves, la nuit avance, tu tournes en rond, tu as envie d'appeler Agnès sur son portable d'urgence mais tu sais qu'elle sera agacée si c'est uniquement pour lui dire qu'elle te manque alors que le secrétaire général de l'Élysée est en train de l'envelopper dans sa rhétorique onctueuse de technocrate devenu éminence grise du Président, certains disant même qu'il est la vraie figure du pouvoir dans le pays, l'autre sombrant dans la névrose : « Mais madame, je ne suis pas mandaté par le Président pour définir les contours de je ne sais quel programme commun et je ne peux donc exactement définir le périmètre de l'éventuel ministère d'État à la Sécurité publique qui serait confié à un membre de votre formation. »

Non, tu ne peux pas et pourtant comme tu aimerais lui dire que tu as envie d'elle à en crever, que tu la veux contre toi, tu veux son corps longiligne, bronzé, à peine épaissi par les années sur le tien, tu veux la voir en contre-plongée, tu veux le mouvement de ses cheveux noirs, chignon noir défait lui rendant un visage encore plus jeune, dans le clair-obscur de la chambre, ses cuisses enserrant ton bassin et se reflétant dans les miroirs de la chambre qui a l'ameublement d'un baisodrome pour call-girl de l'époque pompidolienne, genre

Creezy de Félicien Marceau, avec une moquette épaisse, en laine vierge, des poufs orange et ces fauteuils poire où vous aimez baiser parce qu'ils prennent la forme de vos étreintes.

Chaque fois que vous avez décidé de refaire la chambre, vous vous êtes promis de changer ce décor qui datait du moment de votre emménagement à la fin des années 80 et qui était déjà extrêmement kitsch à l'époque.

Et pourtant, chaque fois, vous persistez, moitié par superstition, moitié par une certaine perversion assumée de votre goût à reproduire le décor, et plus ça va, plus ça devient cher et difficile de trouver des lampes de chevet en forme de champignon, des tables de nuit blanches et circulaires sur des pieds évasés, du papier toilé aux motifs psychédéliques, des rideaux dorés et un lit rond et bas au couvre-lit satiné. Mais cette chambre a été le lieu d'une telle entente sexuelle et d'une telle intensité dans le plaisir, qui n'ont jamais faibli avec les années, qu'il vous semblerait impensable et que vous auriez un peu peur, même, de tout bouleverser. Il n'y a pas plus superstitieux que les vieux amants.

Tu quittes le salon mais tu ne vas pas te rendre dans la chambre parce que tu ne veux pas aggraver ton mal et te dire que tu es encore assez dingue pour, au bout de tant d'années, aller fouiller dans le bac à linge sale de votre salle de bains et aller sentir une de ses petites culottes. Une ligne de sexe, un sniff que tu préférerais encore, au bout du compte, à la coke de Ravenne, celle qui est cachée dans le buste creux du Duce.

Non, tu ne feras pas ça.

Alors tu traverses le vestibule démesuré qui sert aux réceptions et tu passes dans l'office. Vingt ans que tu ne dis plus cuisine. Même à Rouen, même avec la vieille bonne qui te regardait comme une curiosité un peu inquiétante, un fou peut-être dangereux, la famille Maynard ne poussait pas jusque-là. L'office…

Finalement, ça t'a toujours fait marrer, chez les Dorgelles, ce côté maréchal d'Empire. Un bling-bling d'avant le bling-bling. Le bling-bling de la néo-aristocratie napoléonienne. À Saint-Germain-en-Laye, l'intérieur dément l'extérieur et les lignes pures et sages de la grande maison compliquée de style Art déco. L'intérieur contraste : il y a partout du rococo, des moulures, des colonnades, des dorures, des tableaux de Gros et de Jean-Hilaire Belloc, genre *Les Pestiférés de Naxos*, des domestiques en livrée. Ce qui est, à Saint-Germain-en-Laye, poussé à l'extrême est chez vous présent aussi mais, heureusement tout de même, à un degré moindre. Au point que le Vieux, quand il vient dîner avec Suzanne, trouve étrange de n'être servi que par des extra, en gilets rayés, certes, mais seulement des extra.

— Ne me dis pas que tu ne fais pas ton ménage toi-même, ma petite ? veut plaisanter Suzanne.

Agnès n'aime pas que Suzanne l'appelle ma petite. D'abord parce que Suzanne ne l'a jamais connue petite et que Suzanne, même si elle n'y est pour rien, lui rappelle sa mère, l'époque de sa mère avant qu'elle ne décède. Agnès en veut toujours un peu à son père de s'être remarié, même s'il a attendu des années.

D'ailleurs, c'est étrange la façon dont le Vieux, avec Suzanne, a remplacé Marion Dorgelles, la mère des filles et de leur frère. On dit que d'habitude les hommes ont un type de femme, que celle qu'ils retrouvent après un divorce ou un veuvage rappelle toujours, même vaguement, la précédente. Toi-même, parfois, tu te surprends à trouver des ressemblances entre Agnès et Irina

Vibescu qui t'a dépucelé au lycée. Archétype de la brune flexible.

Rien de tout cela pour Roland Dorgelles. C'est comme s'il avait choisi l'exact contraire pour mieux effacer le chagrin de la perte : Marion était brune, grande et très secrète, d'après Agnès. Tandis que Suzanne est petite, les cheveux platinés, les formes opulentes, incroyablement bavarde. Et incroyablement riche aussi. Une des plus grandes fortunes de la diaspora maronite, même.

La famille de Suzanne a toujours été le principal bailleur de fonds des phalanges chrétiennes pendant la guerre civile et même après. Alliée historique des Gemayel, des Eddé, des Chamoun. C'était aussi une famille qui assurait parfois des médiations très habiles quand ces grands féodaux étaient sur le point de se foutre sur la gueule en oubliant qu'ils n'étaient qu'une poignée de chrétiens dans un océan de *muzz,* comme dirait Stanko. Une famille qui a joué un rôle décisif dans le baroud d'honneur du général Aoun contre l'occupation syrienne en 1990, dans son palais de Baabda.

On murmure, au Bloc Patriotique, qu'avant de rencontrer et d'épouser Roland Dorgelles Suzanne avait eu dans les années 70 une liaison avec le vieux Molène, l'ancien *Unterstumführer* de la division Charlemagne, le plus jeune des SS français à avoir été décoré de la croix de fer, qui était parti se battre avec les phalangistes à l'âge ou d'autres encaissent les jetons de présence dans les conseils d'administration.

Lui, il préférait flinguer à tout-va dans les quartiers du port et des abattoirs, à Beyrouth, contre les milices Amal et les troupes de l'OLP. On lui avait accordé un grade fantaisiste de colonel et bien entendu, sur son treillis, il portait ses décorations au complet : ses médailles d'Indo, ses médailles d'Algérie et, forcément, sa croix de fer. Deuxième classe, mais la croix de fer, tout de même.

Le soir, après s'être battu toute la journée, dans la poussière et les gravats, il retournait dans la montagne chrétienne, assistait à la messe du soir au monastère d'Elishaa dans la vallée de Qadisha, enfilait ensuite un smoking et menait une vie mondaine intense. C'est de cette manière qu'il avait connu Suzanne, dans une de ces villas somptueuses sur les hauteurs. Le repos du guerrier, dans la fraîcheur du soir et des fontaines, sur les terrasses noyées de bougainvillées et de jasmin. Ces terrasses qui multipliaient des points de vue merveilleux sur la mer ou sur le Litani scintillant sous la lune et plus loin, dans les ténèbres, sur la plaine de Baalbek tenue par les chiites. Ces villas qui semblaient avoir été inventées pour les colloques sentimentaux et paraissaient d'autant plus douces qu'on se battait à mort à quelques kilomètres dans la sauvagerie totale des guerres civiles.

Ce qui est certain, c'est que Molène l'avait rencontrée dans ces circonstances-là, Suzanne, qu'ils étaient restés très amis jusqu'à la mort de Molène et qu'elle avait, du coup, fait la connaissance de Dorgelles et de beaucoup de membres du Bloc Patriotique, quand elle rentrait à Paris et donnait des soirées dans l'hôtel particulier de sa famille, rue Barbet-de-Jouy. Que Molène ait été son amant, en revanche, personne n'en avait la preuve. Et même si Suzanne a sans aucun doute sauvé financièrement le Bloc pendant la période électorale désastreuse qui a suivi la scission de Louise Burgos, il n'empêche que pour les deux sœurs Dorgelles, et Agnès en particulier, ça n'était pas passé. Éric, lui, est beaucoup plus tranquille sur le sujet. Comme d'habitude. Pour Agnès, c'est parce qu'il était encore un petit garçon qui n'avait pas compris ce qui était arrivé à Marion Dorgelles, une banale et impitoyable leucémie.

Tu es à l'office, donc. Dans un des trois frigos américains chromés, tu déniches une bouteille d'Absolut Vodka au citron. Tu as besoin de picoler. Tu ne veux pas t'autoriser à sniffer de la coke ou une petite culotte d'Agnès. Alors, au moins, un verre. Mais tu ne vas pas boire pour te saouler. Pas question de t'endormir. T'anesthésier, oui, mais pas t'endormir.

Tu remarques avec étonnement depuis quelques années, de toute façon, un effet paradoxal de l'alcool chez toi qui en as tellement bu : il te permet de filtrer l'essentiel et de laisser l'accessoire dans le flou. Tu deviens ainsi dangereusement lucide sur ce qu'ont laissé au fond du tamis de ta conscience le vin, le whisky irlandais ou la vodka, qui est ton poison préféré depuis quelques mois.

Agnès ne serait pas très contente. Agnès trouve que tu bois trop. Agnès râle parce que tu ne fais pas tes analyses et que tu crois avoir toujours vingt-cinq ans. Agnès grimace quand tu te rends à La Tour de Montlhéry, rue des Prouvaires, deux ou trois fois par an pour dîner avec les membres de l'Association des amis de TNT, un écrivain proche du Bloc, mort il y a quelques années. Vous appelez ça le « banquet des léopards ». Il réunit une dizaine de convives où se mêlent des bloquistes, des journalistes sympathisants et aussi de simples admirateurs. Il y a même un écrivain communiste au banquet des léopards, c'est dire. Ça dure jusqu'au soir et ça finit par des dérives dans Paris qui empruntent les chemins de Debord et le vocabulaire de Marcel Aymé revu par Audiard. La seule excuse piteuse que tu trouves pour justifier ces agapes se résume en quelques mots, toujours les mêmes :

— Mais TNT était ton parrain, tout de même, Agnès, et c'est lui qui t'a fait lire ton premier Jacques Perret et ton premier Blondin, non ?

En général, Agnès soupire, sourit un peu tristement et tu viens l'embrasser. Un baiser d'amoureux des premiers temps. Un baiser des commencements radieux. Vous ne vous embrassez jamais autrement avec Agnès. Vous aimez vos langues, vos salives.

Au bout de combien de temps les couples ne s'embrassent plus comme ça, même en prélude ou pendant l'amour ? Vous êtes toujours étonnés de voir les autres se contenter d'effleurer leurs lèvres, voire de se faire la bise, ce que vous trouvez d'un ridicule achevé. Paradoxalement, en public, comme vous refusez ce genre de gestes convenus et que vous n'allez pas non plus vous rouler des pelles, cela donne une certaine réputation de froideur à votre couple.

Comme le bureau politique du Bloc Patriotique et son comité central sont composés d'un nombre incalculable de langues de putes ambitieuses, on spécule sur une éventuelle mésentente conjugale. On la souhaite même, pour beaucoup.

Notamment dans la fraction catho intégriste dure. On estime, chez ces ensoutanés, que tu es le conseiller politique occulte d'Agnès, que c'est toi qui gauchises le parti, toi l'artisan de la ligne « Ni capitaliste ni socialiste : patriote ! ».

Les experts blocologues, dans la presse ou au parti, te placent dans une mouvance néospartakiste ou nationale révolutionnaire par allusion à un des courants très mussoliniens du Bloc qui a disparu au début des années 80 avec son chef, Sallivert. Sallivert était une des étoiles montantes du Bloc, il s'est tué dans un de ces accidents de la route un peu trop fréquents au Bloc. Tu as à peine eu le temps de le connaître, Sallivert. Pas antipathique mais assez doctrinaire. Plus anticapitaliste qu'un altermondialiste mais surtout hypernationaliste et viscéralement anticommuniste.

C'est te prêter une bien grande influence sur Agnès, qui est beaucoup plus politique que toi, de toute manière. Le chef de la fraction catho, Samain, te déteste franchement, il répète partout, y compris dans la presse proche du Bloc mais qui ne lui est pas directement inféodée, que c'est toi qui as « gauchi » les positions d'Agnès sur l'avortement, les musulmans de France, les juifs, les pédés, par exemple.

Samain est incroyablement maigre, le visage creusé, les yeux enfoncés et rapprochés, une barbe mal taillée. Une caricature de chef scout pédéraste, ce qu'il est probablement. Le contraire des belles gueules fascistes comme Molène, Sallivert, voire Dorgelles lui-même, qui ont tous quelque chose du Viking rêveur, du Mohican mélancolique. Tu as du mal à croire qu'il est parti se battre dans les rangs d'une milice ultracatholique croate pendant la guerre en ex-Yougoslavie. Quoique, pour traquer des familles de fuyards serbes en Krajina et flinguer d'une balle dans la tête une jolie gamine enceinte, il n'y ait pas besoin de physique particulier. Être sec comme un coup de trique, ne jamais sourire et porter éternellement les mêmes pulls à col roulé noir, ça doit suffire. Il montre parfois à ses amis, paraît-il, mais toi tu ne l'as pas vue, une photo de cette scène délicate qui le représente, lui, une rangers sur le visage explosé de la « petite pute orthodoxe néocommuniste ».

Toi, tu as toujours été plutôt pour les Serbes. Tu as un arrière-grand-père qui a débarqué à Salonique avec l'armée Franchet d'Espèrey en juin 18. Au début des années 90, la guerre en Yougoslavie a déchiré le Bloc entre proserbes et procroates. Tu écrivais des articles enflammés pour soutenir Karadzic dans *Le Fou Français* de François Erwan Combourg, tu étais accusé au sein du Bloc de la jouer national-bolchevique tandis que Samain excitait les jeunes catholiques intégristes en leur parlant des apparitions de la Vierge à Medjugorge en Bosnie, la Très Sainte Vierge qui ordonnait d'en finir avec la racaille orthodoxe.

Samain faisait donner des messes à Saint-Nicolas-du-Chardonnet, chez les tradis. Et quand tu les croisais dans les couloirs du Bunker, ces jeunes militants, avec leur mèche sur le front et leur nuque rasée, le crucifix en bois bien visible, tu n'avais aucun mal à éprouver la haine qu'ils ressentaient à ton égard. Ils t'auraient bien cassé la gueule mais, tout de même, tu étais un proche du Chef. Et puis tu étais salement baraqué, en plus, pour un rouge-brun.

Stanko te racontait aussi les tensions au sein des GPP. Molène et Loux avaient du mal à faire régner la discipline. Une bagarre avait éclaté pendant un entraînement qu'il avait encadré, au château de Vernery, entre des cathos et des GPP d'origine serbe. Ça avait failli virer au drame. Dans le dortoir, un des Serbes avait sorti un couteau et l'avait appliqué juste sous l'œil d'un petit con de Neuilly. Le Serbe avait dit en mélangeant le français à des souvenirs de la langue de ses parents qu'il allait faire au catho ce qu'Ante Pavelic, le chef pronazi de l'État croate, et ses oustachis faisaient aux résistants serbes : il allait l'énucléer et mettre ses yeux dans un panier.

Stanko n'avait pas réussi à les séparer. Il avait fait signe qu'on aille chercher Molène. Et seule la voix du vieux chef avait ramené le Serbe à la raison. Ça s'était terminé par cinquante pompes pour tout le dortoir et une marche commando de nuit sous la direction de Molène lui-même qui avait duré jusqu'à l'aube et avait amené le groupe en vue des premières maisons de Saint-Amand-Montrond. Molène avait alors ordonné le retour au château. Stanko avait rigolé en finissant de te raconter cette histoire parce qu'une camionnette de boulanger, en voyant vingt mecs en treillis traverser la départementale et s'enfoncer dans les bois, avait pilé et fait une marche arrière paniquée.

Samain et Molène s'étaient évidemment engueulés à ce sujet, au retour du groupe à Paris. Samain avait menacé de créer son propre service d'ordre. Il avait fallu que Dorgelles hausse le ton pour que le catho se calme.

Samain...

Tu te souviens d'un bureau politique houleux où tu avais bien failli commettre l'irréparable. Pendant la réunion dans la salle Bastien-Thiry, au Bunker, qui avait justement porté sur la pertinence d'une campagne « Ni droite ni gauche, Français ! », on s'était engueulés à cause d'un projet d'affiche montrant des vieux, des femmes, des ouvriers, mais aussi des beurettes déclinant ce slogan. Samain avait hué au moment où les beurettes étaient passées sur l'écran du rétroprojecteur. Il avait ressorti son antienne de fanatique sur les racines chrétiennes et blanches de la France, sur le danger démographique que faisaient courir au pays les « pondeuses islamiques ».

Surtout, il avait été particulièrement odieux avec Agnès, laissant sous-entendre qu'il quitterait le Bloc si elle maintenait ses positions sur le divorce et le contrôle des naissances. Et il avait eu cette parole qui avait fait briller de larmes retenues les yeux d'Agnès : « Mais Agnès Dorgelles est peut-être moins sensible à cette question du fait de son absence d'enfants. » Toi, tu t'étais demandé si finalement les psychiatres de Rouen n'allaient pas avoir raison avec trois ou quatre décennies de retard, et si tu n'allais pas lui casser sa sale gueule, là, tout de suite, le cogner jusqu'à ce qu'il ne bouge plus. Tu t'étais précipité vers lui, à peine Dorgelles avait-il levé la séance. Tu l'avais coincé entre quatre yeux.

Ströbel s'était aperçu de quelque chose et était accouru vers toi sans se départir de son sourire de sage taoïste.

— Antoine, ne fais pas le con, on vient de laisser entrer les journalistes pour la conférence de presse.

Il avait posé sa main sur ton épaule et tu t'étais rendu compte que tu tenais déjà les revers de la veste de Samain entre tes mains. Il était blanc comme un mort. C'était plus compliqué qu'avec une gamine serbe, hein, enculé ? Tu avais respiré bien fort et une idée pour lui pourrir la vie t'était soudain venue à l'esprit, lumineuse.

— Écoute-moi, Samain. Tu vas payer d'une façon ou d'une autre pour ce que tu as dit à Agnès. Tu vois, Sallivert, dont tu répètes partout que je suis l'héritier, ça fait longtemps qu'il est mort, n'est-ce pas ? Il n'empêche que je trouve que sa mort reste suspecte. Tu ne l'aimais pas tellement, hein, et sa disparition a bien dégagé le terrain pour toi et tes potes ensoutanés. Eh bien, je crois que je vais demander aux GPP de rouvrir l'enquête. Ou, si tu veux que je formule les choses plus simplement, considère qu'à partir d'aujourd'hui tu as Stanko au cul...

Tu as lâché la veste de Samain qui a dégluti plusieurs fois péniblement et a bredouillé :

— Maynard, vous n'avez pas à instrumentaliser le service d'ordre du Bloc Patriotique. Ni à me menacer des foudres de l'inverti que vous vous êtes arrangé pour placer à sa tête.

— Inverti, ça va beaucoup lui plaire, à Stanko…

Et tu avais effectivement demandé à Stanko de rouvrir le dossier. Dorgelles en avait eu vent. Il avait laissé faire. Pas par amour particulier pour la mémoire de Sallivert et des néospartakistes, mais parce que en politique avisé il voyait bien le poids grandissant des cathos intégristes dans le Bloc et que leur foutre la pression en feignant d'ignorer ou en n'accordant aucune importance aux recherches de Stanko, tout en ne les interdisant pas, était un moyen de calmer leurs ardeurs, de leur faire sentir qu'il était encore là, que c'était lui et personne d'autre qui fixait la ligne.

Tu avais su par Suzanne, cette bavarde, que Samain était allé se plaindre de cet incident et du harcèlement de Stanko lors d'une audience particulière à Saint-Germain-en-Laye. Tu avais su aussi que Dorgelles lui avait répondu avec un bon sourire de matou, bien calé dans un fauteuil du salon rouge :

— Mais qu'avez-vous à craindre de cette vieille histoire, Samain, enfin ! Ce n'est pas vous qui avez scié les freins de sa CX, à Sallivert, alors, hein ? On n'est même pas sûr qu'on les ait sciés, ses freins, à Sallivert. Allez, n'oubliez pas que nous sommes tous une grande famille, au Bloc.

Et le Vieux, en le raccompagnant à la porte, avait conclu par un sibyllin :

— De toute manière, Samain, quand on se sent morveux, on se mouche. Vous n'êtes pas enrhumé ? Alors, tout va bien.

Stanko avait pris cette mission très au sérieux. Parce qu'il t'aimait. Parce qu'il t'aime encore, tu en es certain, malgré ta trahison, où qu'il soit cette nuit. Et donc aimait Agnès. Il y avait mis le même sérieux qu'à traquer le mari d'Emma Dorgelles après l'accident.

Mais ça remontait loin, l'affaire Sallivert. Très loin, même pour un chien de chasse comme Stanko. Parfois, tu te disais même que Stanko avait oublié ou laissé tomber et, quand tu t'apprêtais à lui en faire la remarque sans animosité particulière, il te devançait comme s'il avait deviné et te disait au détour de la conversation :

— Je n'oublie pas pour Samain et Sallivert. C'est long mais, s'il y a quelque chose, je trouverai.

Tiens, Samain, en voilà un qui devait être bien content de savoir que Stanko allait sûrement y passer. Encore un qui devait bénir le préfet spécial Marlin et son goût pour la vengeance.

Tu reviens dans le salon. Tu te sers dans un verre ballon une bonne dose d'Absolut. Sur l'écran plat, la chaîne info tourne en boucle : la preuve, les basketteuses coréennes sont revenues.

Tu bois ta vodka au citron d'un seul trait. Putain, c'est bon. Quelque chose se dénoue dans tes muscles, irradie ton corps d'ondes tièdes à partir de ton plexus.

Et si tu appelais Loux, pour savoir où on en est au pavillon de la Lanterne ? Pour te renseigner aussi sur Stanko, si ça se trouve ?

Loux, il doit être assis juste en retrait d'Agnès et des négociateurs. Il doit attendre, impassible comme à son habitude. Il a évidemment réglé son portable sur vibreur. Il doit aussi, comme toi, penser à Stanko. C'était son protégé quand tu l'avais fait entrer au Bloc et aux GPP. Tu penses que, si tous ceux qui aimaient Stanko, au sein du Bloc, s'étaient unis et avaient réagi à temps, peut-être qu'on aurait pu dire merde au chantage de Marlin.

Peut-être. Tu ne parles même pas de ceux qui lui

doivent quelque chose, il ne faut jamais compter sur ses débiteurs ; non, tu parles de ceux qui l'aiment tout simplement. En même temps, tu n'en sais rien. Les gars du groupe Delta l'aiment, Stanko, et pour cause... Et pourtant, si on leur en a donné l'ordre, ils n'hésiteront pas à le buter.

À le buter par amour.

Tu te lèves, tu te ressers un autre verre, tu reviens t'asseoir. Tu ne tiens pas en place.

Tu zappes, machinalement. L'alcool te chauffe les tempes. On passe *Masculin-Féminin* de Godard sur une chaîne cinéma du câble. Tu vas revoir Catherine-Isabelle Duport. Tu prends cela comme un heureux présage, en cette nuit pleine d'incertitudes.

Tu te souviens d'avoir emmené Stanko voir ce film dans un cinéma de Rennes, pendant que vous étiez à Coëtquidan. Il était autant intimidé par les potes avec lesquels tu allais voir cette rétrospective que par le cinéaste et sa réputation « intello ». Stanko ne s'avalait que des blockbusters ou des séries Z gore. D'ailleurs, dans la salle à côté, cette année-là, on devait jouer un Romero, peut-être bien *La Nuit des morts-vivants 2* et tu as deviné chez ce gamin, qui avait quelques années et beaucoup de diplômes en moins que vous, qu'il avait comme un regret à rentrer dans la salle obscure sous les regards de Chantal Goya, de Jean-Pierre Léaud et surtout de cette actrice disparue des écrans depuis, Catherine-Isabelle Duport.

Catherine-Isabelle Duport, c'était pour elle que tu avais vu ce film de Godard une bonne demi-douzaine de fois. Elle te plongeait dans un état second, entre le bonheur de savoir que des filles comme ça avaient existé et le désespoir de ne jamais pouvoir les rencontrer, parce qu'elles étaient perdues dans le Temps, parce qu'elles ne seraient plus jamais aussi jeunes. Un état amoureux, un chant profond, sans que tu saches pourquoi tout cela avait une telle intensité, jusqu'à ce que, et ça n'allait plus tarder à ce moment-là, tu fasses la connaissance d'Agnès.

Et que tout devienne très clair, enfin.

Aujourd'hui, tu as encore, sur ton iPod, les chansons de Chantal Goya dans ce film, chansons archétypalement yé-yé, interprétées avec une maladresse touchante, que tu connais toutes par cœur parce qu'elles sont, ces chansons, les hymnes prémonitoires, les pythies avec orgues Hammond, les épithalames twist et sucrés qui annonçaient somptueusement ton coup de foudre pour Agnès Dorgelles.

Et tu fredonnes, déjà un peu shooté par la vodka, alors que le générique de Godard se déroule sur l'écran :

Oh mes amis ne vous moquez pas de moi
Et souvenez-vous de cette soirée-là
Car je vous demande aujourd'hui de m'aider
Je vous le demande le cœur serré
Comment le revoir Comment le revoir
Et comment savoir et comment savoir
A-t-il oublié ? Se souvient-il de moi ?
A-t-il espéré revenir près de moi ?
Comment le revoir Comment le revoir

Il faut donc, cette nuit, que tu complètes ton épitaphe : tu es devenu fasciste à cause d'un sexe de fille, d'une actrice oubliée de la nouvelle vague, Catherine-Isabelle Duport, et des chansons de Chantal Goya débutante.

Après le film, vous étiez allés prendre un verre dans un pub qui se trouvait à mi-hauteur d'une rue remontant le Parlement de Bretagne, près d'un bouquiniste où tu trouvais des Michel Mohrt en édition originale, notamment son essai sur *Les Intellectuels français devant la défaite de 1870*, un texte de 1943 qui te semblait plus que de saison en cette décennie pourrie. Il y avait avec toi, ce soir-là, outre Stanko, un type qui avait déjà l'agrégation de grammaire, un diplômé de Sciences-Po préparant un DESS de chasseur de têtes et un futur avocat qui servait dans ce qu'on appelait à Coët la section des juristes.

Tout le monde picolait sec, sauf Stanko, qui restait muet devant son Coca. Ce n'est pas qu'il n'avait pas envie de picoler, Stanko, qui se sentait décidément très mal à l'aise, mais tu avais vaguement compris qu'il était traqué par une espèce d'adjudant sadique qui irait respirer son haleine dès qu'il serait rentré au dortoir. Pour le foutre au trou.

Voulant faire le malin, le futur chasseur de têtes a demandé :

— Alors, Stankowiak ? Qu'est-ce que tu as pensé du film ? Ça se passe comme ça, chez les chtis, entre les gars et les filles ?

Il avait écrasé le *a* de « gars », croyant sans doute avoir réussi une imitation de l'accent du Nord. Les autres avaient rigolé. Aujourd'hui encore, tu ne sais pas si c'était méchant ou juste pour plaisanter. Il n'empêche, tu avais souffert presque physiquement à l'idée de ce que devait ressentir Stanko.

Vous étiez en civil, habillés comme dans ces années-là, avec des pantalons de velours étroits en bas qui laissaient voir les chaussettes et les mocassins à gland. Des vestes à revers étroit et des cravates plus étroites encore. Le juriste avait même osé le modèle en cuir bordeaux. C'était ridicule, mais vous étiez ce qu'il est convenu d'appeler à la mode. Stanko, lui, avait un pantalon en

Tergal d'une couleur rouille improbable qui s'évasait en pattes d'éléphant, une chemise verte, un blouson en skaï très usé. Avec ses tatouages, on aurait plutôt dit un ex-petit taulard qu'un militaire en sortie.

Vous avez attendu. Le silence de Stanko devenait gênant, pour tout le monde. Tu allais intervenir pour changer de conversation, en renouvelant la tournée, quand Stanko, regardant droit devant lui, vers la sortie du bar qui imitait une porte de saloon, a dit d'une voix très nette :

— Je trouve qu'à l'époque les garçons et les filles se parlaient mieux. Ils n'étaient pas plus gentils les uns avec les autres, mais ils se parlaient mieux.

Il y a eu un autre silence. Tu as été inexplicablement fier de Stanko. L'agrégé de grammaire a alors commenté :

— C'est pas faux, ça, pas faux du tout. Allez, je remets une pinte de Guinness pour tout le monde ? Tu restes au Coca, Stankowiak ? O.K…

Quand vous êtes revenus dans le parking souterrain pour repartir vers Coëtquidan, c'est Stanko qui a pris le volant. Les autres étaient trop bourrés. L'agrégé est monté sur le siège avant et tu as laissé passer à l'arrière, en tenant la portière, le juriste puis le chasseur de têtes. Le chasseur de têtes n'est pas rentré tout de suite dans l'habitacle. Il t'a regardé. Il avait les paupières alourdies par l'alcool, la bouche un peu tordue et des gouttelettes de bave qui s'aggloméraient aux commissures.

— Dis, Maynard, pourquoi tu nous amènes toujours ce petit prolo quand on sort ? Vous êtes pédés ou quoi ?

Tu as souri, tu l'as saisi en plaçant ta main derrière sa tête comme si tu allais la rapprocher pour lui rouler une pelle.

Et tu as lui fracassé le nez sur le montant de la portière.

— Qu'est-ce qui se passe ? a-t-on demandé à l'intérieur de la bagnole.

— Oh le con ! tu as fait, oh le con ! Il est tellement bourré qu'il vient de s'esquinter sur la portière. Vous avez des mouchoirs ? Il pisse le sang, le pauvre…

Le chasseur de têtes n'est plus jamais sorti avec vous.

Tu étais, comment on appelait ça, à l'époque, oui, tu étais « scientifique du contingent ». C'est le nom qu'on donnait à une promotion de quatre-vingts mecs qui avaient au minimum un diplôme du deuxième cycle depuis plus d'un an au moment de leur incorporation. Ils venaient, majoritairement, de Sciences-Po, d'écoles d'ingénieurs et d'écoles de commerce cotées. Il y avait aussi beaucoup de profs, comme toi, qui venaient d'être admis aux concours.

L'armée de terre vous utilisait pour son West Point de l'Ille-et-Vilaine. L'endroit était plaisant, couverts de bâtiments blancs dispersés au milieu de la forêt et le long d'allées élégamment tracées. S'il n'y avait eu la solennité du Marchfeld et de la cour Rivoli, ainsi que les véhicules militaires qui circulaient à vitesse réduite, on aurait pu se croire dans une banlieue américaine pour la *upper middle-class*, du genre des petites villes verdoyantes de la Pennsylvanie pour New-Yorkais.

Vous donniez aux futures élites de l'armée des cours de maths, de physique, de droit, de balistique, de « méthode et expression », selon vos spécialités dans le civil. Et vous faisiez cela pour une solde de deuxième pompe, autant dire que vous étiez une main-d'œuvre au coût de revient défiant toute concurrence.

En échange, vous aviez un statut d'officier, vous mangiez dans un mess où des Canaques et des Antillais vous servaient des langoustines et du chevreuil, vous croisiez plus souvent des commandants, des colonels et des généraux que de simples militaires du rang, comme dans une armée mexicaine. Vous aviez aussi un emploi du temps de rêve, juste quelques heures de cours par semaine, les week-ends libres, et vous profitiez pour rien des piscines, des pas de tir, des leçons d'escrime, des manèges d'équitation, de la bibliothèque. Vous pouviez aussi arrondir vos fins de mois avec des cours particuliers pour les enfants du camp où vivaient tout de même cinq mille personnes et, pour ceux d'entre vous qui avaient un minimum d'entregent, il était assez facile de tisser, puis d'entretenir un réseau relationnel dans cet endroit où la crème de pas mal de milieux différents venait donner douze mois de son temps, bon gré mal gré, à la République.

Ce fut à Coët, par exemple, dans une chambre voisine de la tienne, que tu croisas un type qui allait faire lire sans intermédiaire ton premier roman à son oncle, directeur de collection dans une maison d'édition.

Comme pas mal d'autres, tu avais fait une PMS, une préparation militaire supérieure, qui ne te servait à rien puisque tu n'avais pas à commander une section mais simplement à te faire saluer par des classes de cyrards de première année, le premier bataillon, peuplé de rejetons de la vieille bourgeoisie parisienne ou de l'aristocratie de province. Pas de chance pour ces garçons aux cheveux ras et ces quelques filles aux hanches un peu épaisses : ils arrivaient en troisième position dans la fratrie et ne reprendraient donc pas les affaires paternelles comme l'aîné, ni n'entreraient à l'issue d'HEC dans la banque du côté de maman comme le cadet. Ils allaient donc, à l'instar de leurs oncles avant eux, perpétuer la tradition. Ils appartiendraient à ces fils qu'on donne à l'armée, de beaux lapins mécaniques, comme on appelait familièrement les cyrards.

Et à l'instar de leurs oncles, ils mettraient un vrai courage et une vraie loyauté à servir leur pays qui achevait pourtant de pourrir sur pied dans la grande braderie des valeurs, avec ces années 80 qui pointaient leur vilain nez, noyées dans le fric, la gauche pseudo-morale, la coke et la new wave. Et éventuellement à mourir pour lui, sur les frontières de l'ancien empire, ne sachant plus s'il défendait la France ou la Corbeille, pendant que Bernard Tapie passerait à la télé et qu'on s'enculerait dans les backrooms du Marais en écoutant Klaus Nomi.

Mais cette PMS te valait la bienveillance de quelques officiers, des types sortis du rang comme celui qui assurait le cours NBC, un lieutenant-colonel au teint rouge brique, qui, un soir, sans doute parce qu'il avait un coup de blues et que tu étais encore dans les locaux à faire des photocopies, t'invita à fumer une cigarette dans son bureau, te fit signe de laisser tomber le salut et ouvrit une bouteille de raki une fois que vous fûtes assis de part et d'autre de son bureau.

— Alors, Maynard, pas trop déçu de faire vos photocopies plutôt que de vous retrouver sur le terrain à la tête d'une section de compagnie de combat dans les FFA ?

Tu lui avais trouvé un regard ironique, bienveillant, sans illusion, mais appartenant, malgré tout, à quelqu'un qui était décidé à faire son métier d'homme. Et ce regard, il t'avait rappelé celui de ton grand-père Maynard, notamment celui qu'il avait sur une photo que tu avais vue dans la bibliothèque de l'appartement de la rue Saint-Nicolas. Une photo du début des années 50, prise, comme l'indiquait l'arrière-plan, à la sortie du local de la section du parti communiste de Rouen, dans une belle maison à colombages, juste en face de l'hôtel de ville. Tu aurais bien aimé avoir ce regard-là, toi aussi.

Clair, net et indulgent à la fois.

Tu as compris depuis que c'était le regard d'hommes qui ont vu des horreurs, qui y ont peut-être pris part, qui sont presque certains de l'avoir fait pour la bonne cause, et qui en sont sortis en préservant, ce qui n'était pas évident au départ, non seulement leur intégrité mentale, mais aussi une forme d'humanisme paradoxal : ils passent tout aux êtres humains comme à des mômes capricieux et doués parce que, au bout du compte, ce ne sont que des êtres humains. Parce que, au bout du compte, ce sont *quand même* des êtres humains.

— Non, mon colonel. Pas trop. De toute façon, je n'ai pas l'impression que les Soviétiques passeront à l'attaque la semaine prochaine. Et puis, je commence un DEA sur Drieu la Rochelle et j'écris un roman.

Tu te demandas pourquoi c'était ce lieutenant-colonel un peu triste qui était la première personne à qui tu parlais de tes ambitions littéraires. Tu te demandas pourquoi tu lui racontais tout ça, à lui. Il allait te prendre pour un con ou un prétentieux. En deux phrases, tu lui en avais plus dit sur toi, sur ce qui faisait l'essentiel de ta vie, que tu n'en avais dit à ton père depuis les cinq dernières années.

— Un roman… Pourquoi pas ? J'aime bien les romans. Enfin, je n'en lis jamais mais je crois que j'aimerais bien ça. Je vous ressers un raki ? J'ai regardé votre dossier, Maynard. Vous savez qu'on a hésité à vous prendre comme « rat ».

C'était le surnom donné à Coët aux scientifiques du contingent.

— On a hésité, parce que, là, vous me dites : "Je suis prof de français et j'écris un roman." Ça fait plutôt mec gentil, gars équilibré. Mais à Rouen, c'est bien de là que vous venez, Maynard ? vous avez plutôt mis le bordel, non ? Et le général qui chapeaute la DGER, il vient d'être nommé par Hernu. Les soces, avec les militaires, on a beau dire, ils sont nerveux depuis 81. Ils se croient toujours un peu au Chili en 73. Alors quand la commission de recrutement a vu votre profil, Maynard, le subversif de droite type, aussi intelligent que méchant, ils se sont demandé si…

Il te resservit un petit verre de raki alors que tu venais à peine de terminer le précédent, en tendant le bras par-dessus le bureau, et te demanda, sans transition :

— Vous vous amusez bien au Bloc Patriotique ?

Tu te doutais bien qu'ils savaient pour ton agitation politique, mais ils n'y avaient jamais fait allusion aussi directement et la question te cueillit à froid.

En fait, le lieutenant-colonel n'attendait pas de réponse. Il avait le regard lointain. Il but son raki, alluma une Peter Stuyvesant rouge à la précédente, et se mit à parler, toujours les yeux perdus dans le vide :

— Il y a prescription, maintenant, je peux bien vous le raconter. J'ai été envoyé avec quelques autres comme observateur au Liban, entre 75 et 80, quand ça a commencé à merder. On avait nos bureaux à la résidence des Pins. J'ai bien connu Delamare, l'ambassadeur qu'on nous a assassiné là-bas. Un jour, du côté du château de Beaufort, notre Jeep s'est retrouvée prise dans un convoi des phalanges chrétiennes qui montaient au feu. Des mortiers palestiniens ont commencé à arroser. C'était la première fois qu'on me tirait dessus, Maynard. Oui, vous savez, il y a des militaires à qui ça n'arrive jamais. En même temps, quand ça arrive, c'est là que vous savez si vous êtes fait pour le métier. Un des observateurs, un lieutenant des chasseurs alpins, s'est d'ailleurs mis à pleurer comme un bébé. On s'est planqués sous un camion. Et soudain, on a entendu une voix qui a dit : "Tiens des soldats français ! L'armée a retrouvé ses couilles ou vous êtes là en reportage pour *TerreAirMer* ?" C'était un de vos camarades de parti, Maynard. Les obus de l'OLP n'avaient pas l'air de le tracasser plus que ça. Un certain Molène… Un sacré numéro, non ? Vous le connaissez ? C'est lui qui nous a fait remonter dans la Jeep et a fait bouger deux camions phalangistes pour qu'on puisse se dégager du convoi et atteindre le prochain village avec mon lieutenant des chasseurs alpins qui couinait toujours. Alors, il va bien, ce Molène ?

À vrai dire, tu n'en savais rien. Tu l'as dit au lieutenant-colonel qui a eu l'air déçu et t'a laissé partir. Tu n'étais même pas encore formellement adhérent au Bloc. À Rouen, tes relations avec les responsables bloquistes étaient d'une nature limitée et un peu spéciale : tu couchais juste, épisodiquement et depuis quelques années, avec la demi-sœur d'un bloquiste, Charles Versini, qui escaladait à toute vitesse la hiérarchie du mouvement, dans l'orbite de Sallivert justement.

Une fille qui s'appelait Paola Versini et qui traînait ses gros seins, son cul magnifique et son aptitude à la fellation en licence de lettres, le tout avec un magnétisme sexuel délirant. Molène, ce que tu en savais à ce moment-là, c'était que, pour les accros vraiment fafs du Bloc-Jeunesse, c'était le vieux SS qui s'occupait du service d'ordre du mouvement et qui organisait des entraînements paramilitaires dans un bled du Berry, Vernery, là où, des années plus tard, Stanko prendrait le relais.

Tu avais juste lu de lui *Les Cœurs casqués*, le récit romancé de son passage dans la LVF, la brigade Frankreich et la division Charlemagne. À l'époque, on le trouvait encore en livre de poche, alors que, dans les années qui suivirent, il allait valoir des fortunes chez les bouquinistes en ligne ou dans les officines révisionnistes. Ce n'est pourtant, à ton avis, que le livre plutôt pas mal foutu d'un homme qui avait choisi le mauvais camp et qui ne mérite ni cet excès d'honneur ni cette indignité.

À vrai dire, ces livres qu'on laissait circuler dans le grand public jusqu'au début des années 80, avant de les faire disparaître au nom du politiquement correct, ou de stigmatiser la moindre de leur réédition, on leur avait fait une publicité inimaginable.

Chaque fois que Jason Lefranc, ton presque neveu, passe te montrer sur son ordinateur portable la maquette du prochain numéro de *BJ-Résistance*, le mensuel plutôt bien tenu du Bloc-Jeunesse dont il est le rédacteur en chef, il regarde ta bibliothèque, dans ton bureau. Tu sens qu'il en bave d'envie, le gamin.

— Il y en a pour une fortune, là-dedans, Antoine…, dit-il en désignant les rayonnages.

Comment lui dire que tu as eu presque tout pour rien, chez les bouquinistes de Rouen, à la fin des années 70. Bien sûr, *Les Poèmes de Fresnes* de Brasillach sur grand papier, qui portait toujours la trace de la déchirure due à ce connard de pion, ça valait déjà cher, mais parce que c'était du grand papier et que Brasillach avait déjà son aura mythique à cause des douze balles qu'il avait prises dans la peau.

Mais tous les Morand que Jason feuillette à chaque fois, même *France-la-Doulce*, tu les trouvais pour trois fois rien. *Chronique privée de l'an 40* de Chardonne, tu l'avais eu pour deux francs, avec un envoi à un type qui était encore conseiller municipal de Rouen. « À mon cher X… qui sait la nécessité du redressement national, très amicalement, Chardonne. »

Tu revois comme hier ce samedi gris de novembre, tu devais être en seconde. Après la dernière heure de cours de onze heures à midi, avec une débile maoïste, prof de dessin, qui vous faisait tracer des traits au pastel sur d'immenses feuilles Canson avec pour seule consigne de suivre la ligne mélodique du chant des baleines qui passait sur un énorme magnétophone à bandes, tu te cassais enfin en ville.

Tout seul.

Les autres rentraient chez leur mère, regarder *Cosmos 1999* et *La Une est à vous* de Bernard Golay. Toi, tu allais traîner du côté du clos Saint-Marc. Il y avait encore la salle Lionel-Terray construite à la fin des années 60 et utilisée pour les matchs de basket, de hand, les concerts et les meetings politiques. C'était un vilain bâtiment monté sur des pilotis de béton entre lesquels des brocanteurs et des fleuristes avaient leurs boutiques qui tenaient plus du garage que d'autre chose. Et là, toi, tu traînais des heures. Tu n'éprouvais qu'un intérêt limité pour les bibelots, les montres, les soldats de plomb ou les décorations, les débris de gloire militaire, casques troués, douilles d'obus en cuivre que ta mère aimait transformer en vase, vieilles cartes postales de Rouen et de la Normandie que ton père, l'ophtalmo, avec une manie proche du gâtisme, collectionnait et, pour certaines, mettait sous verre dans son cabinet. Non, toi, c'étaient les livres.

Tu restais penché des heures sur ces caisses, ces cartons à peine déballés où les pires rogatons côtoyaient des trésors sans que ni toi ni les vendeurs ne le sachent vraiment. Deux francs de 1978, pour *Chronique privée de l'an 40* de Chardonne, sur Japon, en plus, Jason n'en revenait pas quand il voyait le prix marqué au crayon gris et s'effaçant imperceptiblement.

Il t'avouait qu'il avait renoncé sur eBay quand ce livre avait atteint les 300 euros. Sa copine Solange, sa

« fiancée » pardon, n'aurait pas compris. Tu n'as rien dit, tu ne lui as pas fait la remarque qu'il était assez inutile de penser faire sa vie avec une femme qui ne partageait pas avec lui une passion aussi essentielle que celle des livres. Même si elle avait un beau nom, même si elle baisait bien, même si elle cuisinait comme une reine, même si elle était riche.

Lui expliquer, à Jason, vos escapades à Bruxelles avec Agnès, vos week-ends dans le Brabant wallon en juin et en juillet, quand d'immenses braderies occupent sur des kilomètres les rues des villages perdus dans la plaine et que vous trouvez, pour quelques centimes d'euro, frais comme s'il venait de sortir de chez l'imprimeur, l'édition originale des *Contrerimes* de Toulet, cachée entre des *Bob et Bobette* défraîchis et des livres de poche de Rosamond Lehmann, de Han Suyin ou de Louis Bromfield.

Que, ensuite, Agnès se met à avoir faim mais avant achète des cartouches de cigarettes dans un débit de tabac d'Orp-le-Grand, et que tu as peur pour elle, elle fume tellement, un paquet par jour au moins, en se cachant de son père, allant jusqu'à faire semblant de sortir pour aller aux toilettes, et en griller une, quand c'est encore lui qui préside un bureau politique ou un comité central.

Expliquer que vous retournez à Bruxelles, qu'elle dévore dans un restaurant de l'Îlot Sacré des anguilles au vert et des crêpes Suzette, que vous buvez deux bouteilles de condrieu et que vous allez ensuite baiser tout l'après-midi au Hilton, dans une chambre qui domine Saint-Gilles, que vous baisez deux fois, trois fois, cinq fois, comme pendant vos premières nuits, et que vous faites ça, lourds de nourriture et d'alcool, au milieu de vos trouvailles qui sentent la poussière des greniers dans la chambre climatisée, et que tout cela accroît encore votre plaisir et que vous continuez jusqu'à avoir mal.

Expliquer que vous repartez dans la nuit vers Paris, que tout va vite, c'est déjà Gand, c'est déjà Lille, Arras, Roye, et puis soudain, à trois heures du matin, vous vous retrouvez avec l'odeur du plaisir sur vous dans la chambre seventies de la rue La Boétie et qu'à nouveau vous vous remettez à faire l'amour alors que vos portables, que vous avez rallumés machinalement, vibrent en vain de dizaines de messages accumulés, inquiets, étonnés ou furieux.

Non, tu ne vas pas expliquer ça, à Jason Lefranc, parce que tu l'aimes bien, qu'il aime la littérature et que si ça se trouve sa fiancée changera, que tu n'en sais rien, que ta propre vie n'est pas exemplaire.

Alors tu préfères continuer à lui raconter tes samedis au clos Saint-Marc, les grands classiques réacs ou fachos pour rien à l'époque et, parce que vous êtes entre hommes, à quel point en même temps, en feuilletant les bouquins crasseux, tu repensais au cul de la prof, la fanatique du Petit Livre Rouge et du chant des baleines, et que tu te disais : « Quel dommage, cette connasse de gauchiste ne mérite pas d'être aussi canon. »

À la fin, tu sens bien que Jason traîne, vous avez fini de regarder ensemble la maquette de *BJ-Résistance* mais il traîne, il traîne, regarde les livres, feuillette. Alors, tu dis :

— Qu'est-ce que tu feuillettes, là ?

— *Rapport sur le paquet de gris* de Jacques Perret. Ce n'est pas fréquent dans cette édition.

— Ça vient des caves de l'Action française, tirage limité. Il est à toi, si tu veux.

— Non, Antoine, je ne peux pas.

— Écoute, Jason, ça me fait plaisir.

Et c'est vrai que ça te fait plaisir. Tu n'aurais pas cru ça possible. Tes livres. T'en séparer, les donner. Ce doit être ça, vieillir. Ne plus tenir autant que ça aux choses, aux idées, aux êtres. Sauf à Agnès, évidemment.

Même Stanko…

Stanko, aurais-tu, il y a encore, quoi, cinq ou six ans, accepté presque comme si de rien n'était qu'on t'annonce que son exécution avait été décidée par le Bloc pour que celui-ci puisse accéder au gouvernement ? Tu aurais gueulé, tu aurais cherché à le rejoindre, tu te serais fait tuer avec lui.

Alors, tes livres… Tu n'as pas d'enfant et, du côté de la famille Maynard, tu es comme mort. Tu songes que, sur ce plan-là, tu n'as pas été mieux loti que Stanko. Et que, finalement, ces livres, ces centaines d'éditions précieuses, qui ont tes rêves et ceux de lecteurs morts depuis longtemps entre leurs pages, seront à leur place entre les mains de Jason Lefranc qui a l'air de trouver que la littérature est une chose aussi importante que la politique, que le pouvoir. Ce qui en fait un héritier des plus acceptables, tu trouves…

La bouteille de vodka Absolut a sacrément descendu, d'un seul coup. Pour tout dire, elle est presque vide.

8

C'est un hurlement, suivi d'une longue plainte qui me fait sursauter et qui soudain me réveille. Ce qui veut dire que je m'étais endormi. Je m'étais endormi pour ne plus penser à Natacha, à maman, à Hélène, à papa, à Usinor, aux gendarmes, au 12 décembre.

Je m'étais endormi alors que j'ai Ravenne et le groupe Delta au cul : autant dire que je suis déjà mort.

Le gémissement continue dans le couloir. Plainte de femme. Plainte de négresse, ululement répété avec des pointes dans le suraigu. J'écoute. J'espère que ça va s'arrêter. Je me lève pour aller pisser. Je m'étire, je me regarde dans la glace au-dessus du lavabo.

Cernes, rides creusées, la calvitie qui gagne comme deux langues de désertification sur chaque côté du crâne. J'ai joué au skin pendant deux ans et maintenant je pleure parce que je perds mes cheveux. Je regarde aussi l'ecchymose bleue sur ma gorge, au niveau de la pomme d'Adam.

Ce con de Gros Luc et son pied-de-biche.

J'ai du mal à déglutir. Je m'en fous, je n'ai pas faim. Je m'aperçois que je n'ai rien becqueté depuis ce matin et que ça ne me manque pas. Les morts en sursis ont d'autres soucis, sans doute.

Le gémissement de la femme continue. Et puis, à

nouveau un hurlement, comme celui qui m'a réveillé. Un homme. Nègre aussi. Une autre voix qui vient s'immiscer. Je crois reconnaître celle du huileux métèque de la réception, le quelconque Kalmouk aux yeux d'asiates noyés dans sa graisse de junk-fooder et d'exploiteur de plus pauvres que lui.

Je serre le lavabo entre mes mains.

Oui, je perds mes cheveux. Je perds tout cette nuit. Le Bloc. Antoine. Le Vieux. Loux. Agnès. Les GPP. Au matin je perdrai la vie. Et tout sera dit. Et ce sera tant mieux.

Je retire de mon mollet l'étui contenant le poignard commando et de ma cheville le holster en nubuck du Vélodog.

Saint-Ambroise sonne deux fois. Je l'entends plus nettement encore dans la salle de bains que dans la piaule elle-même. Je me sens fatigué comme jamais. Je pose l'étui du poignard et celui du Vélodog sur la tablette au-dessus du lavabo.

Elle est pas belle ma trousse de toilette ?

Dans le couloir, la dispute continue, avec le gémissement de la femme qui a un peu baissé d'intensité mais qui reste comme une ligne de basse.

Ils me font chier, tous ces bouquaques, ces bougnoules, ces métèques, ces youtres, ces niaquoués à prendre la France pour finistère de leur déroute. Quand j'étais conseiller municipal dans la ceinture rouge et que je servais de chaperon à cette nana terrorisée qui était la représentante officielle bloquiste dans la commune, un soir que j'en avais marre de ces conneries sur les subventions accordées aux associations, j'ai pété un plomb raciste en fin de conseil. Le maire m'a poursuivi en justice. Il a perdu. On a de bons avocats au Bloc, comme Gwenaëlle, la femme d'Éric Dorgelles.

Ça ne me gêne pas, moi, l'appellation raciste. Je sais bien qu'il y a des races, tout le monde le sait. C'est une de ces putains d'évidence que tout le monde refuse. Le Vieux, il y a quelques années, il l'avait dit à la téloche. Faut voir ce qu'il s'était pris dans la tronche, non mais je te jure.

Et puis, depuis le début des émeutes, mais ça avait commencé avant, chez certains de la droite classique, et même chez des journalistes, j'ai entendu bien pire que les propos du Vieux. Encore aujourd'hui, pourtant, je suis sûr que, si c'est lui ou Agnès qui tenaient de tels propos, on les crucifierait. Le bal des faux culs. Je trouve ça vraiment injuste, dégueulasse. Quand je l'avais dit à Ströbel ou à Antoine, je ne sais plus, pendant un bureau exécutif à Saint-Germain-en-Laye, dans le salon rouge, alors que le vieux était parti pisser, ils avaient rigolé. On m'avait dit que ce n'était pas injuste, ça voulait simplement dire que les idées de Roland Dorgelles avaient gagné, et que c'était plutôt bon signe : bientôt les Français se rendraient compte que l'actuel Président nous avait piqué nos idées et que l'original, Dorgelles, valait mieux que la copie incarnée par le clown de l'Élysée. Que même si on avait eu l'impression, à un moment, de perdre du terrain à cause de lui et de se faire voler nos électeurs, ça n'allait plus durer.

Ils avaient raison, Ströbel et Antoine, ils avaient bien raison : la preuve, on en est cette nuit à plus de sept cent cinquante morts et le pouvoir est incapable de reprendre l'avantage dans le bordel qu'il a lui-même créé avec sa répression disproportionnée.

C'est pourtant ce qu'on m'a appris à Pau, et puis quand j'ai été sergent au huitième RPIMA, à Castres, pendant cinq ans. Que les ripostes doivent être proportionnées, que ce qui fait peur à un ennemi, c'est quand tu lui rends deux baffes pour une, pas quand tu lui démontes la gueule. Parce que, une fois qu'il a la gueule démolie, les autres avec lui se disent qu'ils n'ont plus rien à perdre et ça recommence de plus belle.

Tandis que si la riposte est proportionnée, que tu montres que tu en as encore sous la rangers, l'autre ne sait plus trop s'il doit t'être reconnaissant de ne pas l'avoir réduit en miettes ou s'il doit avoir peur de cette force que tu n'as pas employée.

Pendant une pause, lors d'un stage commando au fort de Penthièvre, un capitaine de l'ESM, une grosse tête diplômée de l'École de guerre et tout, nous avait expliqué que c'est comme ça que Massu et Bigeard avaient gagné la bataille d'Alger. En donnant l'impression qu'ils n'utilisaient qu'une toute petite partie de leur force, que ce serait bien pire s'ils appuyaient, même juste un peu, sur l'accélérateur.

Et comme le capitaine nous racontait ça au moment de la première Intifada, je crois bien, il avait dit que les Israéliens, eux, leur connerie, c'était d'envoyer des chars contre des mômes qui se battaient à coups de pierres. Ça indignait tout le monde sur la scène internationale, ça démoralisait les soldats, ça durcissait les positions palestiniennes. Moi j'avais tendance à penser que, si des youtres se foutaient sur la gueule avec des *muzz*, c'était tout bénef pour nous.

Mais quand j'ai dit ça, là autour du feu, et qu'on entendait la mer dans la nuit s'écraser sur les rochers de la Côte sauvage et les remparts du fort, le capitaine m'a dit :

— Sergent Stankowiak, vous faites une vraie erreur d'analyse. Je ne discuterai pas, quoiqu'il soit condamnable, votre antisémitisme latent, sans doute dû à vos origines polonaises, mais sachez que l'armée israélienne est au Proche-Orient, avec les Sud-Africains blancs en Afrique, la position avancée de nos valeurs occidentales et du mode de vie que nous voulons léguer à nos enfants.

Il avait raison, finalement, l'officier. À l'époque, les *muzz* n'avaient pas encore redessiné New York avec deux avions de ligne et un cutter, et on n'avait pas comme aujourd'hui la moitié des villes blanches européennes cernées par des quartiers où l'on met les nanas dans les burqas, où l'on fait régner la charia tout en tolérant le trafic de came pour alimenter l'économie souterraine. Exactement ce que font les talibans en Afghanistan.

Et voilà que ce gouvernement de couilles molles déclare une guerre à ses banlieues qu'il est infoutu de gagner. On ne la gagnera pas non plus en Afghanistan, d'ailleurs, d'après Ravenne.

Maintenant, je suis complètement nu dans la salle de bains. J'ai suspendu mon calcif, mes chaussettes et ma chemise à un crochet de la porte. Tout ça commence à sentir un peu. Je les porte depuis le matin et j'ai passé la journée à être coursé par le groupe Delta. Parce que après la fusillade dans la rue Brézin, quand je me suis jeté dans la station Alésia, Ravenne a été obligé de dégager avec son 4 × 4 BM troué d'impacts de 9 mm, mais il a ordonné à un des Deltas de me courser. J'aurais fait pareil. Il devait se douter que je ne prendrais pas la station la plus évidente.

Et je l'ai bien vu, le gamin dans la rame.

C'était un de ceux qui avaient bien voulu aller un peu plus loin avec moi, à Vernery. Il était dans le groupe Delta depuis trois ans peut-être. Il parlait dans son portable tout en me jetant des coups d'œil de temps à autre.

J'ai essayé de croiser son regard. Pas pour lui montrer

que je l'avais repéré. Il le savait, bien entendu. Non, je voulais voir ce qu'il avait dans le ventre. Ce qu'il ressentait à traquer l'homme qui lui avait tout appris. Je voulais voir s'il avait honte, peur, s'il était malheureux ou simplement décidé à faire du mieux possible ce qu'on lui avait demandé de faire. Me tuer.

J'ai joué au chat et à la souris avec lui, en faisant semblant de descendre et puis de remonter au dernier moment dans la rame à chaque station ou presque. À Raspail, à Vavin, à Montparnasse, à Odéon. Il n'a marqué aucun signe d'énervement, n'a commis aucune erreur. Le sang-froid du gardien de but au moment du penalty. Il a toujours su, simplement en me regardant, de quel côté il fallait qu'il plonge.

C'était d'autant plus fort que moi-même je ne savais pas jusqu'au dernier moment si j'allais abandonner la rame ou non. Mais je leur ai appris ça, aussi, à interpréter les mouvements du corps, ce qu'ils laissent présager que l'esprit n'a pas encore consciemment décidé.

J'étais fier de lui. Il cherchait le meilleur moyen de me buter en ne me lâchant pas d'un pouce. Mais j'étais fier de lui comme on est fier d'un élève qui a retenu tout ce que vous avez voulu lui enseigner.

À Châtelet, deux autres Deltas sont montés. Ça se resserrait. Ces deux-là aussi, je me souvenais de leur entraînement à Vernery. Il y en avait un, très boutonneux, en blouson Schott passé sur un jogging. Il ressemblait à une caricature d'ado *white trash*, mais je savais qu'il remontait un automatique les yeux bandés en moins de trente secondes et qu'il pouvait enchaîner par un tir instinctif d'une précision que j'avais rarement vue, même avec les cadors du huitième RPIMA.

Et puis le rouquin, redoutable dans le combat à main nue, à la fois suffisamment lourd pour jouer de sa masse en étouffant l'adversaire qui lui tombait entre les pattes et suffisamment mobile pour esquiver les attaques. Ma morphologie, vingt ans plus tôt.

À Strasbourg-Saint-Denis, j'ai profité du monde pour sortir et laisser descendre des passagers, comme un voyageur bien courtois et bien civique.

Un des trois Deltas, l'acnéique, a fait la même chose, ne sachant pas si j'allais remonter ou si j'allais me casser au dernier moment. Je suis allé vers lui très naturellement, en bousculant un peu les gens, comme si je venais de reconnaître un copain et je lui ai balancé mon genou dans les couilles.

Il s'est plié en avant.

J'ai ramené le même genou à la rencontre de ses jolies dents.

Il est resté sur le quai roulé en boule avec du sang sur le visage.

Le temps qu'on réalise ce qui s'était passé et que quelques cris soient poussés sur le quai, j'étais déjà remonté dans la rame et j'ai fait un doigt d'honneur discret aux deux Deltas qui étaient restés dans le wagon.

Là, ils n'ont pas pu s'empêcher de croiser mon regard.

La seule chose que j'y ai lue, c'était la détermination pure et simple.

Ravenne avait su leur parler. Les conditionner à mort. Oublié Stanko. Oublié le chef des GPP qui ne rendait compte qu'au Vieux. Je n'étais plus qu'un danger pour le Bloc. Un danger à éliminer.

Et pourtant, le rouquin, qui était un peu plus âgé que les deux autres, je l'aimais bien. C'était un des tout premiers que j'avais formés. Il faisait partie des six derniers du groupe Delta d'origine.

Et surtout, il avait participé à la horde sauvage, le rouquin.

La horde sauvage…

C'était il y a quelques années déjà, lors d'un meeting particulièrement houleux du Bloc, pendant la campagne du premier tour de l'avant-dernière présidentielle. Le Vieux avait décidé d'aller à Lancrezanne. On n'avait pas laissé un bon souvenir, à Lancrezanne. On avait gagné la mairie et on s'était montré en dessous de tout. Et puis une des filles du Chef, Emma, était morte dans cette histoire.

Au Bloc, cela faisait quelques années qu'on n'était plus emmerdés quand on faisait un meeting. Quelques manifs d'associations droidelhommistes, de cathos à babouche, et dix gonzes des habituels partis de gauche et d'extrême gauche. Des rentiers de l'antifascisme dont on se demandait ce qu'ils foutraient sans nous.

Non, les meetings, ce n'était plus comme dans les années 80 et surtout 90, quand les SAAB attaquaient systématiquement et qu'il fallait deux compagnies de CRS pour protéger un chapiteau où ça finissait quand même par sentir vaguement la lacrymo et qu'on voyait quelques dames bien mises au premier rang qui se tamponnaient les yeux, et pas seulement à cause de l'éloquence pourtant réputée de Roland Dorgelès.

Quand à la fin, dehors, on entendait *L'Internationale* et *Bella Ciao* qui essayaient de couvrir *La Marseillaise*. Et où l'on était obligés, le Chef, son entourage et les GPP locaux, d'attendre au moins deux ou trois heures à la buvette avant de reprendre les bagnoles pour l'aéroport le plus proche où là encore ça chiait.

Mais Molène avait formé une génération de chauffeurs hors pair qui zigzaguaient comme des as du volant sur le tarmac pour éviter les caillasses ou rester à couvert des cars de CRS qui nous escortaient pratiquement jusqu'à la passerelle d'embarquement.

Toujours est-il que deux jours avant le meeting prévu à Lancrezanne, pendant une campagne présidentielle, je reçois au Bunker un coup de téléphone du divisionnaire responsable des RG pour le Grand Sud.

— Vous y tenez vraiment, à votre meeting de Lancrezanne ?

— Je crains de ne pas comprendre le sens de votre question, monsieur le commissaire…

— D'après ce qui remonte de mes gars sur le terrain, les SAAB ont décidé de foutre le souk quand Dorgelles viendra.

— Ils existent encore ceux-là ?

— Les SAAB ? Oui, c'est une nouvelle génération. Ils reprennent le flambeau. En plus, ils sont bien entraînés. Ceux de Lancrezanne ne sont pas loin d'une soixantaine pour le noyau dur. S'ils font venir du monde des grandes villes de la Côte dans un rayon de moins de cent bornes, ils peuvent être deux cents, deux cent cinquante, peut-être plus. Ils sont souvent au côté du Black Bloc, dans les manifs anti-G8. Ces anars hyperviolents sont le cauchemar de toutes les polices européennes, vous avez dû en entendre parler… Les SAAB de Lancrezanne, c'est la version méditerranéenne de ces agités. Et en l'occurrence ça veut pas dire anisette, lavande, farniente et cigales. Ils ont fourni un gros contingent particulièrement actif lors des événements de Gênes, l'année dernière. Lancrezanne-Gênes, par la côte et avec l'autoroute, c'est six heures. Quand ce fourgon de carabiniers, à Gênes, a été cerné et qu'un gamin à l'intérieur a perdu son sang-froid et a tué ce Carlo Giuliani, sur les photos que nous ont passées nos collègues italiens, malgré les masques et les casques des émeutiers, on reconnaît de manière certaine deux Lancrezannais dans ceux qui tentent de renverser le véhicule, dont le fils d'un prof du lycée Léon-Gambetta.

— Pourquoi me raconter tout ça, monsieur le commissaire ?

— Je vais être franc avec vous, monsieur le Délégué à la sécurité. Je suis dans une merde noire. J'ai des grèves partout en ville. À l'Arsenal, à Corsica Ferries, dans les transports en commun et le ramassage des ordures. Avec occupation musclée des locaux et des sites. L'approche des élections présidentielles, vous comprenez, pour faire monter la pression sur les candidats... La ville pue, il y a des rats partout et les gens sont à cran. Je crains qu'un meeting du Bloc Patriotique ne verse de l'huile sur le feu. Et je vous le répète, nos SAAB sont décidés à foutre la merde. Une de mes sources chez eux, un petit gars que j'ai retourné pour une histoire de shit, m'a raconté qu'ils ont fait la tournée des piquets de grève en ville pour monter une manif anti-Dorgelles. La CGT, la FSU, SUD et FO sont partants. Il n'y a que la CFDT et l'UNSSA qui ont répondu qu'ils ne voulaient pas mélanger les genres. Mais ils sont minoritaires. Et s'ils arrivent à mobiliser les syndicats, les SAAB savent très bien que les partis politiques de gauche vont aussi être obligés d'appeler à la manif, surtout que vous, au Bloc, vous avez quand même fait un passage plutôt... comment dire... un rien baroque et agité à la mairie de Lancrezanne lors de vos six années à la mairie...

— Vous m'appelez de votre propre initiative, monsieur le commissaire ?

Il y a eu un silence au bout du fil.

— Disons que j'ai fait part de mes craintes au préfet dans un rapport. Et le préfet en a pris bonne note et m'a demandé, si je le jugeais bon, de vous faire part de mes craintes. Il ne veut évidemment pas prendre le risque politique d'interdire votre meeting, même pour éviter d'éventuels troubles à l'ordre public. Pas à deux mois des élections et pas avec la valse préfectorale qui suivra de toute manière. Alors, "je vous fais part de mes craintes", comme il dit, n'est-ce pas ? C'est tout ce que je peux faire. Mais vous dire aussi qu'entre la situation sociale en ville et les CRS qui sont à bout de force je ne le sens pas bien.

— Vous vous doutez bien, monsieur le commissaire, que je ne vais pas pouvoir vous donner de réponse sur-le-champ.

Après ce coup de fil, j'ai contacté nos responsables politiques là-bas et les membres locaux des GPP, tous des bénévoles nullards. Ça m'a pris un temps fou parce qu'il a fallu que j'appelle dans une compagnie d'assurances, dans une banque, dans deux bistrots et aussi dans une agence de vigiles et une autre de convoyeurs de fonds pour les avoir tous.

Ils ont plus ou moins confirmé l'analyse des RG mais se sont déclarés prêts à la baston. Tu parles…

Je les connais les gars du Bloc et des GPP lancrezannais. Des glandeurs en surpoids, des grandes gueules alcooliques, les yeux noyés dans le Casanis.

En plus, tout le monde à Lancrezanne, même les électeurs d'extrême droite, les prenait plus ou moins pour des cons. On avait vu leur niveau de compétence pour la plupart d'entre eux lorsqu'ils avaient pris part de près ou de loin à notre gestion municipale. Martinez, par exemple, qui tenait aujourd'hui le bar du Racing, le repaire du RCL, le Rugby club lancrezannais près du stade Jean-Giono, eh bien, il avait été obligé de me répondre en tenant l'appareil de la main gauche.

Je le savais sans avoir besoin de le voir. Parce que

cet abruti de Martinez, toujours entre deux cuites, et malgré ses cent quarante kilos, avait été propulsé adjoint aux Sports. Complètement paranoïaque, persuadé que les gauchistes et les bougnoules allaient attaquer l'hôtel de ville, il avait toujours sur lui deux grenades. Des défensives, en plus, ce con. Ils les apportaient à la mairie, évidemment.

Et comme il n'avait rien à foutre, sinon mettre des mains au cul du personnel administratif féminin dont une a d'ailleurs porté plainte pour harcèlement sexuel, Martinez, il jouait avec ses grenades. Il les tripotait, les cajolait, les bécotait. Je suis sûr qu'il mimait des grandes actions de guerre, faisait des bruits d'explosion avec la bouche, c'est bien le genre, et qu'il devait titiller les goupilles. Pour jouer.

Enfin, ce qui devait arriver arriva. Cela ne faisait pas deux mois que le Bloc était aux affaires à Lancrezanne. Tous les médias nous avaient dans le collimateur et n'attendaient qu'une couille.

Ça n'a pas manqué.

Un mardi, vers dix heures du matin, une explosion a ravagé le bureau de Martinez, soufflé la porte et les vitres de la moitié du deuxième étage de l'hôtel de ville.

Ce fut un vrai miracle, enfin, si on veut : quand les personnes présentes, assourdies, avec des éclats de verre sur le visage, se sont précipitées dans son bureau, ça a été pour voir Martinez toujours assis sur son fauteuil, la gueule rouge et blanc à cause du sang et des gravats, et un bras en l'air, un bras auquel il manquait la main et d'où jaillissait par saccades un sang artériel qui devait bien charrier ses deux grammes d'anisette à chaque jet.

Martinez, quand il s'est réveillé dans sa chambre du CHR après son opération, le premier truc qu'il aurait dit en voyant sa main manquante, ç'aurait été, d'après ce qu'on ma raconté :

— Ça me fait la même blessure qu'au Chef ! C'est bien, non ?

Et ça n'a été que le début des exploits du Bloc Patriotique lancrezannais à la mairie...

J'ai toujours pensé que si à ces putains de municipales, et on n'en était pas loin, on avait gagné des villes comme Roubaix et Tourcoing, des vraies villes ouvrières avec les gens sérieux du Nord et pas ces branquignols avec leur accent de merde, aussi paresseux que les Arabes qu'ils critiquent, on les aurait encore, les municipalités. Et on serait respecté.

Je ne serai plus là pour le voir mais j'espère qu'Agnès finira par gagner à Loudrincourt-les-Mines. C'est moins sexy que le Grand Sud, le bassin minier, mais c'est plus honnête.

Bon, malgré tout, le terrain lancrezannais, ils le connaissaient quand même, ces cons.

Alors, après, j'ai appelé le Chef.

Il y avait, parmi ses cinq portables de campagne, un qui m'était réservé et qui me permettait de le joindre aussitôt. Il était dans son QG « Dorgelles Président », au dernier étage du Bunker, un QG spécialement aménagé pour l'occasion. Et, d'après son agenda électronique que tout le monde pouvait consulter dans l'équipe d'un clic de souris, il tenait une réunion thématique avec Agnès et ce cul-bénit de Samain sur la condition de la femme, l'opportunité d'un salaire maternel et toutes ces conneries qui devaient l'ennuyer.

D'ailleurs, tout l'ennuyait, à ce moment-là. Cette campagne présidentielle, il l'a faite au ralenti. Il avait pris un coup de vieux et il avait des sciatiques à répétition qui lui faisaient souffrir le martyre. Il était peut-être aussi un peu dépressif. Pourtant, il n'y avait pas de quoi. Les sondages étaient vraiment excellents. Mais bon, il restait souvent comme un peu en dehors, pris dans un rôle qu'il n'avait peut-être plus envie de jouer. J'avais de la peine pour lui.

Il n'empêche que, lorsque je lui ai fait part du coup de fil du type des RG et du sentiment des bloquistes lancrezannais, il a hurlé dans l'appareil.

— Bordel de Dieu, ils ne vont pas me faire chier. Pas encore ! Pas à Lancrezanne en plus ! Tout le monde, dans mon bureau, Stanko, avant midi ! Et fissa ! J'annule tout le reste !

Ça m'a fait plaisir, finalement, qu'il gueule comme ça. Je retrouvais sa voix et ses colères d'avant son coup de vieux, quand j'étais entré au Bloc Patriotique.

Tout le monde, ça voulait dire le comité directeur de la campagne, c'est-à-dire Frank Marie, le chargé de la communication, Ströbel, Agnès, Samain, Antoine, et Francesca Sallivert, la veuve du fameux Sallivert. Celui dont Antoine croit qu'il a été victime d'un faux accident, en fait un coup monté par Samain. J'ai cherché parce que c'était pour Antoine et Agnès mais la piste était froide et je n'ai rien trouvé. Et je ne trouverai plus, puisque je serai mort demain matin ou après-demain, au mieux.

On a décidé, à l'unanimité, de maintenir le meeting.

Il devait avoir lieu sur l'esplanade du Mont-Lancre, qui domine tout Lancrezanne et sa rade. Le Mont-Lancre, après l'esplanade qui sert habituellement de parking pour touristes, c'est un site archéologique, les restes de la ville romaine qui était là avant Lancrezanne.

— Vous avez une idée pour assurer notre protection ? a demandé Samain, ce trouillard qui passe son temps à dauber sur mes entraînements à Vernery et me regarde comme si j'avais le sida.

Et j'ai dit : Oui. Oui, j'ai une idée. J'ai dit : La meilleure défense c'est l'attaque. Et j'ai expliqué. Et tout le monde a attendu le verdict du Vieux parce que, ce que j'avais proposé là, c'était tout de même à la limite de la légalité.

Et le Vieux a dit :

— Excellent, Stanko. J'aurais aimé t'avoir avec moi au Yémen, quand on se battait avec Bob Denard et les royalistes contre les rouges. Tu as carte blanche.

Le soir du meeting, comme prévu les SAAB sont restés à brailler devant le chapiteau après la dispersion de la manif.

Je suis sorti un instant du chapiteau. Trois cents excités, à vue de nez. Moitié moins de CRS en face, l'effectif d'une compagnie, à peine.

Une ou deux charges des flics, sans conviction, quelques lacrymos.

Un pneu enflammé qui avait roulé, vite éteint.

Les SAAB regagnaient aussitôt le terrain perdu et même en grignotaient un peu chaque fois, faisant reculer les lignes de CRS vers l'entrée du parking et du chapiteau.

Les CRS n'avaient pas plus envie que ça d'en découdre. Le commissaire des RG avait vu juste.

Il devait être vingt et une heures, on en était au tiers du meeting, c'était le moment où Dorgelles montait sur scène.

Dorgelles, il ne parle jamais derrière un pupitre. Il marche de long en large avec un micro. Il improvise. C'est un putain d'orateur. Et même là, alors que je savais que sa sciatique lui faisait un mal de chien depuis le matin et qu'il était gavé d'antalgiques, il marchait d'un pas alerte sur la scène et faisait rire aux éclats. Je répète, en plus, les sondages étaient bons. Le sortant de droite était empêtré dans les affaires. Et le socialiste ne faisait vraiment bander personne.

Le chapiteau était comble. Le Vieux se sentait vengé par cette affluence de la façon humiliante dont l'équipe bloquiste s'était ridiculisée et divisée au cours de son passage à la mairie.

J'ai appelé dans mon oreillette.

— Les gars de la horde sauvage ? Rassemblement. Et discret… Comme on a dit. Pas tous en même temps…

J'ai vu, çà et là, dans la foule du public, mes types quitter leur place, prendre les travées extérieures et venir se regrouper derrière la scène. J'ai même vu Antoine, qui était assis sur la scène avec d'autres responsables, se lever aussi, discrètement.

J'ai aussi deviné qu'Agnès faisait la gueule. Je lui avais promis qu'Antoine ne viendrait pas et Antoine me l'avait promis également mais, quand il a vu mes gars bouger en regardant la salle, le naturel a repris le dessus.

Il était toujours aussi camé à la violence, mon vieux camarade.

Quand tout le monde a été là, j'ai fait l'appel. On était bien les cinquante prévus, avec Antoine en plus.

On entendait les rires de la salle. On voyait bouger la silhouette familière de Dorgelles en ombre chinoise gigantesque sur le toit du chapiteau. J'ai désigné les grands coffres qu'on aurait pu confondre avec ceux qui servent à entreposer le matériel pour la sonorisation et les éclairages. C'était d'ailleurs l'intention. Quand les gars ont découvert ce qu'il y avait à l'intérieur, ils ont eu des mines de mômes au pied du sapin devant leurs cadeaux de Noël.

— Putain, vous ne vous êtes pas trompé, chef… On dirait des vrais.

Et le rouquin, celui qui m'a coursé toute la journée

aujourd'hui, n'était pas le moins content, quand on a retiré des tenues pratiquement identiques à celles des CRS. Treillis noirs, jambières, coudières, casques, tonfas, boucliers en plexi et bombes lacrymo modèle Goliath. Et un joli écusson représentant notre trident tricolore avec écrit autour, en cercle, « Groupes de Protection du Parti-Section mobile d'intervention ».

Ma horde sauvage, c'était en fait une SMI classique des GPP, sauf que je l'avais équipée pour qu'on la confonde avec les CRS. Pendant trois jours, j'avais envoyé des gars écumer tous les surplus militaires de Paris et de sa banlieue. On avait récupéré une soixantaine de tenues et autant de casques et de boucliers mis à la réforme.

Pour les tonfas et les Goliath, on avait déjà ce qu'il fallait dans les caves du Bunker quand on devait doter nos SMI classiques.

On s'est équipés. Je n'avais pris aucun GPP lancrezannais dans la horde sauvage. Parce que ce sont des bavards et des fils de putes mal entraînés, indignes du Bloc et de son Chef.

Je ne les avais même pas mis dans la confidence.

Leur chef faisait le malin, engoncé dans son blazer bleu, devant le chapiteau, en retrait des CRS, suivis par d'autres abrutis sudistes dont l'inénarrable Martinez avec sa main artificielle gantée en noir, dans une parfaite imitation de Dorgelles qui lui au moins avait perdu la sienne quelque part au Katanga, quand il était allé récupérer sous le feu un copain blessé lors des combats autour de Kolwezi, pendant la déroute de Tshombe.

Antoine râla un peu.

Son pantalon de treillis était très court, rentrait à peine dans ses rangers, et la veste était trop serrée. Les gars se sont foutus de lui. Mais gentiment. Ils étaient fiers comme des poux qu'un très proche du Vieux, le mari d'Agnès Dorgelles elle-même, monte à la bataille avec eux.

On est sortis par l'arrière du chapiteau qui touchait aux barrières du site archéologique. On les a escaladées. Tout le monde avait le plan dans la tête. On a vite progressé entre les ruines, la demi-lune nous aidait.

Je me suis dit qu'on était bien, là, cinquante types qui avançaient comme des loups entre les colonnes des temples. Antoine, qui a toujours aimé le doo wop et m'avait filé le virus, chantonnait de manière imperceptible, *Under the Moon of Love* de Curtis Lee.

> *Let's go for a little walk*
> *Under the moon of love*
> *Let's sit down and talk*
> *Under the moon of love*
> *I wanna tell ya*
> *That I love ya*

Au bout de dix minutes, on a vu se découper sur le ciel étoilé les cyprès qui marquaient la sortie sud du site.

Nouvelle escalade des grilles. L'obscurité sentait bon la lavande.

On a pris un chemin de terre et rejoint la route principale qui montait vers l'esplanade du Mont-Lancre. Sauf qu'on était quatre cents mètres plus bas, bien cachés par la déclivité, et qu'on se retrouvait sur les arrières des manifestants SAAB.

— Tout le monde est prêt ?

J'ai entendu le claquement des visières qu'on rabat, le bruit des tonfas qu'on décroche des ceintures.

On s'est placés sur deux lignes et j'ai dit :

— On y va...

On a commencé à courir à petites foulées puis de plus en plus vite au fur et à mesure que la route grimpait.

Je n'entendais que le souffle régulier des gars et le claquement des rangers sur l'asphalte.

J'ai repensé aux Spartiates, aux charges de Léonidas dans le défilé des Thermopyles.

On entendit les premières clameurs des SAAB avant de voir les éclairages du chapiteau qui formaient une aura lumineuse dans la nuit.

On est arrivés sur eux à revers.

En hurlant et à pleine vitesse.

Effet de surprise maximal.

On a fait un massacre.

Avant qu'ils aient le temps de réagir, la moitié était hors de combat. On les aspergeait à bout portant avec les Goliath, on leur fracassait la mâchoire au tonfa, on faisait valser leur casque de moto et on a traversé leurs rangs comme dans du beurre, jusqu'à se retrouver devant la ligne de CRS.

— C'est quoi ce bordel ? a braillé, furieux, un de leurs gradés. Vous êtes qui, vous ? C'est quoi, ces putains d'uniformes ?

Le commissaire en civil qui les commandait avait déjà compris, lui :

— C'est inadmissible, vous m'entendez, absolument inadmissible ! Vous êtes une vraie milice ! Je ferai un rapport, nom de Dieu, je...

Mais il n'a pas eu trop le temps de gueuler.

Les SAAB, furieux, persuadés d'avoir été victimes d'une charge de CRS, attaquaient pour se venger.

Comme je l'avais ordonné, ce coup-ci, on a laissé faire les CRS : ils ont bien été obligés de se démerder et de riposter. Et on est revenus dans le chapiteau, par l'entrée arrière, ni vus ni connus, je t'embrouille, à part deux ou trois photos d'un journaliste de merde de *Sud Matin* que je n'ai pas réussi à choper.

Évidemment, le scandale du meeting de Lancrezanne a fait la une de la presse et des JT le lendemain. Certains demandaient la dissolution pure et simple des GPP en tant que ligue factieuse. Les syndicats de policiers, même ceux de droite, se sont indignés de la confusion voulue par un grand parti entre son propre service d'ordre et les forces de l'ordre, manifeste dans l'utilisation d'équipements et d'uniformes similaires.

Et puis ça s'est calmé parce que les médias sont passés à autre chose quand le candidat socialiste a lâché sa connerie sur le sortant de droite, en le traitant d'escroc sénile avant de dire qu'il s'excusait.

Moi, tout ce que je voyais, c'est qu'entre les blessés occasionnés par la charge de ma horde sauvage et celle des CRS qui ont été obligés d'agir bon gré mal gré, sans compter les arrestations qui suivirent, j'avais rayé de la carte les SAAB de Lancrezanne et une bonne partie de leurs potes actifs des départements du Grand Sud.

Et ça me fout un blues de coyote, tout d'un coup, de me retrouver dans cette salle de bains confinée, à écouter se disputer pour je ne sais quoi de sordide tous ces minables. À me dire que c'est le même homme qui se planque dans ce gourbi et qui a été celui qui a mené cette charge héroïque, dans une nuit du Sud, il n'y a pas si longtemps.

J'entre sous la douche. Un morceau de savon bien crade traîne là. Je le fais mousser. Sous l'eau tiède, je repense à la journée passée à jouer à cache-cache avec mes Deltas.

Ils ont été particulièrement nerveux quand le métro

est arrivé à la gare de l'Est puis à la gare du Nord. Mais, en fait, je suis descendu à Château-Rouge.

Seul le rouquin est descendu, l'autre, le plus beau, étant resté dans le wagon au cas où. On s'est retrouvés tous les deux au milieu des Blacks et des *muzz* et, comme il faisait toujours aussi tiédasse pour un putain de mois de novembre, le quartier ressemblait encore plus que d'habitude à une quelconque contrée bougnoule.

Il y avait juste énormément de flics et de CRS stationnés un peu partout, à cause de la quasi-guerre civile en banlieue, évidemment. Ils craignaient le soulèvement généralisé.

Pas très loin d'ici, cette guerre vient d'arriver au cœur de Paris.

À Belleville, chaque nuit, depuis trois semaines, ça tiraillait entre Chinetoques, Arabes et karlouches. Tout le monde tirait sur tout le monde. C'était Beyrouth au métro Jourdain et Bagdad rue des Rigoles. Des représentants des communautés nègres hurlaient au pogrom parce que les Jaunes étaient supérieurement armés. Ils accusaient les flics de fermer les yeux sur des approvisionnements qui venaient des triades de Hong Kong.

Légendes urbaines, disaient les Jaunes. Il n'empêche, n'importe quel Chinois de Belleville, qu'on avait connu rasant les murs et baissant les yeux pendant des années, maintenant, il se promenait en prenant des poses à la Chow Yun-fat dans les John Woo de la bonne période, la première.

Le nombre de fois, avec Antoine, qu'on a pu se faire des après-midi, chez lui rue La Boétie ou chez moi rue Brézin, portables fermés, à se regarder à la chaîne des VHS pourries de *The Killer*, d'*Une balle dans la tête* ou du *Syndicat du crime* I et II. Dans les rares bons moments de ma vie, dans ce *top ten* des meilleurs passages de notre vie sur terre que Dieu, s'il existe, doit te laisser te repasser en boucle pour l'éternité, et c'est ce qu'à mon avis on appelle le Paradis, il y aura ces grandes heures de glande avec Antoine, ces moments volés, à vider des bières et à regarder Tequila sortir un bébé d'un hôpital investi par la maffia en tenant le chiard d'une main et le flingue de l'autre.

— Cette violence-là, elle est tellement stylisée, elle est tellement chorégraphique, disait Antoine, on n'arrive pas à y croire.

Je lui aurais bien dit que c'était quand même de la violence, que nous-mêmes nous étions des hommes violents et que cela ne changeait rien à l'affaire que le spectateur y croie ou pas. Mais je n'étais pas certain d'avoir raison ou même de pouvoir lui expliquer clairement ce que j'aurais voulu dire alors je préférais garder mes réflexions pour moi.

Donc, ce matin, me voilà à Château-Rouge avec mon rouquin aux miches. Je gueule habituellement contre le grouillement allogène du quartier, mais heureusement qu'il y avait du populo parce que je les connais les Deltas. Vu comme je les avais entraînés, ça ne les aurait pas gênés de tenter de me buter en pleine rue et de profiter du bordel ambiant pour se fondre dans la foule.

Mais, là, il y avait vraiment trop de monde, et la sympathie pour les Blancs dans les environs n'avait jamais été très haute et ça ne s'était pas arrangé depuis le début des événements. Si Rouquemoute tentait sa chance et par malheur logeait une balle perdue dans la tête d'un négrillon en train de bouffer son kebab d'une main tout en donnant l'autre à sa mère en boubou, ça risquait de tourner au lynchage féroce et d'attirer une nuée de flics dans le meilleur des cas. Ou, dans le pire, de se terminer avec un sourire kabyle et les testicules en boucles d'oreilles. J'ai commencé à me faufiler dans la masse avec ma petite idée. Je me suis dirigé vers la rue Muller, à deux pas de la Butte.

J'avais par là une des planques que je loue un peu partout dans Paris pour servir de base de départ ou de repli à des GPP envoyés en mission ponctuelle plus ou moins occulte.

Je vérifiais, de temps à autre, dans une vitrine, si Poil de Carotte me suivait toujours.

Il suivait. Méthodiquement, efficacement et, de temps en temps, il causait dans son iPhone.

Ravenne connaissait la planque de la rue Muller. Il pensait sans doute que j'allais essayer de m'y réfugier.

Il commençait à envoyer du monde sur zone, là, tout en consolant l'acnéique qui devait avoir les couilles bleues et zozoter en pleurant sur ses incisives en miettes. Ravenne connaissait toutes les planques puisque je lui en avais donné le listing, mais je ne lui avais pas indiqué la particularité du bar en bas, qui fait l'angle avec la rue de Clignancourt.

Je n'arrivais toujours pas à croire qu'on était en novembre.

Ciel bleu à peine voilé. Temps mou, presque chaud. Des vieux en djellaba discutaient inlassablement en terrasse, en tripotant leur chapelet devant des petits verres de thé ou de café, des plus jeunes se groupaient autour d'une boutique où l'on débloquait les portables, un dealer discret guettait le client et devait maudire les gendarmes mobiles surarmés qui patrouillaient. La politique, les émeutes, tout ça, c'est mauvais pour le buziness. Il n'y a pas plus conservateur que les trafiquants de drogue, leurs revendeurs et même leurs clients, ces petits vieux prématurés et égoïstes qui ne supportent pas les troubles sociaux ou quelque événement que ce soit qui viendrait troubler leur approvisionnement.

Je suis enfin arrivé rue Muller, au Mojito, un trocson dont on se demande pourquoi il porte un nom comme ça puisque le patron, un des derniers commerçants blancs du quartier, n'en sert pas et ne sait probablement même pas ce que c'est.

Il n'y avait personne. Une radio était allumée et réglée sur Europe 1. Ströbel était interrogé par un journaliste. Il ne démentait pas les contacts entre le Bloc et le gouvernement mais disait que lui, personnellement, n'était au courant de rien.

C'est tout le problème de Ströbel, ça, l'éternel second. Il ment comme un politicard de n'importe quel autre parti alors que le Bloc n'est pas un parti comme les autres.

Et en plus il mentait mal, en l'occurrence, ce con. Agnès assure tout de même mieux, et je ne dis pas ça parce que c'est la fille de Dorgelles ou la femme d'Antoine.

Rouquemoute est venu s'asseoir à une des deux seules tables que Le Mojito peut se permettre sur son trottoir étroit. Entre une bouteille de Ricard et une autre de Martini blanc, je le voyais dans la glace à l'arrière du comptoir.

— Pour monsieur, ce sera ?
— Une noisette.
— Fait chaud, hein ?
— À tous les points de vue, j'ai dit.

Et le patron m'a regardé comme si j'étais une sorte de génie, un type capable de résumer en quelques mots ce qu'il fallait penser du réchauffement climatique, des émeutes, de la situation politique et des adolescentes noires qui avaient le feu au cul. Je voyais bien que le prochain habitué qui viendrait pour l'apéro et ferait l'inévitable remarque sur la météo aurait droit à une mimique concentrée et concernée du patron, assez inhabituelle étant donné sa couperose joviale et ses yeux noyés, qui dirait, au bout d'un long silence :

— À tous les points de vue.

Ströbel avait fini de causer dans le poste et sans transition, d'une manière que je trouvai un rien bizarre et qui devait avoir pour cause le trouble jeté par l'actualité agitée, Sylvie Vartan s'est mise à chanter *Tous mes copains*.

> *Tous mes copains*
> *Quand je les vois passer*
> *Tous mes copains sont à moi*
> *Tous mes copains je les ai embrassés*
> *Tous mes copains m'aiment bien.*

Comme pour démentir Sylvie, le rouquin s'est décidé.

Il se levait pour aller au bar. Je voyais déjà son plan, tellement évident.

Remonter à ma hauteur et me dessouder à bout portant ou me braquer discrètement, me faire ressortir et attendre que Ravenne, qui était sûrement déjà en route, nous récupère.

Ravenne qui, avant de me buter, voudrait peut-être me faire cracher deux ou trois trucs qu'il ne savait pas sur les GPP, comme le code de l'armurerie, au château de Vernery, par exemple.

Mais, mon petit Rouquemoute, je l'ai devancé et je me suis dirigé vers la porte de ce qu'il a pensé être les chiottes, et n'importe qui aurait pensé comme lui, quand bien même il n'y avait rien de marqué.

Seulement une des caractéristiques du Mojito est que c'est un des rares bars de Paris qui n'a pas, à proprement parler, de chiottes. La fameuse porte du fond donne sur un escalier incroyablement profond, sans lumière, et sur une autre porte, au bout d'un couloir encombré de casiers.

Quand on veut pisser au Mojito, on le fait dans la rue et si, vraiment, c'est la grosse commission, le patron soupire, donne une clef et indique un chiotte sous un porche, quelques numéros plus haut, juste avant un magasin bizarre spécialisé dans le roman noir, gore ou porno-fantastique, les animaux empaillés, les casques lourds et les masques mortuaires.

— Les chiottes, c'est pas par là, monsieur !

— Je sais, patron, mais le rouquin sur la terrasse qui va se pointer, on va se faire une gâterie en bas. Je vous laisse deux cents euros. C'est d'accord ?

Il a peut-être été désolé qu'un intellectuel tel que moi soit pédé mais, en commerçant avisé, il n'en a rien laissé paraître.

— À tous les points de vue, il a dit en rangeant à la vitesse de l'éclair les deux biftons verts dans son tiroir-caisse.

Je suis descendu dans une odeur d'humidité et de vieux pinard.

Rouquemoute, là-haut, devait se demander pourquoi le patron le regardait bizarrement. En bas de l'escalier, je me suis plaqué dans un renfoncement. J'ai entendu le pas hésitant de mon suiveur qui descendait à son tour.

Arrivé en bas, le rouquin n'a plus trop su quoi faire et s'est demandé où étaient les pissoirs, tant cette topographie lui semblait, à raison, un rien compliquée.

Je lui ai balancé un coup de crosse sur l'arrière du

crâne et j'ai retenu en douceur sa chute en saisissant de mon autre bras son torse musclé.

J'ai rangé le GP 35 dans mon holster d'épaule et j'ai pris le Vélodog dont on n'entendrait pas la détonation en haut.

J'ai retourné le corps inanimé et j'ai glissé le petit flingue entre ses lèvres qu'il avait épaisses et sensuelles. Il était beau, comme ça dans le coaltar, comme s'il s'était endormi, et la semi-obscurité atténuait sa rousseur.

Merde, je n'allais pas buter une jolie machine comme ce Delta. Il n'avait rien de commun avec ces abrutis de Gros Luc et de Vinga.

Ce garçon, je ne pouvais pas le tuer. C'était parfaitement absurde, mais non, je ne pouvais pas.

Je suis remonté dans le troquet.

Le patron m'a demandé sans lever les yeux du *Parisien libéré* étalé sur son zinc :

— C'est déjà fini ?
— On est des rapides.
— À tous les points de vue. Et lui ?
— Il reprend son souffle. Il arrive.

Je suis reparti vers le boulevard Magenta et la gare du Nord, et j'ai vu, sans qu'ils me voient, Ravenne et deux Deltas qui remontaient en sens inverse, sur le trottoir opposé.

Trop tard, les mecs...

Là, sous ma douche interminable qui me dénoue un peu les muscles, je ne peux m'empêcher de revoir le beau visage de Poil de Carotte, lequel avait dû sacrément se faire engueuler par Ravenne.

Je m'endors en cavale, j'épargne les beaux gosses qui cherchent à me buter, décidément, je suis déjà mort.

Je m'éponge avec une serviette nid-d'abeilles trop

petite. On avait les mêmes à la maison, à Denain. Je ne les aimais pas et je ne les aime pas plus aujourd'hui : elles me donnent l'impression de ne rien essuyer du tout.

Dans le couloir, ça gueule toujours. Ils vont finir par attirer les flics et, s'ils attirent les flics, tout risque de devenir compliqué.

Je me rhabille en soupirant. Je sens la savonnette bon marché et la sueur.

Le bruit vient de la chambre à côté. Ça pue toujours autant le mafé poisson. C'est un couple de Peuls avec au moins sept chiards.

Le père et le réceptionniste s'engueulent à qui mieux mieux.

— Bordel de merde, je dis, c'est pas possible de dormir ici ?

Ils se taisent d'un seul coup.

Je sais que mon physique met toujours mal à l'aise. Antoine me l'a souvent dit mais il m'a souvent dit aussi que, si je savais en jouer, c'était un atout, un sacré atout. Savoir utiliser cette aura de rage glacée que je trimbale avec moi, ces ondes de violence rentrée qui donnent l'impression de pouvoir se déchaîner à n'importe quel moment de manière totalement irrationnelle et pour les motifs les plus anodins.

Et il avait raison, Antoine. Je l'ai vu quand j'ai enchaîné Coët et l'ETAP sur son conseil et après encore cinq ans de 8ᵉ RPIMA. Je l'ai vu aussi quand il a fallu m'imposer aux GPP où ça dégoulinait de testostérone presque autant que chez les paras…

— Je leur dis qu'ils n'ont pas le droit de cuisiner dans les chambres, c'est marqué partout, alors, comme ils n'écoutent pas, je les vire…

— En pleine nuit ? Et pourquoi vous n'allez pas

casser les couilles aux Turcs, juste dehors, qui empoisonnent l'atmosphère depuis la rue avec leurs kebabs ? Vous avez quelque chose contre la cuisine sénégalaise ?

— Vous n'avez pas à me dire ce que j'ai à faire, monsieur. Vous aussi, si ça ne vous plaît pas, vous pouvez partir. Vous avez l'air d'avoir les moyens, mais peut-être que vous ne pouvez pas aller non plus ailleurs, n'est-ce pas ?

Et le sourire fielleux et entendu qui va avec.

Pendant quelques secondes, je ressens exactement la même chose que lorsque j'ai tué mon premier homme, à quinze ans, à Denain.

Quand j'ai tué cet enculé d'épicier algérien.

Quelque chose de très proche du désir sexuel, mais confondu avec une colère qui fait affluer le sang non seulement dans la queue mais aussi dans la tête et de manière beaucoup trop forte, au point que la douleur devient aussi insoutenable que celle d'une rage de dents ou d'une migraine ophtalmique. Et la seule chose qui la soulage, c'est quand on commence à frapper, frapper, frapper, qu'on sent les os et les pommettes se briser, qu'on sent les globes oculaires se crever sous les pouces, qu'on a le goût du sang dans la bouche après avoir arraché une oreille avec les dents et qu'on la recrache.

Le réceptionniste a dû le deviner, il blêmit et, alors que je respire à fond pour faire refluer toute cette folie, il change de ton :

— Enfin, ce que j'en dis, moi, monsieur... Ça ne me regarde pas et mon métier c'est la discrétion, n'est-ce pas ?

— Et si je vous file cinquante euros pour que nos amis puissent se faire leur frichti, on va pouvoir attendre jusqu'à demain matin ?

Je lui tends le bifton. Il sourit, toujours aussi moite.

— Bien entendu. Bon, eh bien, puisque tout est réglé, je vais vous laisser.

Il redescend vers son guichet et, dès que son dos grassouillet a disparu, les Peuls me couvrent de remerciements.

— C'est bon, c'est bon. Je vous demande juste de me foutre la paix, maintenant, d'accord. Non, je n'ai pas envie de mafé poisson, c'est gentil, merci.

Je reviens dans ma piaule, je me rallonge.

Et tout continue de revenir dans cette nuit qui n'en finit pas.

9

Masculin-Féminin défile devant tes yeux. Au moins tu n'as plus le compteur de morts sur l'écran.

Isabelle-Catherine Duport assiste au jeu du chat et de la souris entre Jean-Pierre Léaud et Chantal Goya. Et puis il y a aussi Marlène Jobert, toute jeune également. Elle n'est pas très sexy dans ce film. Godard l'a volontairement féminisée par ce qu'il y a de pire dans le féminin : plainte, jalousie, suspicion systématique, demande constante.

Godard indique de cette manière quel personnage survivra dans le monde d'après. Il est comme tous les grands artistes ou simplement les gens un peu lucides, il sent bien que tout ne va plus tarder à basculer. Ce ne sera pas Léaud qui survivra à l'époque des mutants, d'ailleurs il meurt bêtement à la fin du film. Ce ne sera pas Chantal Goya. Elle a beau devenir starlette yé-yé, quand elle apprend la mort de Léaud, elle a tout de même un regard très triste qui dément son indifférence. Elle a encore le sens de la tragédie. L'amour pour elle ne fait pas encore tout à fait partie du consumérisme. Du bonheur par le consumérisme : « Je veux une voiture, un mari, une machine à laver. Mon mari est mort ? Quel malheur ! Je vais prendre aussi une télévision. Et un autre mari. »

Isabelle-Catherine Duport, non plus, ne survivra pas dans le monde d'après, parce qu'on ne peut pas survivre dans le monde d'après si on est à la fois belle, drôle, calme et imperméable à la propagande qui veut vous séparer de l'amour et de la domination masculine, forcément fasciste.

Isabelle-Catherine apprécie, parce qu'elle est française, les jeux de l'amour et du hasard entre Goya et Léaud, mais elle est beaucoup moins convaincue par cette société qui veut à tout prix lui faire acheter des choses qui font de la lumière et du bruit.

C'est une corrégienne. Elle a besoin d'une certaine qualité de lumière, d'air, de paysages sonores pour pouvoir être heureuse. Si on ne lui donne pas cela, et seulement cela, elle disparaîtra. C'est une Française *old school* qui est faite pour un bonheur calme, étale, extrêmement sensuel, en fait, et, au bout du compte, beaucoup plus érotique que tout ce qu'on peut imaginer puisque conjugal.

Nue, tu es persuadé qu'Isabelle-Catherine Duport ressemble, enfin ressemblait à Agnès. Agnès, pourtant si active depuis qu'elle a les destinées du Bloc Patriotique entre les mains, déployant des trésors d'énergie pour lutter sur tous les fronts, médias, les opposants extérieurs et, les pires, les opposants intérieurs comme Samain, Agnès sait pourtant quand elle est allongée sur un grand lit, déployée, Athéna exténuée, dégager cette impression de paix, cette impression que la vie pourrait être semblable à cela, une femme qui sommeille, et du soleil dehors, et un acquiescement au monde, au Temps.

Et toi d'entrer en elle, chaque fois, pour mieux la retrouver, pour retrouver ses paysages qui sont des provinces calmes, des villes françaises au bord d'un fleuve, des odeurs de croissants, des bruits de pas sur les graviers du mail dans une sous-préfecture des bords de Loire.

Non, celle qui survivra, ce sera Marlène Jobert. Dans *Masculin-Féminin*, elle est équipée pour. Tu t'amuses à imaginer sa vie après la fin du film. Ses mariages et remariages, ses psychanalyses, sa vie en communauté dans les années 70. Ou, si elle suit la voie bourgeoise, la maison en vallée de Chevreuse, la résidence secondaire à La Baule, le comité de soutien à Giscard en 74, à Mitterrand en 81 et, dans tous les cas, ses opérations de chirurgie esthétique, ses gosses à problèmes, drogue, anorexie, ses gosses qui s'engagent au Bloc ou à la LCR, juste pour la faire chier : « Mais mon Dieu, qu'est-ce que j'ai fait pour mériter ça ? »

Ce que tu as fait, connasse ? C'est tout simplement de jouer le jeu qu'on te demandait de jouer, de confondre la vie avec un supermarché. Mais un supermarché dont tu aurais été l'unique cliente. Un supermarché où l'on te proposait toute la pacotille électronique et textile qui provoque en toi les derniers orgasmes authentiques ou, au contraire, des accès de dépression si ton pouvoir d'achat insuffisant te les interdit même passagèrement. On t'y a vendu, aussi, à chaque saison, une idée du mariage, de la mort, des enfants, de l'art, du temps, que tu as adoptée avec le même enthousiasme bipolaire.

Et là, aujourd'hui, tu entres dans la soixantaine, liftée, botoxée, avec une ou deux pensions alimentaires, ta fille qui ne veut plus te voir, ton fils qui fait semblant de t'aimer, à te demander ce qui a cloché, pourquoi tu es si malheureuse.

Marlène Jobert, Élisabeth dans le film…

Peut-être que cette nuit elle aussi, Élisabeth, elle regarde les infos, insomniaque comme toi, qu'elle se reprend un Prozac, qu'elle se demande si elle ne va pas téléphoner à son psy dès l'aube pour qu'il la prenne en urgence demain matin. Elle pleure sur Jean-Pierre Léaud, mais elle pleure quarante-cinq ans trop tard.

Et alors qu'elle voit brûler les voitures, qu'elle voit un policier en civil cerné sortir son arme de service, tirer en l'air, recevoir une pierre au visage, tituber, saigner, en recevoir une autre à l'épaule, viser cette fois-ci les jambes de ses agresseurs dont deux s'écroulent et revenir vers les CRS en slalomant entre les carcasses brûlées, elle se souvient qu'il faudra demain signer la pétition de sa copine socialiste contre la répression policière, elle est de centre gauche, tout de même... Tout de même...

Et peut-être un instant, un bref instant, regrettera-t-elle l'année 66, sa fraîcheur au matin quand les rues de Paris étaient nettoyées par les arroseuses municipales et que, sur le transistor, on entendait la voix délicieusement approximative de Chantal Goya :

> *D'abord, dis-moi ton nom*
> *Je te dirai le mien*
> *Partons loin d'ici*
> *Nous parlerons plus loin.*

C'est ton grand truc, ça, Antoine, le basculement entre le monde d'avant et le monde d'après.

Tu as la certitude que tout s'est joué quelque part entre tes années lycée et ton retour du service militaire, entre le crépuscule du giscardisme et ton mariage avec Agnès, entre le deuxième choc pétrolier et les premiers scores électoraux du Bloc Patriotique.

La réalité te semble avoir changé de nature, comme dans un roman de Philip K. Dick. « Je suis vivant et vous êtes morts ! » disait le génial paranoïaque de la SF.

Tu n'as pas lu de phrase plus juste, depuis des années, pour définir ton état d'esprit.

Ça en rassurerait certains, ça, pour expliquer ton fascisme, ton bloquisme : tu ne crois plus avoir affaire, aujourd'hui, en face de toi, à des êtres humains normalement constitués. Solipsisme, ça s'appelle. Tous les fascistes sont des solipsistes. « Le solipsiste est un fou enfermé dans un bunker », dit Schopenhauer. Un Bunker. Le Bunker. Ha. Ha. Vous voyez ? Le Bloc, toujours le Bloc. Votre compte est bon. Au Bloc !

Tu t'aperçois que tu commences à en tenir une sévère. Absolut Vodka citron. La bouteille vide sur la table basse près de l'iPhone toujours muet.

Tu murmures pour toi-même : « Agnès, appelle-moi. Appelle-moi. Ou juste un SMS. Il est plus de trois heures, là. »

Mais tu reviens à ta méditation alcoolisée en voyant soudain le visage des jeunes gens de *Masculin-Féminin*. Ils sont au cinéma et regardent, avec des mines diverses, un film d'avant-garde ennuyeux, quoique vaguement érotique.

Tu aurais pu faire un grand roman si tu avais identifié l'instant précis où l'on change de monde, si tu avais trouvé la date, l'événement ou les événements qui ont permis, aidé ou marqué le passage. Peut-être qu'il n'existe pas, ce moment, ou peut-être qu'il y en a trop, qu'ils sont arrivés dans un brouillard diffus sur plusieurs années, tandis que tu romantisais à Rouen en faisant ta mauvaise tête fasciste, même si c'était baroque et fatigant.

Tout ce que tu peux faire, c'est en observant certaines attitudes, en entendant certaines conversations, dire si elles appartiennent encore au monde d'avant, comme des survivances émouvantes, ou si on est déjà de l'autre côté.

Par exemple, depuis combien de temps trouve-t-on normal de voir les gens manger en marchant ? Ça n'a l'air de rien, c'est anodin au possible, mais enfin une jolie fille qui se débat avec un kebab et son téléphone portable, insoucieuse de la sauce blanche qui lui coule sur le menton, c'est typiquement une attitude du monde d'après. Inimaginable dans une rue des années 60 ou même 70. Catherine-Isabelle Duport n'aurait jamais mangé un sandwich debout, dans la rue, devant les autres. D'abord parce qu'elle aurait été gênée, appartenant à une époque où les autres, justement, avaient encore une importance et aussi parce que rien, ni patron ni horaire, n'aurait justifié une telle aliénation et qu'il y avait toujours moyen de s'installer à une terrasse, de croiser par hasard une copine et de parler des garçons autrement qu'en se connectant à Facebook dans la solitude du soir, dans un appartement cher et petit, à roter le kebab mal digéré du midi.

Monde d'avant, monde d'après… Non, ce n'est pas forcément quelque chose de spectaculaire, d'ailleurs. Mai 68 est un événement du monde d'avant, une révolution somme toute assez traditionnelle. Mais elle annonce le monde d'après, c'est certain, puisque vont sortir de ses rangs les baby-boomers d'aujourd'hui avec leur dictature qui est encore au pouvoir et qui est objectivement responsable du chaos qui règne depuis des décennies, et dont les émeutes des derniers mois ne sont qu'une forme particulièrement aiguë.

Le Bloc, pour toi, ce fut aussi un moyen de leur dire à quel point tu les vomissais ces libertaires qui n'ont libéré qu'une chose : leurs pulsions à eux, pratiquant avec le même bonheur la partouze et l'appétit de pouvoir dans tous les domaines.

De manière informulée, d'abord, puis très consciente

ensuite, tu sais qu'une des raisons de ton engagement au Bloc s'enracine là, dans le désir de résister et de provoquer ces enfoirés gorgés de bonne conscience, de démagogie et de sinécures.

68, tu en as un souvenir précis de petit garçon. De petit garçon déjà inquiétant : ta mère, qui voulait monter la rue Jeanne-d'Arc dans sa 4L depuis la gare, s'est retrouvée bloquée par les manifestants rue de la République. Elle est descendue pour regarder le cortège. Tu veux descendre aussi mais elle t'ordonne de rester dans la voiture sur cette moleskine rouge de la banquette qui colle à tes cuisses en culottes courtes.

Il fait chaud et l'école est fermée, en plus. Tu t'ennuies. Alors tu descends quand même, le jardin Solferino est tout près. On peut jouer des après-midi entiers sous les arbres, il suffit juste de traverser le cortège.

Ce que tu fais. Tu entends ta mère derrière toi, paniquée — « Antoine, reviens ! reviens ! » —, tu te faufiles entre les jambes des manifestants, tu sais aller vite, diablement vite. Tu entends toujours : « Antoine ! Antoine ! » Mais c'est couvert par les slogans, tu vas arriver au jardin, franchir la grille verte quand un bras te saisit.

C'est un grand type qui sent le tabac, il a une canadienne en cuir, un brassard de service d'ordre. Il rigole. Il te soulève à sa hauteur.

— Bah, dis donc, garçon, tu pèses ton poids ! Mais t'es trop jeune pour faire la révolution !

Ta mère est là, soudain. Ce sera sans doute la seule fois de sa vie qu'elle verra un syndicaliste ouvrier de si près. Chez vous, on a beau, en bon démocrates-chrétiens, ne pas aimer de Gaulle, ce général qu'on soupçonne d'être toujours tenté par la dictature, c'est quand même lui qui est l'ultime recours contre les gauchistes dans les facs et les ouvriers en grève, pendant ces semaines qui sentent l'insurrection. On se demande ce qu'il attend, d'ailleurs, pour parler, pour reprendre la main.

— Je vous le rends, madame, on est déjà assez nombreux, dit le type en canadienne avec un sourire toujours amusé.

Ta mère te repose sur le trottoir, tu es trop lourd, il fait trop chaud, elle est rouge de colère, elle n'aime pas le regard ironique du prolo et elle te gifle.

— C'est pas une solution, madame !

Elle ne répond pas, te ramène vers la 4L, verrouille les portières.

Masculin-Féminin, *Masculin-Féminin*, toujours et encore.

Sur l'écran plat, c'est le moment où Chantal Goya enregistre tandis que Jean-Pierre Léaud écrit avec un copain «*American, GO Home !*» sur la voiture d'un gradé américain qui attend devant l'ambassade des États-Unis.

> *Je ne crois plus en tes promesses*
> *Tu m'as trop menti*
> *Tu connaissais mon adresse*
> *Tu ne m'as pas écrit.*

Tiens, ça résume parfaitement la ligne du Bloc Patriotique dans ses négociations avec la majorité présidentielle. Ça te fait rire. Décidément, tu es saoul.

1966, c'était le monde d'avant. On pouvait voir des prémices du cauchemar mais, globalement, c'était encore le monde d'avant.

Agnès appelle cela en souriant « ta théorie » et n'hésite pas à dire pendant un dîner rue La Boétie, après une de tes tirades délirantes et structurées sur ce sujet Monde d'avant / Monde d'après : « Ah, Antoine et ses théories ! » sur le ton indulgent et tendre que l'on prend pour parler des jeux d'enfants et des manies de vieillards.

Tu lui en veux un peu mais, toi-même, ne donnes-tu pas à tes explications un côté farce, ne les donnes-tu pas au second degré pour que l'on évite de te croire légèrement fou, totalement complotiste ou écrivain qui teste son prochain roman en en racontant l'intrigue ou les thèmes à ses convives ?

— Oui, dis-tu dans ces moments-là en faisant signe à l'extra de resservir du saint-véran, je suis persuadé qu'un plan général d'implantation des nouveau-nés à l'aide de puces électroniques a commencé à la fin des années 70. Sinon comment expliquez-vous le comportement absurde des Occidentaux de moins de quarante ans ? Ils sont la première génération à vivre moins bien que la précédente et ils continuent à accepter le système en votant pour la même clique au pouvoir, ou, mieux, en la laissant faire. Le dernier espoir, notre dernier espoir, ce sont les prolos, comme dans *1984*. On a jugé moins utile de les implanter, ou bien ça n'a pas été effectué de manière systématique. On est parti du principe que les pauvres sont plus faciles à abrutir par la télévision sans qu'on ait besoin de dépenser, parce que ça coûte cher de "pucer" à vie un être humain. Bon, mais quand les pauvres éteignent la télé, ils reprennent un peu de liberté mentale, il leur reste même parfois un peu de cerveau disponible pour reprendre l'expression employée par ce président d'une grande chaîne de télé privatisée. Alors les pauvres comprennent ce qui se passe, ce qui se passe vraiment sans arriver forcément à le formuler et ils commencent à voter pour nous, la seule vraie alternative, celle en tout cas qui semble faire l'unanimité contre elle. Qu'est-ce que vous croyez ? Ce n'est pas autrement que nous sommes devenus le premier parti ouvrier de France.

Et comme tu sais les bloquistes en général majoritaires dans les dîners ou les réceptions que tu donnes avec Agnès, tu en rajoutes une louche dans la provocation.

— Les prolos et... les musulmans. Eh oui ! Les musulmans aussi. Heureusement qu'ils sont là, finalement. C'est d'ailleurs pour cela, par instinct, que beaucoup de prolos se convertissent à l'islam dans nos cités, ils sentent bien qu'il y a là de quoi résister, de quoi emmerder le système. Les *muzz*, comme certains d'entre vous les appellent, pour la plupart n'ont pas été implantés par ce système qui cherche à survivre encore un peu en masquant sa faillite généralisée. Ils étaient trop loin, trop pauvres. Priorité aux Blancs qui allaient être les premiers à morfler à cause des catastrophes écologiques et de l'économie devenue folle. C'est pour ça que les *muzz* résistent encore. Vous croyez qu'ils nous attaquent parce que nous sommes riches et qu'ils sont pauvres ? Vous vous trompez ! Ils ne sont pas au courant de ma théorie, mais ils ont bien compris que vivre comme nous, ça revenait à finir comme nous : tels des zombies, sous assistance numérique comme il y a des assistances respiratoires. Alors ils résistent. En attaquant, puisqu'on sait bien que c'est la meilleure défense. Moi, je vous le dis sérieusement, si le Bloc ne gagne pas dans les années ou les mois qui viennent, comme je ne veux pas me faire "pucer", parce qu'ils finiront par s'attaquer aux vieux comme nous, vous verrez, à ceux qui se souviennent du monde d'avant, qui peuvent témoigner, je me convertis à l'islam et je vais me battre après un séjour dans un camp d'entraînement d'al-Qaida au Soudan ou ailleurs. Je n'aurai plus rien à faire de cette civilisation de morts-vivants !

Il y a des rires. Antoine et ses théories. Ah, celui-là...

Il y a aussi, et c'est ce que tu préfères, des regards pour savoir si c'est du lard ou du cochon. Même Stanko, quand il assiste à ces dîners, se sent un peu gêné, déstabilisé, et tu ne vas pas plus loin parce que tu n'as pas envie de lui faire de la peine ou de l'humilier en lui expliquant que c'est du second degré.

Mais est-ce vraiment du second degré ? Tu ne sais plus trop toi-même et l'Absolut citron n'a pas arrangé les choses, à moins qu'elle ne les ait trop arrangées justement et que tu retrouves cette dangereuse hyperlucidité alcoolique dont tu ne sais plus si elle te montre la vérité ou si elle est une forme particulièrement élaborée de ta folie.

Tu te demandes vraiment, cette nuit, ce qui mérite le plus ton respect ou ton sacrifice. Une société où neuf couples sur dix, en sortant du cinéma, avant même de s'adresser la parole, rallument leur portable ou celle où une jeune fille voilée est capable de se faire exploser à un poste frontière au nom de son peuple et de sa foi ?

Et même, les émeutiers des banlieues de ces dernières nuits, qui savent que la répression sera d'autant plus dure que leur résistance est violente et courageuse, au fond de toi, n'aurais-tu pas davantage envie d'aller barouder avec eux plutôt que de te retrouver du côté de ceux qui vont leur massacrer la gueule pour sauver le mode de vie de trentenaires célibataires, égocentriques, névrosés, en guerre contre les relais d'antenne mobile et les pots d'échappement, le mode de vie des couples bobos qui mangent cinq fruits et légumes par jour, ces mêmes trentenaires, ces mêmes écolos qui pousseront l'hypocrisie jusqu'à manifester contre vous quand vous allez entrer au gouvernement aux cris de « Le fascisme ne passera pas ! », comme d'habitude, mais qui auront été bien contents, sans oser se l'avouer, que vous ayez fait tuer par l'armée et laisser sur le carreau deux mille ou trois mille jeunes, et que vous en ayez emprisonné dix fois plus avec vos lois d'exception.

Tu sais que Ströbel a déjà rédigé le texte avec les juristes du Bloc sous la direction de ton beau-frère Éric Dorgelles et de ta belle-sœur Gwenaëlle, au cas où les choses iraient vite, pour que vous ne soyez pas pris au dépourvu et pour que vous ne soyez pas invalidés par le Conseil constitutionnel.

Oui, d'avance, le scénario t'écœure. Sauver la mise de cette France-là…

Samain, ton vieil ami Samain, même si vous ne l'invitez jamais à vos soirées rue La Boétie, Agnès et toi, il n'empêche que tes propos lui sont revenus aux oreilles et qu'il essaie depuis des années, au Bloc, sans trop de succès mais on ne sait jamais, de te faire une réputation d'amis des bougnoules, et, crime suprême chez les bloquistes, d'être antiraciste. Officiellement, au Bloc, on n'est pas raciste mais, symétriquement, l'antiracisme est une honte.

Il n'a pas tout à fait tort, le puant Samain. Assez étrangement, tu t'es toujours senti réac, facho et en même temps totalement indifférent aux races. Un genre de fasciste italien… C'est toujours après coup que tu te rends compte que la fille que tu as trouvée jolie dans la rue est, par exemple, arabe, et encore si on te le fait remarquer.

Non, quand tu y pensais, tu as toujours trouvé que c'était un truc de type avec trop d'imagination, le racisme, et à l'occasion de francs salauds. Tu as couvert des dizaines de fois, dans des communiqués de presse ou des interventions télévisées, les dérapages du Vieux parce que tu ne crois pas que le Vieux soit raciste mais plutôt monstrueusement provocateur et extrêmement malin dans sa manière de manipuler des médias gorgés de bonne conscience, aux réflexes pavloviens. Enfin à une époque.

Il y a de vrais racistes au Bloc, tu les connais, il y en a même un bon paquet. Stanko le premier, mais Stanko, tu lui trouves toujours des excuses. Surtout quand tu vois la gueule des antiracistes. Surtout que tu sais par quels cauchemars il est passé.

Il n'empêche, du coup, tu as eu toujours un petit côté marginal sur ces questions. Et cette nuit, tu t'aperçois que ça a commencé dès que tu as traîné à Rouen dans les milieux d'extrême droite, quand le Bloc n'était encore qu'un groupuscule parmi d'autres, quelques années avant ses premiers vrais succès électoraux, à Verville. Des municipales partielles, une déroute pour la gauche au pouvoir quand pour la première fois, on est encore au début des années 80, une liste bloquiste, menée par Sallivert d'ailleurs, a fait 20 % au premier tour dans une ville de plus de vingt-cinq mille habitants.

Les fafounets rouennais, à cette époque-là, ils aimaient bien se réunir dans un grand bar près de la gare, Le Métropole, qu'on appelait le Métro et qui, ça tombait bien, était à deux encablures de l'immeuble où se trouvaient, au même étage, l'appartement familial et le cabinet paternel d'ophtalmologie.

On disait que ça remontait aux grandes heures de l'OAS, le fait que Le Métropole soit devenu le lieu de rendez-vous de tout ce que la ville comptait de royalistes de l'Action française, de fascistes, de rescapés d'Occident, de Jeune Nation, de néopaïens du Mouvement normand. Et comme pour en rajouter dans le cliché, les filles blondes étaient majoritaires et les trois quarts des jeunes gueules de cons, y compris la tienne, auraient été facilement prises pour un casting de film de Vikings, racontant, par exemple, l'arrivée de Rollon à Rouen, sur les rives de la Seine en 911.

Ce fut dans la foulée de l'épisode du pion et de ton dépucelage charmant par Irina Vibescu que tu devins ce qu'il était convenu d'appeler une figure reconnue des milieux de la jeunesse d'extrême droite.

Dans les semaines qui suivirent, alors que la Toussaint approchait et que tu découvrais non sans un certain bonheur à quel point tout était facile pour toi, étonnamment facile, les filles, les cours de philo, les heures de natation à la piscine de l'île Lacroix, les heures de lecture, et que tu aurais été parfaitement heureux sans ces insomnies ou ces réveils en sursaut, en proie à ces terreurs nocturnes indéterminées qui te poursuivaient depuis l'enfance, tu fus contacté par Brou.

Brou était une légende, à Rouen.

Il avait vingt-cinq ans et il était toujours vivant. C'était surprenant étant donné le nombre d'épisodes aventureux qu'on lui prêtait. On prétendait que ce riche désœuvré, fils d'un antiquaire de Dieppe, avait survécu à un nombre incalculable de bagarres et d'accidents de la route. Il aurait été arrêté plusieurs fois pour port d'armes prohibé, aurait participé à des braquages pour alimenter des groupes d'extrême droite en Italie qui faisaient du contre-terrorisme et d'autres groupes d'extrême droite en Espagne voulant rétablir le franquisme contre ce traître de Juan Carlos qui laissait s'installer la démocrassouille. Il aurait aussi, en 67, fait partie des forces locales d'appoint du commando cagoulé d'Occident qui attaqua le resto U de la fac de Rouen à la barre de fer, laissant tout de même un mort derrière lui, ce fameux commando venu de Paris et qui comptait dans ses rangs au moins deux futurs ministres.

Bon, là, ça faisait un peu trop : Brou aurait eu juste quatorze ans, ce qui aurait certes indiqué une précocité digne d'éloge dans le combat nationaliste mais demeurait peu vraisemblable. Pour le reste, ce qui était vrai et ce qui ne l'était pas se révélait plus dur à départager. On pouvait, par exemple, aisément croire aux accidents de la route pour plusieurs raisons : Brou buvait tout le temps et sentait l'alcool en permanence, Brou ne roulait jamais dans la même voiture et surtout Brou était partiellement défiguré, la moitié de son visage ayant subi de graves brûlures qui le faisaient surnommer par ses nombreux ennemis Niki Lauda, du nom de ce coureur automobile autrichien qui avait un peu grillé vif dans sa voiture deux ans plus tôt.

Tu avais tendance à croire à une certaine légende dorée mais après tout pourquoi Rouen, ville pluvieuse mais littéraire, ville bourgeoise mais rêveuse, ville de boutiquiers avares et mal aimables mais qui avait donné à la France des explorateurs de l'Amérique comme Cavelier de La Salle et des explorateurs de la connerie humaine comme Gustave Flaubert, pourquoi donc n'aurait-elle pas eu son gentilhomme de fortune ?

Ou peut-être, comme ça se murmurait parfois dans son sillage, et il t'arrive aujourd'hui de te dire que c'est l'hypothèse la plus crédible pour expliquer sa relative impunité, émargeait-il un peu à la DST, aux RG ou à une quelconque officine spécialisée dans la barbouzerie politique, plus ou moins axée sur l'anticommunisme et la lutte contre un gauchisme encore vivace.

À l'exception de périodes plus ou moins longues, au cours desquelles il disparaissait pour on ne savait quelles mystérieuses expéditions, Brou, qui tenait son patronyme agréablement monosyllabique d'une petite ville de l'Eure d'où venaient ses ancêtres qu'il prétendait de petite noblesse, la particule ayant été perdue pendant la Révolution française, passait sa vie au Métropole. Il avait table ouverte et arrosait généreusement les jeunes factieux rouennais à condition qu'ils sachent chanter des choses aussi diverses que *Le Chanteur de l'Occident* de Jean-Pax Méfret, *Était noire la nuit, était rouge le feu* ou *J'avais un camarade*. Pour *J'avais un camarade*, Brou préférait que ce fût en allemand, en chœur et au milieu des autres consommateurs.

Il fallait aux impétrants un relatif courage. Si le patron du Métropole montrait de la mansuétude à l'égard de sa clientèle fasciste, pensant qu'il fallait bien que jeunesse dorée se passe et qu'en attendant ils laissaient assez de flouze chez lui pour qu'il puisse fermer les yeux, la clientèle de passage, forcément nombreuse dans un café proche d'une gare, ne faisait pas obligatoirement preuve de la même tolérance commerciale. Mai 68 n'était pas si loin et il arrivait qu'un costaud chevelu, qui voulait achever tranquillement de perdre ses illusions sur la révolution mondiale, se levât et administrât une paire de baffes aux petits chanteurs de la croix de fer. Brou riait, regardait droit dans les yeux le gauchiste courageux et tâtait dans la poche de son imperméable vert de l'armée américaine, trouvé dans un surplus militaire, sa matraque noire, courte et plombée, qui ne le quittait jamais.

Le gauchiste, désorienté par cette réaction, ce rire de brute, retournait s'asseoir pour lire *Rouge* ou quittait ce repaire de nazillons. Brou l'aurait volontiers fracassé mais le patron du lieu, vêtu encore à l'ancienne d'un tablier bleu et qui nettoyait son carrelage à la sciure, n'acceptait pas plus d'une bagarre par an, deux au grand maximum, dans son établissement. Et Brou tenait à son QG du Métropole où il pouvait par tous les temps fumer des Rothmans bleues à la chaîne et enquiller les babys à un rythme de croisière assez soutenu, tout en lisant la presse amie : *Minute*, *Aspects de la France*, *Rivarol*, *Écrits de Paris*. Pour *Écrits de Paris*, Brou avait un peu plus de mal. Ce n'était pas que Brou fût idiot, mais les idées générales l'ennuyaient. Le principal, pour lui, était que son interlocuteur fût d'extrême droite et voulût casser du gauchiste, du communiste, du socialiste et du gaulliste. Il ne comprenait pas qu'à l'occasion le ton montât entre de jeunes roycos catholiques en loden et quelques néopaïens qui voulaient organiser un feu de la Saint-Jean avec des filles à poil ou couper du gui au Nouvel An, toujours avec des filles à poil, tout ça dans des champs du pays de Caux.

Outre ses permanences au Métropole, Brou allait parfois au Château d'Ô, le bar qui servait d'annexe au lycée Corneille, pour, disait-il, dans un argot déjà passablement démodé à l'époque, « chasser la gisquette ».

C'est donc au Château d'Ô que Brou, alors que tu passais devant le bar en pensant en même temps à une fille rencontrée la veille et à la conception platonicienne de l'amour, les deux te semblant très belles, que tu entendis frapper à la vitre du bar. C'était Brou qui te faisait signe de rejoindre sa table. Tu hésitas, tu n'aimais pas qu'on te siffle de cette manière. Quand tu y penses, tu étais d'une susceptibilité assez maladive, mais on t'avait tellement parlé de Brou, tu n'allais pas te montrer impoli. Le juke-box passait *Oxygène* de Jean-Michel Jarre. De toute façon, ces années-là, on n'entendait que ça, partout.

Tu arrivas à la table de Brou. Il était accompagné de

deux clones. Des élèves de première que tu connaissais seulement de vue et qui, comme Brou, avaient les cheveux en brosse, chose rare en ces années capillaires, et l'imperméable kaki amerloque avec les poches sans fond qui permettaient quelques malices dans les bastons, notamment de sortir une matraque, comme Brou, ou, pour les grandes occasions, dans une manif un peu chaude à la fac ou ailleurs, un manche de pioche invisible aux yeux des flics. Il fallait ajouter à ça les Ray-Ban Aviator aux verres réfléchissants, dont l'utilité en cette journée grise d'octobre ne paraissait pas franchement évidente, sinon pour se donner un genre.

— Tu bois quoi, Maynard ?
— Un café.
— Tu fumes ?
— À l'occasion.

Il allait te demander quoi, maintenant ? Si tu voulais qu'il te fasse une pipe ? Tu pensas à exprimer cette idée à haute voix, histoire de déclencher un peu de chaos et de violence. L'idée te fit sourire.

— Il y a quelque chose de drôle, Maynard ?
— Non. Pas plus que ça.

Tu rejetas la fumée de la Rothmans bleue en te disant qu'une bonne bagarre aurait au moins eu l'avantage, avec de la chance, de casser le juke-box et donc de faire cesser *Oxygène*. Et puis tu repensas à la fille, à Platon, et tu te demandas à quoi ça servait de perdre ton temps avec cet imbécile laid et ses deux petits suiveurs. Mais Brou avait commencé à te flatter, et tu étais pire qu'une gonzesse, tu adorais qu'on te dise que tu étais beau, fort, intelligent et c'était exactement ce qu'il était en train de faire.

— Il paraît que tu as explosé un pion gauchiste pour l'honneur de Brasillach ? C'est bien.

Te revint alors à l'esprit le titre d'un livre auquel avait

fait récemment allusion le professeur de latin, *L'Art de la déformation historique dans les* Commentaires *de César*, qui t'apparut prendre une actualité nouvelle.

— Oui, enfin, je l'ai un peu bousculé.

— Il paraît aussi que tu es une tête pour les études.

— Je n'ai pas de mérite, ça m'intéresse.

— Tu as de la chance, j'ai passé mon bac cinq fois. Rien. Même pas arrivé une seule fois à l'oral.

— Tu dois avoir d'autres qualités.

— Pourquoi tu ne traînes pas plus souvent au Métropole ?

— Justement parce que je n'aime pas traîner.

— Je donne une soirée, ce soir. 5, place du Lieutenant-Aubert. Tu passerais ?

— Ça peut se faire.

Vous vous êtes levés en même temps. Il était un peu plus petit que toi. Vues de près, les brûlures de son visage devenaient presque belles. Tu avais trop lu Lautréamont l'année précédente.

Il retira enfin ses lunettes et te serra la main au-dessus de la table.

Et là, toi et lui, vous avez compris.

La même bête qui vous rongeait le ventre, la même pulsion, la même passion pour la violence, le même besoin de détruire quitte à y laisser sa peau et tu te dis alors que, si tout ce qu'on racontait sur les exploits de Brou n'était pas vrai, il devait y avoir malgré tout pas mal de choses qui l'étaient. *L'art de la déformation historique dans les commentaires sur Brou.*

Tu arrivas assez tard place du Lieutenant-Aubert, vers dix heures du soir. Tu lisais *Le Banquet* et tu n'avais pas vu le temps passer. Il y avait belle lurette que l'ophtalmo et madame ne te demandaient plus rien, tes bulletins scolaires te servant d'ausweis familiaux.

— J'ai cru que tu ne viendrais plus.

Il y avait du monde chez Brou. On ne donnait pas encore le nom de loft à l'endroit qu'il habitait mais ça n'allait plus tarder. Monde d'avant, monde d'après.

Une pièce immense sous les combles, seulement éclairée par de petites lucarnes. Ça fumait énormément. Il y avait des filles. Certaines du lycée, d'autres que tu ne connaissais pas et qui te semblèrent encore plus jolies.

Beaucoup de cheveux en brosse, aussi, la plupart entre dix-sept et trente ans. La décoration était finalement ce à quoi tu pouvais t'attendre chez un esprit sans malice comme Brou qui rêvait d'un syncrétisme entre toutes les chapelles de l'extrême droite. Un portrait de Maurras exécuté par un petit maître côtoyait une grande affiche authentique de recrutement pour la Légion des volontaires français contre le bolchevisme.

Tu ne savais pas de quel genre d'antiquités s'occupait le père de Brou, mais il avait de sacrées filières tout de même. Il y avait aussi des drapeaux un peu partout qui accentuaient encore le caractère médiéval, presque barbare de l'endroit. Le drapeau normand, celui des Flandres, celui des phalanges chrétiennes du Liban et un autre, très ancien mais très beau, divisé en quatre par une croix blanche et dont chaque partie était bleue et parsemée de fleurs de lis dorées.

— Pas mal, hein? dit Brou derrière toi en t'apportant un verre.

Une grande bringue un peu maigre à ton goût était suspendue à son bras.

— Tu sais ce que c'est?

Un instant tu te demandas s'il te parlait de la fille ou du drapeau et tu compris que tu avais déjà dû boire cinq ou six verres sans t'en rendre compte et que tu commençais à être ivre.

— C'est le drapeau des gardes-françaises, continua Brou. Il date de 1762. Les gardes-françaises dépendaient directement de la maison militaire de Louis XV. Je créerais bien un groupe politique qui s'appellerait les gardes-françaises, moi.

La fille tanguait, les yeux dans le vague.

Tu murmuras pour toi-même :

— Ça n'en ferait qu'un de plus

— Qu'est-ce que tu dis ?

— Rien. En même temps, tu sais que la plupart des régiments des gardes-françaises se sont ralliés au peuple pour la prise de la Bastille…

— Euh, t'es certain, Maynard ?

Brou eut l'air infiniment contrarié. L'idée qu'une unité militaire d'élite pût passer du côté de la racaille le perturbait visiblement.

— Oui.

— Putain, Maynard, ça me désole, ça. Il te plaît ce drapeau ?

— Bah oui !

— Je te le donne.

Tu pensas à une promesse d'ivrogne. Tu allais le lui dire quand un type en costume cravate, la petite trentaine, arriva en souriant.

— Tu as l'air bien marri, mon cher Brou, que t'arrive-t-il ?

— C'est Maynard qui me chagrine avec les gardes-françaises. Ah, mais vous ne vous connaissez pas, il faut que je vous présente. Antoine Maynard, je te présente Charles Versini, qui est kiné à Yvetot et accessoirement responsable départemental du Bloc Patriotique. Charles, je te présente Antoine Maynard, élève de terminale et casseur de gueule de pion pour l'honneur de Brasillach. Non sans dec, Charles, Maynard, c'est une tronche, fit-il en te tapotant sur le front. Toi qui cherches du monde pour ta boutique !

Charles Versini te serra la main. Il était chaleureux et respirait une certaine bonne santé, ce qui n'était pas fréquent chez les fachos. Cette soirée te le prouvait encore. Beaucoup des invités avaient un défaut physique ou un handicap. La gueule brûlée de Brou, mais aussi tel type qui louchait, tel autre qui boitait, un autre encore avec une main atrophiée. Ce n'était pas *Freaks* mais la proportion était tout de même plus élevée que dans une soirée normale. Et cette impression première ne devait plus se démentir par la suite, jusqu'au bureau politique du Bloc avec sa belle brochette de gueules cassées, et jusqu'au Chef lui-même avec sa main en moins.

— Je vous laisse ma carte, dit Charles Versini. Quitte à vous engager dans le mouvement national, vous serez mieux avec nous. Roland Dorgelles – vous voyez qui c'est ? – réussit depuis plusieurs années une synthèse qui pourrait un jour ramener nos idées aux affaires.

— Vous n'êtes pourtant qu'un groupuscule comme un autre, pour l'instant, coincé entre l'Action française et le Parti des forces nouvelles.

Charles eut son rire grave de notable.

— Mais vous êtes très au courant, jeune homme. Je passe à Rouen assez souvent le samedi. J'amène ma mère et ma sœur qui préfèrent, on les comprend, Rouen à Yvetot pour faire les magasins. Déjeunons, j'y tiens, je vous expliquerai pourquoi au Bloc Patriotique le temps est de notre côté. Tiens, Brou, tu n'as pas ça dans ta discothèque ? *Time is on my Side* ?

Brou frima :

— La version des Stones ou celle de Chris Farlowe ?

Le slow, somptueux, emplit le moindre recoin de la pièce. Brou avait mis le son au maximum. Une fille t'invita à danser.

Ensuite les choses furent plus confuses, vraiment plus confuses. Des invités partirent, d'autres arrivèrent encore.

À un moment, des flics frappèrent à la porte, vinrent dire qu'il y avait trop de bruit, que des voisins s'étaient plaints.

Tu eus envie de leur casser la gueule, mais leurs silhouettes dans l'encadrement de la porte te semblèrent incroyablement lointaines, puis un des flics reconnut un des invités qui vint le saluer et le flic eut un geste pour ses collègues qui signifiait bon ça va.

Tu t'endormis, et, quand tu te réveillas, ce fut parce que le lit sur lequel tu te trouvais bougeait et faisait couiner ses ressorts : un couple forniquait juste à côté de toi.

Tu voulus sortir mais tu t'aperçus que la fille maigre pendue au bras de Brou quand tu étais arrivé était en train de te sucer. Ta queue te sembla énorme dans la petite bouche qui s'activait comme te semblèrent énormes tes couilles dans les mains aux doigts trop fins qui les malaxaient.

Tu te redressas pour mieux voir. À côté de toi, ils s'activaient tellement qu'ils te filaient le mal de mer. Tu te demandas si tu allais d'abord éjaculer ou vomir. Heureusement, ils se calmèrent d'un coup et toi tu te sentis partir dans la bouche de la fille.

Un fond de respect humain qui te restait chercha à te faire lever pour la remercier mais tu en fus incapable et tu te rendormis presque instantanément.

Quand tu te réveillas de nouveau, tu étais toujours sur le lit. Le couple était parti. Tu avais toujours la queue en dehors de ton pantalon, pleine de foutre séché. Tu rentras ton matériel et tu repassas dans la pièce principale.

Cendriers pleins. Taches sur la moquette. Verres renversés. Bouteilles vides.

Il était six heures du matin. La fille qui t'avait sucé était nue, lovée contre Brou, toujours habillé, qui fumait et buvait encore, les yeux cachés derrière ses Aviator réfléchissantes.

— Bien dormi, Maynard ?
— Parfait.

Tu te sentais un peu gêné à cause de la fille. Tu n'aurais pas dû.

— Elle t'a bien sucé, Maynard ?
— Oui.
— Eh bien, tant mieux. Tu veux rentrer chez toi ? Tu vas rater des cours ?
— Non, ça devrait aller. Le jeudi, je ne commence qu'à dix heures.
— Oublie pas le drapeau.
— Tu déconnes ?
— J'en ai l'air ?

Et c'est comme ça qu'à six heures et demie du matin, dans le petit matin frisquet, tu fis le trajet de la place du Lieutenant-Aubert au haut de la rue Jeanne-d'Arc, les couilles vides, en portant un authentique drapeau des gardes-françaises.

Tu souris, cette nuit, à cette évocation.

Le drapeau est toujours là, dans le salon, pas loin du buste de Mussolini. Tu te lèves, un peu titubant, tu vas le voir comme on va sur des lieux d'enfance pour retrouver la couleur des moments vécus là, leur exacte texture. Et en touchant le drapeau, en éprouvant sa trame fragile entre tes doigts, effectivement tu sens de nouveau l'odeur de la ville encore plongée dans le noir, les camionnettes qui quittent l'imprimerie de *Paris Normandie*, le Château d'Ô qui ouvre à peine, la statue équestre de Napoléon, la basilique Saint-Ouen, l'hôtel de ville, le bruit des premiers autobus.

Time is on my Side... Va savoir...

10

Mafé poisson... J'aurais peut-être dû accepter une assiette, finalement, de ces Sénégalais. Je n'ai rien mangé depuis l'arrivée des comiques rue Brézin. Et, même si je n'ai pas faim, il faudrait tout de même que j'avale quelque chose. J'ai toujours mal à la gorge à cause de ce con de Gros Luc, mais il serait sans doute utile d'avoir un peu d'énergie pour la dernière ligne droite avec Ravenne et les Delta boys, pour le duel au soleil...

Je me retourne, je mets mon nez dans l'oreiller, comme à Denain, dans la chambre que je partageais avec Hélène, quand je voulais faire comme si le monde n'existait plus, comme si, en restant comme ça assez longtemps, quand je rouvrirais les yeux, ce ne serait plus cette chambre envahie de plein de trucs de fille, poupées, dînettes, mais surtout de toutes ces petites boîtes, ces dizaines de petites boîtes avec des trucs idiots dedans, des perles de pacotille, des colliers bousillés depuis longtemps, des tickets de cinéma ou des pièces de monnaie belges.

Non, ne pas penser encore à Denain.

Repenser à mes débuts au Bloc, par exemple, à ce vieux guerrier de Molène.

Je me revois, allez savoir pourquoi, sans doute parce

que la journée devait être lumineuse, début 91, en train de surveiller des recrues du GPP qui faisaient des exercices dans la salle de gym du Bunker. Je crois bien que les opérations terrestres avaient déjà commencé contre l'Irak. Les gars enchaînaient les pompes sur deux bras, sur un bras, sur un autre bras. Et ils recommençaient. Jusqu'à épuisement. J'aimais l'odeur de leur effort, j'aimais la sueur qui trempait leurs tee-shirts. Ils me haïssaient comme on hait toujours celui qui vous entraîne, celui qui vous oblige à avoir mal, et puis à la fin vous l'aimez parce que vous vous apercevez qu'il vous a suffi d'un seul coup de poing pour que le type en face de vous ne se relève pas. Ou que vous n'avez ressenti aucune courbature quand vous êtes allé déménager une copine et que vous vous êtes pourtant tapé une bonne vingtaine d'allers et retours entre la camionnette et le cinquième étage sans ascenseur, dont une fois avec une moitié d'armoire normande.

Je revois Loux qui est entré dans le gymnase. Il a regardé un moment puis s'est approché de moi et m'a dit :

— Molène veut te voir…
— Maintenant ?
— Maintenant.

Je suis monté dans le bureau. Molène fumait un énorme cigare dont la fumée sentait presque le miel et estompait son visage. Il y avait au-dessus de lui le portrait du général Salan et en plus petit, à côté, celui de monseigneur Mayol de Lupé. Mayol de Lupé, c'était l'aumônier des SS français sur le front de l'Est. C'est Molène qui me l'avait dit. Molène, il allait souvent à la messe, surtout quand il était en guerre. Il m'avait confié qu'il n'avait vraiment la foi que dans les situations de violence extrême. Au Liban, en 1975, avec les phalanges chrétiennes ou, il y avait très longtemps, sur le front de l'Est. Molène a vu que je regardais l'image du prélat SS :

— Tu sais, Stanko, quand Mayol de Lupé te donnait la communion dans une église en ruine de Posnanie, alors que les Soviétiques arrivaient déjà dans les faubourgs, tu sentais bien que quelque chose se passait, que quelqu'un était là-haut. C'était beau comme l'An Mil, beau comme une croisade perdue.

Il y avait encore plus de soleil dans le bureau de Molène qui serait le mien quelques années plus tard. On a aussi parlé de la guerre du Golfe et de la position du Bloc sur la question. C'était soutien total à l'Irak et opposition à l'engagement militaire de la France là-bas. Dorgelles avait dit en privé, d'après Antoine, qu'on n'allait tout de même pas soutenir une agression américano-juive contre un État arabe laïque, tout ça pour que les États-Unis et Israël se gobergent avec le pétrole des autres.

À l'époque je comprenais moyen qu'on se retrouve à soutenir des bougnoules même s'ils avaient l'air moins *muzz* que les autres. En plus, ça foutait les GPP dans une position impossible. Le Bloc appelait à manifester contre la guerre dans la rue et on se retrouvait avec des gauchistes qui voulaient foutre sur la gueule de nos dirigeants et leur interdire le cortège. Donc chaque fois, c'était fritage avec les SAAB, souvent renforcé par le SO des jeunes trotskos.

Molène a dissipé la fumée de son cigare tout en me regardant et m'a dit, comme s'il avait deviné mes pensées :

— C'est pas facile, la politique, hein, Stanko ? Mais je vais t'annoncer une bonne nouvelle. On a décidé en réunion du bureau exécutif de faire de toi un permanent. Ça veut dire qu'on va te salarier. Je fais de toi officiellement mon numéro 2. Délégué général adjoint à la sécurité. Ça te va ?

J'ai soupiré de soulagement. Ça devenait difficile de joindre les deux bouts. Ça allait me simplifier la vie. Ça allait me faire tout drôle aussi. Jamais je ne m'étais imaginé dans la peau d'un salarié.

Molène a continué :

— En plus, je t'envoie en mission dans le Sud. Là-bas, ils veulent aussi organiser des manifs antiguerre du Golfe. Ils ont peur de se faire massacrer par les gauchistes. Ce serait bien que tu encadres tout ça sur place, que tu voies avec les GPP locaux. Une tournée de quinze jours, disons…

Il a fait glisser un rectangle de plastique bleu vers moi. C'était une carte de crédit. À mon nom. Ça peut sembler idiot, mais j'ai eu la gorge serrée. Je n'avais jamais eu de carte de crédit avant.

— C'est pour tes faux frais sur place. Tu ne fais pas le dingue avec, hein ?

J'ai fait non de la tête, comme un petit garçon. Sur un coup de tête, j'ai demandé :

— Je peux partir avec Antoine ?

Molène a rigolé.

— Bon Dieu, vous êtes inséparables, les gars. On va finir par jaser… Mais tu fais comme tu veux, Stanko… Je laisse mon délégué adjoint seul juge de qui il estime le mieux à même de l'accompagner. Gaffe quand même, Antoine, il commence à être très en vue. Ne l'expose pas trop…

Finalement, plus que des quinze jours dans le Sud qui furent une opération de routine, je me souviens d'Antoine et moi, dans une salle d'attente pour un Paris-Nice, deux jours après.

Pour tout dire, Antoine et moi, on était bourrés. Surtout lui. On était très chics dans nos costards, mais bourrés comme des coings.

Quand il avait annoncé à Agnès, le soir même de mon entretien avec Molène, qu'il allait partir quinze jours dans le Sud pour filer un coup de main aux GPP locaux, elle avait eu son beau visage qui s'était transformé. Un mélange de tristesse et de colère qui la laissait, au bout du compte, complètement vulnérable.

On lisait en elle comme dans un livre ouvert. Maintenant, quand elle passe à la téloche, elle a appris à maîtriser ça. Il n'y a que ceux qui la connaissent très bien qui voient brièvement apparaître ce visage désemparé face à une question bien vache ou bien emmerdante, avant qu'elle ne se refasse aussitôt ce masque souriant et ironique qui fait sa force. Et qu'elle contre-attaque avec son regard noisette pétillant et sa voix calme de jeune fille bon chic bon genre, avec la mèche noire qui s'échappe du chignon et retombe toujours sur sa joue mate et qu'elle replace machinalement derrière l'oreille.

Comme Antoine m'avait demandé de rester pour dîner rue La Boétie, on s'était retrouvés à trois dans la grande salle à manger avec ses dorures partout, ses miroirs, ses colonnes torsadées et ses statues de négrillons portant des corbeilles de fruits. Toujours l'impression de faire les figurants dans un décor de série américaine, de celles que maman a commencé à regarder jour et nuit, après la mort de papa.

— On a vraiment besoin de toi, Antoine ? Ou tu as envie de prendre un peu l'air loin de moi ? a demandé Agnès.

Antoine a souri mécaniquement et s'est caché derrière son verre de vin. Je savais ce qui se passait. Ça faisait six ans qu'ils étaient mariés. Agnès — et Antoine aussi, sans doute — espérait encore avoir un enfant. Mais rien ne venait, alors que son frère Éric et sa sœur Emma avaient déjà des mômes.

— Tu nous excuses deux secondes, Stanko ? m'a dit Agnès qui a entraîné Antoine hors de la pièce.

Je me suis retrouvé tout seul, gêné comme tout, devant ma glace Häägen-Dazs vanille et noix de pécan. C'était la grande mode. Si on me demande le goût qu'avait le début des années 90, je répondrais vanille et noix de pécan. Sucré et froid. Des années faussement sucrées et vraiment froides.

J'ai entendu Agnès qui pleurait. C'était la première fois. La femme politique la plus importante du moment, celle à qui l'Élysée et son locataire paniqué vont demander d'entrer au gouvernement ou d'y faire entrer les membres de son parti, celle qui court sur tous les plateaux télé, et sait séduire, faire rire et, contrairement à son père, ne dérape jamais dès qu'il est question de bouquaques, cette femme qui a accepté qu'on me chasse comme un gibier gênant pour satisfaire aux exigences de Marlin, ce flic à moitié psychopathe, cette femme, un jour de début 91, je l'ai entendue pleurer.

De vrais sanglots. Comme ceux d'Hélène quand elle est revenue de chez les Borowiek et qu'on lui a dit pour papa.

De temps en temps, depuis le couloir, elle qui a habituellement cette voix posée de bonne élève, aux intonations douces et graves, je l'entendais monter malgré elle dans les aigus. Je ne saisissais que des bribes où il était question de dates impératives pour des examens médicaux dans les semaines qui venaient et aussi que le rendez-vous allait être raté avec je ne sais plus quel spécialiste de la procréation médicalement assistée, encore un type avec un vrai beau nom de youpin. De toute façon, ils ont trusté toutes les places dans la presse et la médecine, et ça va pas s'arranger puisque la nouvelle politique du Bloc, c'est qu'Israël c'est trop bien, qu'on va oublier qu'ils sont tous juifs puisqu'ils foutent sur la gueule aux *muzz* de Gaza. Qu'ils sont la première ligne de défense de la race blanche, de l'Occident.

Finalement, Antoine est revenu seul. Il avait l'air très ennuyé et très malheureux à la fois.

— Agnès s'excuse, Stanko. Elle ne se sent pas bien. On se retrouve demain pour aller faire des courses. Faut qu'on soit beau pour aller à Nice.

Le lendemain, on est allés, entre autres, chez le Kenzo du boulevard Raspail et on a quand même trouvé des costumes en lin crème, alors que ce n'était pas franchement la saison. On avait le sentiment qu'Antoine s'oubliait en claquant un max de thune.

— Il va falloir des retouches pour Monsieur, a dit le vendeur, probablement pédoque, en me désignant de la tête. Ce ne sera pas avant la semaine prochaine.

Antoine a allongé un paquet de biftons de deux cents balles et il a dit :

— On est à la bourre. On part demain après-midi.

J'ai failli dire à Antoine que maintenant j'étais salarié et j'ai eu l'envie puérile de lui montrer ma nouvelle carte de crédit.

Et voilà pourquoi nous nous retrouvions avec Antoine, sapés comme des milords et ronds comme des queues de pelles à attendre le vol pour Nice, annoncé avec deux heures de retard. Sans explication évidemment mais, entre la guerre du Golfe qui battait son plein et ces feignasses de fonctionnaires toujours en grève, fallait pas s'étonner.

Antoine s'était levé et était revenu avec deux chopes

de Heineken d'un demi-litre et deux nouvelles mignonnettes de Bushmills. J'avais renoncé à les compter. Il y avait plein de bouquins et de journaux dans son bagage à main à côté de lui, mais il avait le regard de plus en plus vague et semblait se contenter de s'arsouiller méthodiquement en attendant une éventuelle annonce d'embarquement, le regard perdu sur les moniteurs affichant les portes et les horaires.

— Ça va pas, Antoine ?
— Moyen, sergent Stanko…
— Agnès ?
— Tu sais ce que c'est, une FIV, Stanko ?
— Euh…
— Une fécondation in vitro, Stanko. Je t'explique, tu vas voir, c'est d'un romantisme fabuleux. Tu vas te branler tout seul dans une pièce, tu essaies de pas rater le récipient quand t'as enfin réussi à te traire la bite. Tout ça dans un décor joyeux comme un salon funéraire avec quelques revues pornos qui devaient déjà traîner dans le paquetage des paras de Kolwezi. Mais c'est pas fini, Stanko. T'attends un moment et après on te confie une mallette réfrigérée que tu portes toi-même dans les couloirs de l'hosto vers l'endroit où ta chère et tendre est allongée et se repose parce qu'on vient de lui prélever des ovules. Mais ils tiennent absolument, les médecins ou les psychologues spécialistes de la chose, à ce que ça soit toi qui apportes à ta femme ton propre foutre dans la mallette, tu vois, histoire de symboliser malgré tout la rencontre sexuelle. Symboliser mon cul, tu te sens surtout comme le dernier des branques avec ta mallette et ses vapeurs glacées. Et ta femme, elle, elle est à moitié dans le coaltar, de toute façon. Après ils te laissent repartir chez toi et deux jours plus tard ils te téléphonent pour te dire si ça a pris dans le tube. Ça fait

deux fois qu'on essaie avec Agnès et deux fois que ça ne prend pas. Pas de futur héritier du Bloc dans le tube à essai... Et je ne te raconte pas depuis trois ans : les traitements hormonaux, tout le bordel, l'obligation de baiser à heure fixe pour ne pas rater la « fenêtre de tir ».

Il a ri d'un rire mauvais, désespéré. Et a vidé la moitié de sa chope de Heineken, puis a roté comme jamais je ne l'ai entendu roter, ce qui a provoqué des regards indignés et écœurés des autres voyageurs qui attendaient, sauf de la part d'une petite fille qui, elle, a rigolé, une jolie petite fille qui a fait monter les larmes aux yeux d'Antoine.

— Merde, Stanko, merde... Je l'aime, Agnès. Il faut qu'elle comprenne que, enfant ou pas, je l'aime et je l'aimerai toujours.

Il s'était mis à parler plus fort, trop fort... On nous regardait de plus en plus. Cela troublait le silence bruyant propre aux aéroports faits d'annonces multilingues, de conversations indistinctes, du bruit des roulettes des bagages sur le lino.

Une des clefs du comportement de Maynard à mon égard, à Coët, m'apparaît soudain dans cette piaule du XIe, alors que je vais mourir et qu'il va laisser faire. Ce désir qu'il a eu de me protéger, de m'instruire, de me dire quels bons choix faire, ce n'est pas comme je l'ai cru, et peut-être lui aussi l'a cru, une simple histoire d'attirance sexuelle sublimée, d'amitié amoureuse refoulée. C'est simplement, parce que j'ai cinq ou six ans de moins et qu'il a eu besoin de jouer au grand frère, et même au père, en pressentant, de façon floue, qu'il ne le serait jamais.

Quand on a enfin pu décoller, il s'est mis à ronfler tout de suite et je me suis demandé à quoi il rêvait au juste, à quelques milliers de mètres d'altitude au-dessus de la Loire. À Saint-Cyr-Coëtquidan, quand il s'est occupé du petit mec, moi, simple MDR, et à l'époque ça ne voulait pas dire « mort de rire » mais encore « militaire du rang ». À moi, le petit mec tatoué qui jouait au billard avec lui chez Roger, le bistrot juste à la sortie du camp. Avec qui il passait des après-midi à discuter, avec qui il parlait du Bloc Patriotique comme d'un moyen de canaliser ma haine sans emploi.

Il a commencé comme ça, à la fin des parties, en essayant de faire le maximum de bandes avant de rentrer la boule blanche, à me parler de son propre comportement de voyou à Rouen en compagnie d'un nommé Brou, et des dizaines de fois où il aurait pu se retrouver en taule.

Moi, de mon côté, je lui racontais Denain. C'était la première fois qu'on m'écoutait, la première fois que je me sentais en confiance. On avait pris l'habitude de courir tous les deux, en plus des cross obligatoires, de prendre nos douches ensemble après et d'aller traîner à Rennes, quand on nous prêtait une bagnole. Comme il était en perm beaucoup plus souvent que moi et qu'il avait gardé du pognon de ses deux années de prof, il me rapportait toujours de la bouffe pour améliorer l'ordinaire. Et même des fringues. Il ne se trompait pas de taille, jamais. Il avait dû regarder les étiquettes dans les vestiaires, quand il sortait de la douche avant moi. Je n'ai jamais pris ça pour de la charité, ni même des avances d'une autre nature. Pas lui. Non, c'était un truc de grand frère ou, je répète, de père par procuration. Il avait compris que j'étais arrivé à l'armée un peu en catastrophe, avec seulement les habits que j'avais sur le dos, deux cents balles en poche, que j'avais devancé l'appel et que, moi, je ne pouvais vraiment compter que sur ma solde.

Alors je lui en ai raconté de plus en plus. Avec ce qu'il a appris sur moi, il aurait pu me faire tomber dix fois.

Il ne m'a jamais jugé, ne m'a jamais forcé à parler. Quand je lui avais confié un truc bien lourd, bien destructeur, un de ces trucs qui me donnent encore des cauchemars près de trente piges après, la semaine suivante, il me rapportait un bouquin, me disait de le lire et de lui demander des explications si j'avais du mal avec certains passages.

Il m'a dit que, s'il faisait ça, c'est parce que le livre en question avait un rapport avec ce que j'avais vécu, même si ce n'était pas tout à fait identique, même si ça s'était passé en d'autres temps, d'autres pays. Malgré tout, le livre mettait à chaque fois en scène des personnages qui me ressemblaient. Comme *L'Étranger* de Camus, tiens, qui fut un des premiers qu'il m'ait offerts.

Alors oui, je lui ai tout raconté.

Et dans cette chambre d'hôtel, aux relents de sueur et de mafé poisson, je suis certain que mes confessions, cette nuit encore, s'il est réveillé, ce qui est probable, Antoine s'en souvient parfaitement, et qu'il les entend sur le rythme haché de ma respiration pendant nos footings, et qu'il sent encore l'odeur de la forêt de Paimpont dans laquelle nous courions jusqu'aux ruines des anciennes forges.

Pour commencer, ma fuite après la mort de papa et celle de Bechraoui, en compagnie des skins, ceux du commando Excalibur venu du Pas-de-Calais, histoire de foutre le bordel lors d'un match de coupe entre Valenciennes et Avion.

Le vieux stade Nungesser.

La bande de furieux qui arrive dans les gradins encore en planches du stade.

Ce n'était qu'un petit match, aucune mesure de sécurité particulière n'avait été prise. Et le commando Excalibur n'était pas supporter d'Avion, ni même amateur de foot. Ils avaient surtout fait le voyage depuis le Pas-de-Calais pour casser les supporters de bouquaques, Valenciennes faisant alors évoluer toute une génération de Camerounais comme Roger Mila, Michel Kaham, Ekeke ou Bahoken. L'équipe de nègres par excellence, du genre à attirer le skin de base.

Le commando Excalibur, ils n'étaient pas plus d'une douzaine, mais ils ont joué à cache-cache avec des stadiers trop gros, trop lourds, pendant toute la première mi-temps. Des stadiers dont la moitié s'est retrouvée avec des bras cassés ou le visage en sang quand l'arbitre a sifflé à la quarante-cinquième minute la fin de la première période au milieu des fumigènes et des bastons.

Je les ai trouvés marrants, j'ai aimé qu'ils forment un groupe cohérent, uni. Certains portaient des tatouages qui faisaient rêver le môme que j'étais encore. Celui qui jouait plus ou moins le rôle de chef avait un heaume de chevalier tatoué à même la peau de son visage. Il y avait aussi Régis, déjà, Régis Paslovski, que j'allais retrouver sagement garagiste à Herlin, des années plus tard.

Ils n'ont pas fait de difficulté, après que j'ai fait basculer un stadier par-dessus une rambarde, pour m'emmener dans leurs bagnoles pourries, direction un squat de Liévin.

— Tu seras bien avec nous, ont-ils dit pendant le retour alors que la bière coulait à flots. Tu vas défendre la race blanche et tu vas même faire du cinéma !

Sur le coup je n'ai pas compris. Jusqu'à ce que je rencontre le Docteur.

J'ai raconté le Docteur à Antoine. Les *snuff* au bord

de la Lys ou dans des villas vides du Touquet, l'hiver. On ne tuait pas, sauf la fois où Paslovski a pété les plombs. Le Docteur nous filait des liasses bien épaisses pour toutes ces saloperies qu'il filmait parfois en compagnie d'autres dégénérés comme lui, qui amenaient des animaux, des petits garçons ou des filles trop jeunes. On n'avait pas de mal à trouver, apparemment, des volontaires pour se faire casser la gueule et introduire les objets les plus divers dans tous les orifices. C'était la crise. La crise partout, tout le temps.

Il était bien organisé, le Docteur. Je crois qu'il était vraiment docteur d'ailleurs, un spécialiste de l'estomac qui exerçait à Saint-Pol-sur-Ternoise. Quand le tournage avait été particulièrement éprouvant pour l'un ou l'autre des participants «volontaires», le Docteur les soignait sur place. Il avait avec lui une mallette, semblable à celle de n'importe quel autre toubib. Il mettait des pansements, des pommades, filait des cachetons ou faisait des piqûres. Parfois, il demandait à un Excalibur de rester avec lui pour veiller sur une fille qu'il avait ramassée dans les corons, une fille dont il avait appris qu'elle tapinait déjà un peu. Parce que, la pauvre, il préférait la garder en observation là où on était à cause de l'hémorragie rectale qui continuait et des deux doigts de la main droite qui avaient été sectionnés par un sécateur. Quand il était certain qu'elle ne passerait pas de l'autre côté, le Docteur lui redonnait un paquet de billets, lui promettait le double et la ramenait chez lui. J'ai souvent cru que le Docteur avait des tas de protections, chez les flics, les politiques, les patrons, les juges, ce qui l'empêchait de se faire avoir pour toutes les horreurs qu'il filmait. Il en avait peut-être certaines, oui, mais pas tant que ça.

Je crois qu'il avait simplement compris que la misère

sociale était telle que la crise et le chômage, dans un coin où on ne jurait que par le travail, avaient tellement fait perdre tous les repères que c'était un véritable eldorado pour les riches en mal de sensations. Et que le besoin dans lequel se trouvaient les populations du coin était encore la meilleure protection possible pour les entrepreneurs dans son genre.

— Il n'avait pas tort, ton Docteur, devait me dire Antoine des années plus tard. Regarde, depuis qu'il n'y a plus les communistes, Budapest est devenu la capitale du porno et fais-moi confiance qu'en y mettant le prix, dans certains villages de Bulgarie ou de Moldavie, tu dois pouvoir sans trop de problème trouver une gamine à violer en direct, à fouetter à mort et à balancer aux cochons, tout ça enregistré par la caméra d'un Docteur local.

Antoine avait raison, je lui racontais que parfois même il y avait des volontaires, que le Docteur leur détaillait par contrat ce qu'ils allaient subir, et les autres signaient parce que la somme qu'ils recevaient leur permettait de vivre un an à quatre dessus. C'était plus douloureux mais aussi plus rentable que n'importe quel boulot offert à l'autre bout du département par une boîte d'intérim, alors que vous n'aviez même plus les moyens d'avoir une bagnole.

Le Docteur nous donnait aussi de la drogue, du speed de préférence et, entre deux prises, quand on balançait des seaux d'eau pour nettoyer le sang, il exposait des théories sur l'image, le cinéma, le sacrifice humain. Il citait des mecs comme Bataille, il parlait du théâtre de la cruauté d'Artaud, il donnait surtout l'impression de vouloir justifier l'odeur de charnier qui régnait soudain dans la cave d'une de ces élégantes villas de la Pinède, une cave où des morceaux d'organes et des lambeaux de chair traînaient sur la carcasse désossée d'un vieux char à voile mis au rancart.

— Mais pourquoi tu t'étais retrouvé là, Stanko ? Pourquoi tu les avais suivis ? Et surtout, pourquoi tu es resté avec eux. Tu fuyais quoi ? Pas seulement le suicide de ton père.

Non, encore une fois Antoine avait raison.

J'étais reparti avec le commando Excalibur parce que je n'en pouvais plus du regard de maman.

Que je savais que maman savait. Pour Selim Bechraoui. « La supérette de l'Arabe », comme on disait. Juste à côté du Poilu, de l'autre côté du carrefour, où papa picolait et regardait avec quelques autres, des après-midi entiers, son teint cuit par quinze ans de coulée dans le miroir du bistrot, sans même avoir envie de taper le carton. Est-ce qu'il savait ça en plus, papa, est-ce que ça ajoutait à sa tristesse ou est-ce qu'il était déjà au-delà ?

Moi, je séchais l'école, de toute façon, et je rôdais autour de la supérette comme je rôdais autour du Poilu. Je savais que, dans un endroit, papa se détruisait et que, dans l'autre, c'était maman. Quand j'allais au bistrot qui s'appelait comme ça parce qu'il était en face du monument aux morts, j'avais l'impression que la statue du poilu me regardait personnellement, moi, Stéphane Stankowiak, malgré ses yeux vides, et qu'elle m'indiquait une direction avec la baïonnette de son fusil.

Mais je n'avais pas la moindre idée de quelle foutue direction il pouvait s'agir.

J'entrais au Poilu, je n'avais pas l'âge, mais comme c'était pour voir papa… Il se ranimait un peu, oh, pas longtemps. Il me demandait devant ses potes de naufrage immobiles comment ça allait au collège. Ça n'allait pas, il le savait, bagarres, absentéisme, exclusions. J'aurais voulu lui dire de se bouger, même pas pour retrouver un boulot mais pour aller chercher maman à la supérette de Selim Bechraoui, de l'autre côté du croisement. Elle s'était mise à bosser comme vendeuse chez lui quand papa s'est retrouvé au chômedu.

Et il la baisait.

Oui, Selim Bechraoui la baisait.

Oui, j'ai vu ma mère se faire baiser dans une arrière-boutique, au milieu des paquets de pâtes et des piles de gâteaux.

Des Pepito. Ay Pepito ! Je suis content aujourd'hui que toutes ces épiceries, ces supérettes à l'ancienne, elles ferment les unes après les autres. Je sais que le Bloc défend les petits commerçants contre la grande distribution, mais l'odeur de ces magasins-là, un peu fade, avec des pointes de tomates trop mûres et de produit de nettoyage citronné, ça me renvoie à cette putain d'image.

Maman se faisant baiser. Limer. Fourrer. Défoncer.

Maman aimant ça. Maman en redemandant au bougnoule.

C'était vers dix heures du soir, le magasin de Bechraoui était pratiquement ouvert vingt-quatre heures sur vingt-quatre. J'avais traîné dans Denain, je venais de me sauver du collège après avoir pris quatre heures de colle pour insolence en cours de maths. Je suis revenu vers chez nous, vers la cité Martin. Avant je suis passé devant le Poilu qui était fermé. Papa avait dû rentrer et s'être endormi devant la télé.

On était au début de l'été. Quelques jours avant la fin des cours.

C'était le premier été de la gauche au pouvoir. Papa buvait moins. Mauroy, un gars du Nord, était chef du gouvernement, il y avait aussi les quatre camaradesministres du Parti. Ils allaient sauver Usinor, hein, relancer la machine... Sauver la sidérurgie...

J'ai décidé alors de dire bonsoir à maman. Je ne me doutais de rien, vraiment, à ce moment-là. Ou peut-être que si.

J'ai entendu seulement des halètements dans le fond, derrière le rayon frais. J'ai juste écarté un peu le rideau à lanières multicolores et j'ai vu.

J'ai vu le cul blanc de maman écraser les paquets de biscuits au chocolat à chaque poussée de Bechraoui. Lui, il avait son calbute sur les chevilles. J'ai vu les miettes de chocolat s'incruster et fondre dans la chair blanche.

Je suis ressorti de la supérette en courant et j'ai juste entendu Bechraoui dire :

— Merde, il y avait quelqu'un !

Et maman soudain paniquée :

— T'es sûr, Selim, t'es sûr, mais pourquoi on n'a pas entendu la sonnette ?

J'ai aussi raconté à Antoine la mort de papa. Et puis, dans les jours suivants, comment ma colère s'est retournée contre Bechraoui. Maman y retourna travailler le lendemain de l'enterrement de papa dans le cimetière de Denain, près du carré des soldats canadiens et polonais.

Le lendemain.

Moi, j'ai attendu deux semaines. Sans me faire repérer. Deux semaines à faire semblant de traîner à vélo, à m'arrêter pour discuter avec les anciens copains de papa, aussi esquintés que lui et qui me disaient des mots de consolation aussi stéréotypés que sincères, parce que c'étaient les seuls qu'ils avaient à leur disposition. Deux semaines à guetter les habitudes de Bechraoui.

Il était seul uniquement les mardis soir, très tard. C'est donc un mardi soir que je suis entré, très tard aussi, dans la supérette. J'ai refermé la porte derrière moi. J'ai retourné vers la rue, vers le Poilu, le petit panneau qui indiquait « Je suis de retour dans cinq minutes ».

— Qu'est-ce que tu veux, toi ?

Je me suis jeté sur lui en prenant au passage la caisse enregistreuse et en la lui écrasant sur la gueule.

C'était un gros gabarit mais il a été sonné. De la monnaie et des biftons se sont répandus sur le carrelage. C'est un miracle que je n'aie pas été vu. Malgré le poids de Bechraoui, je l'ai traîné entre les rayons jusqu'à l'arrière-boutique, là où il avait baisé maman, là où il baisait maman et là où il ne la baiserait plus.

Je me suis mis à cheval sur lui et je lui ai démonté sa face de nioule à coups de poing, ça craquait, je sentais mes propres mains se couvrir d'ecchymoses et de coupures.

Le cul blanc de maman.

Les Pepito.

Je lui ai enfoncé mes pouces dans ses yeux avec une facilité déconcertante et un grand bonheur enragé. Enfoncé jusqu'à ce que je sente céder les globes oculaires sous la pression et que je plonge dans un mou tiède, glaireux et sanguinolent.

Après, j'ai vu le démonte-pneu : j'ai baissé son froc et je lui ai écrasé les couilles et la bite jusqu'à ce ne soit plus qu'une sale bouillie.

Et puis je suis rentré à la maison.

« Meurtre d'un sadique », ont écrit *La Voix du Nord* et *Nord Éclair*. Pas d'argent de volé. Sauvagerie incroyable. Ignoble carnage.

J'aurais voulu les voir les journalistes, j'aurais voulu connaître leurs réactions en voyant leur mère se faire tringler par un Arabe, le cul écrasant des biscuits chocolatés.

Maman a deviné, forcément.

Le soir même, elle avait deviné.

Mes fringues. Mes mains en sang. Ma nuit à pleurer dans la baignoire, sous la douche, à essayer de retirer les morceaux des yeux de Bechraoui de dessous mes ongles. C'est depuis ce temps-là que je les coupe vraiment ras, au point de me faire mal.

Encore aujourd'hui, en cet instant précis dans cette chambre miteuse, si je regarde trop longtemps mes mains larges et épaisses, je vais voir se superposer celles de l'adolescent quasi psychotique de Denain, aux ongles encrassés de matières organiques plus ou moins bien coagulées et séchées.

Les flics sont venus pour une enquête avec leurs questions classiques. Si, en tant qu'employée, maman connaissait des ennemis à Bechraoui.

Elle n'a rien dit aux flics. Seulement des réponses vagues. Des réponses d'innocente.

Elle ne m'a plus rien dit à moi non plus.

Des regards seulement. Hélène demandait :

— Mais qu'cst-ce que vous avez tous les deux ?

Et Natacha répétait maladroitement avec une élocution de bébé :

— Mais qu'est-ce que vous avez tous les deux ?

Alors, quand je lui ai raconté ça, Antoine a compris pourquoi j'avais suivi le commando Excalibur, après ce match Valenciennes-Avion.

Je me relève.

J'ai toujours l'odeur du mafé poisson dans le nez, même si je suis convaincu qu'à l'heure qu'il est les Peuls de la piaule au bout du couloir ont terminé leur frichti.

J'ouvre la fenêtre.

La nuit a quelque chose de noir, de mou et de tiède qui me fait penser à un cadavre.

11

Oui, que tu aies aussi bien réussi ta terminale, quand tu y repenses, ça tient du miracle, comme tient du miracle que tu ne te sois pas fait avoir par les flics. 17 de moyenne en philo et un casier judiciaire vierge, quand on a Brou dans ses relations, trente ans après, tu salues encore l'exploit du jeune homme.

Dans les jours qui suivirent, alors que tu t'étais promis de ne revoir Brou que si le hasard favorisait vos rencontres, ce qui finalement dans une ville comme Rouen où tout le monde connaît tout le monde arriverait forcément, tu allas malgré tout au Métropole, poussé par le démon de la curiosité. C'est qu'il t'étonnait Brou, toi qui ne trouvais d'étonnement que dans les idées des philosophes, les intuitions des poètes et les personnages de roman, mais jamais chez les gens, et au premier chef dans ta famille que tu trouvais extrêmement prévisible.

Tu avais dix-sept ans et on est très sérieux quand on a dix-sept ans.

Se jouaient pour toi, dans cette vie intellectuelle, des drames beaucoup plus importants que ceux que tu voyais se dérouler à la télévision. Il y avait les boat people, il y avait la découverte du génocide perpétré par Pol Pot, au Cambodge, contre son propre peuple. Tu aurais pu y alimenter un certain anticommunisme qui fonctionnait à plein dans les milieux que tu fréquentais. Mais c'était là une réalité lointaine et c'était surtout une réalité qui ne s'incarnait pas.

Tu avais toujours le sentiment d'une scénarisation atroce, mais d'une scénarisation : ces charniers dans des rizières, ces cargos pourris débordant d'Asiatiques amaigris, ces présentateurs au brushing impeccable, tout cela était de la *mise en scène*. La télévision, pour toi, c'était la caverne de Platon, ça reflétait peut-être quelque chose de vrai, mais ça n'était pas la vérité. Tu pris goût, d'ailleurs, à toute une littérature, tout un cinéma qui mettait en scène des personnages évoluant dans des décors truqués et, bien avant que le virtuel ne soit à la mode, tu lisais déjà Philip K. Dick. Certains épisodes de *La Quatrième Dimension*, période noir et blanc, montrant des gens attendant ils ne savaient quoi dans une gare avant qu'on s'aperçoive qu'ils n'étaient que des jouets d'enfants, ont finalement exercé un rôle décisif dans ta compréhension du monde et de toi-même.

On nous cache tout. On nous dit rien.

C'est la pulsion primitive, informulée, du facho de base, de celui qui va adhérer au Bloc ou voter pour lui avec la régularité d'un métronome. Tu penses que si tu avais eu un bon fond, que si tu avais été un humaniste coco comme ton grand-père François Maynard, tu aurais dû combattre cette pulsion chez toi et chez les autres. Tu ne l'as pas fait, bien au contraire. C'est là que Cicriac se trompait avec son optimisme marxiste, lors de cette fameuse journée de khâgne quand SOS Racisme était venu faire les guignols. Oui, tu étais sans doute fait comme ton grand-père, pétri de haine pour un monde de conventions et d'hypocrisies, mais toi, par cynisme, lassitude, dandysme mal placé, tu as décidé de jouer avec les pantins autour de toi, de faire le marionnettiste alors que le vieux professeur d'histoire, chrétien et communiste, voulait, lui, les…, comment disait-on déjà, oui, les *émanciper*.

Émancipation mon cul : plus tu vieillis, plus tu penses que les idées de ton grand-père François Maynard, la douceur évangélique, la société sans classes, tout cela aurait pu fonctionner dans un monde où tout le monde se serait appelé François Maynard. Mais les François Maynard finissent parias de tous les temps, de tous les camps. On les torture et, quand ils sont vieux, ils se sentent obligés de se baigner seuls à la tombée du soir pour cacher les stigmates de la torture et ceux, moins visibles mais aussi profonds, laissés par l'ingratitude de leurs contemporains.

Non, tu n'avais aucune vocation christique et comme tu as compris très tôt que ce que tu ressentais en face des images, le malaise d'une réalité incertaine, peut-être truquée, les autres aussi le ressentaient, sans mettre forcément un nom sur ce malaise, tu as décidé d'en jouer.

Le thème est devenu de plus en plus à la mode, d'ailleurs, et tu te souviens d'un beau coup que tu as réussi pour le Bloc Patriotique quand la série *X-Files* a commencé à connaître la célébrité sur M6. Il y avait des clubs, un peu partout, des jeux de rôle et des forums sur un Internet balbutiant. Les gamins en étaient fous, tu le voyais bien, quand ton neveu Jason, qui ne s'appelait encore que Lefranc, t'en parlait avec des trémolos dans la voix.

Tu t'es demandé pourquoi tout le monde s'était mis à se passionner pour les aventures de deux agents du FBI spécialisés dans les phénomènes paranormaux, alors qu'il y avait tellement d'autres séries fantastiques.

Finalement, les choses te sont apparues très claires et

tu as préparé un rapport sur la question. Tu n'avais pas de rôle bien défini au Bloc. Tu servais de plume pour Dorgelles ou Ströbel, Dorgelles qui n'en avait d'ailleurs pas besoin, avec son sens de la formule et son emploi de l'imparfait du subjonctif. Tu étais chargé aussi de te renseigner sur ce qui se disait dans la presse et chez les intellectuels pour dégager des «tendances», des «lignes de force». Ce n'était pas très compliqué, tu passais tes matinées à lire des journaux, des revues, des niouzes magazines, à traîner dans quelques cocktails littéraires, où la plupart des gens te tournaient le dos ostensiblement, sauf les extra derrière les buffets. Les extra étaient pauvres, ils votaient Bloc Patriotique, ils n'avaient pas les moyens de voter pour le parti socialiste ou les centristes. Le Bloc, premier parti ouvrier de France, ça commençait à se savoir.

Ce rapport, tu l'as présenté lors d'un bureau exécutif informel, à Saint-Germain-en-Laye dans le salon rouge. Il y avait Ströbel, Louise Burgos et Lefranc qui ne pensaient pas encore à trahir, la veuve Sallivert et le vieux Molène. On avait également fait venir exceptionnellement le chef du Bloc-Jeunesse, qui lui aussi se révélerait partisan de Louise Burgos quelques années plus tard. Quant à la réunion, tu l'avais obtenue en insistant auprès d'Agnès. Si elle n'avait encore aucune fonction officielle et gagnait sa vie, un comble, comme jeune architecte employée au sein d'un cabinet spécialisé dans les commandes publiques pour les logements sociaux, l'aménagement des aires destinées aux gens du voyage et les foyers pour travailleurs immigrés, elle avait cependant l'oreille de son père.

Tu en avais parlé la première fois à Agnès, de cette idée, juste après l'amour, dans la chambre de la rue La Boétie. Vos deux corps se reflétaient dans le miroir du plafond, tu avais la tête reposée sur sa chatte non épilée, selon ton désir, et une de ses jambes te recouvrait le torse et le ventre, t'enveloppant littéralement et permettant à ses orteils de jouer avec ta bite, ce qui en général annonçait une reprise des combats. Mais, là, tu lui expliquais.

C'était simple. Il fallait absolument se servir des *X-Files* comme outil de propagande, notamment auprès de la jeunesse qui formait le public majoritaire. Le slogan de la série, « La vérité est ailleurs », correspondait bien à la psychologie de base du bloquiste, l'adhérent comme le simple électeur. En plus, les héros étaient deux figures positives de l'ordre, des flics. Des flics honnêtes confrontés à une hiérarchie qui l'était beaucoup moins et, *last but not least*, cette hiérarchie servait un complot gouvernemental visant à couvrir une invasion d'extraterrestres et à leur livrer de temps en temps quelques humains pour leurs expériences. Le modèle était applicable. Le gouvernement qui ne change pas malgré les élections, c'était l'Union européenne, les technocrates de Bruxelles qu'on ne voyait jamais. Les extraterrestres, les « petits gris », c'étaient les immigrés, évidemment : les Arabes, mais aussi maintenant tous ceux qui arrivaient de l'Est et de la Yougoslavie qui implosait.

Dorgelles était grognon. Il ne voyait pas l'utilité de faire tant de barouf pour un sujet aussi mineur.

— J'espère que tu as des biscuits dans ta musette, mon gendre…, t'avait-il dit en servant lui-même le café de sa main valide, avec sa mine des mauvais jours.

Il trouvait que le Bloc stagnait de toute façon, depuis l'élection du président de droite, que l'on faisait n'importe quoi dans les villes conquises en juin de la même année et que la France se foutait de votre gueule, notamment à Lancrezanne.

Il estimait aussi que le Bloc avait raté une occasion de soutenir les grandes grèves du milieu des années 90. C'étaient des grèves du peuple français contre l'abaissement du niveau de vie provoqué par l'Europe. Des grèves soutenues à la surprise de tous par la majorité des petites gens qui souvent votaient pour le Bloc.

Et le Bloc avait été inaudible. Des imbéciles à courte vue, comme Louise Burgos et Lefranc, voulaient condamner la dictature des syndicats qui paralysaient le pays et empêchaient sa modernisation, tandis que Ströbel, la veuve Sallivert et le vieux Molène auraient souhaité renouer avec une ligne nationale et révolutionnaire. Tiraillé entre les deux options, Dorgelles n'avait choisi ni l'une ni l'autre, et il avait mal vécu de laisser passer l'histoire sans lui, de ne pas avoir été au centre de l'action pour faire bouger les choses. « On perd la main... »

Tu avais rebondi. On pouvait récupérer la jeunesse, au moins. Et ce que tu proposais, cela pouvait en être un des moyens. Tu avais présenté ton projet *X-Files*. On avait d'abord souri, sauf Dorgelles, et puis on avait commencé à t'écouter, surtout le responsable du Bloc-Jeunesse. Lefranc, toujours impeccable dans ses costumes Savile Row, avait confirmé que son fils Jason était scotché devant l'écran dès que passait la série. Dorgelles se reversa une tasse de café et regarda le parc par la grande porte-fenêtre.

On était sans doute au printemps, des massifs de fleurs commençaient à bourgeonner et il y avait cette lumière presque maritime qui a toujours fait pour toi le charme de l'Ouest parisien.

— On n'a rien à perdre, finalement, avait conclu le Vieux. Et je suis sûr que les castors juniors du Bloc-Jeunesse et du Bloc-Étudiant vont nous bricoler du matériel militant avec trois fois rien. Tu supervises, mon gendre.

Tu avais supervisé et cela avait marché au-delà de toute espérance. Tracts mélangeant le Trident et le logo de la série, réalisation et montage d'un petit film de propagande dans la salle vidéo du Bunker, stylos, pin's, etc. Agnès avait demandé à celle qui était encore la femme de Lefranc, Gwenaëlle, de s'occuper des éventuelles embrouilles juridiques, prenant bien garde à ce que vous ne puissiez pas tomber sous le coup d'une contrefaçon ou qu'il n'y ait pas de droits à payer.

Entre le début de cette campagne et le putsch Louise Burgos, c'est-à-dire en moins de dix-huit mois, les effectifs du Bloc-Jeunesse étaient passés de douze mille revendiqués, en fait huit mille, à trente mille bien réels.

Merci Scully, merci Mulder.

Et c'est à partir de ce moment que Dorgelles vit en toi autre chose qu'un gendre un peu dingue, un « rimailleur » comme il disait, qui avait pour principal mérite de rendre heureuse sa fille Agnès.

Mais que, si ça se trouve, tu pouvais être utile politiquement, et il te fit, sans que personne n'ose dire quoi que ce soit, au moins officiellement, nommer au bureau politique, vers septembre 98, au retour d'un été à Sainte-Croix-Jugan où vous vous étiez baignés tous les deux, chaque jour, tôt le matin, malgré l'eau glaciale, à Omaha Beach. Vous nagiez assez loin et vous vous retourniez pour voir la lumière du matin jouer sur les rochers, le sable doré, la ligne des dunes, les blockhaus en ruine. Il te racontait pour la centième fois comment il était allé offrir ses services aux Américains, avec le vieux fusil de chasse de son père. Tu n'osais pas demander de détails, la version changeait chaque fois. C'était peut-être la mémoire qui lui jouait des tours après tout. Tu avais envie d'y croire de toute façon. Le père fusillé, l'adolescent en colère.

— Pour les Grecs anciens, les hommes complets étaient ceux qui savaient lire et nager, t'avait-il dit un matin alors que vous repreniez pied sur le rivage. Nous sommes les derniers Grecs anciens, Antoine, les derniers.

Et vous alliez prendre un petit blanc ou un café arrosé au dernier bistrot de Sainte-Croix-Jugan, le dernier encore fréquenté par des pêcheurs tous plus ou moins ruinés par les directives de l'Union européenne. Dorgelles était accueilli comme l'enfant du pays et il te devenait impossible, là encore, de savoir s'il aimait vraiment les gens ou s'il jouait un jeu. À moins qu'il n'ait commencé par jouer puis par croire à son jeu. Ou le contraire. Mais tu ne crois pas, non, tu ne crois pas. Même cette nuit, seul avec Suzanne dans leur maison Art déco trop grande à Saint-Germain-en-Laye, alors que le pays s'embrase et que sa fille va sans doute réussir ce dont il a rêvé toute sa vie, il doit avoir sincèrement le sentiment de sauver un peuple qu'il aime.

Et tu repenses à ses adversaires, à ses ennemis depuis quarante ans, ces antifascistes qui ont commis une erreur fondamentale. Ils l'ont attaqué sur sa duplicité, son passé de mercenaire, son racisme réel ou supposé, la fortune de Suzanne, sans penser un seul instant que, éventuellement, il était sincère, qu'il y *croyait*, ce qui de leur point de vue, pour le coup, aurait pu vraiment leur faire peur.

Puis vous achetiez, en ressortant, des journaux et une bourriche d'huîtres Utah Beach chez un vendeur en demi-gros.

Tu te dis que le premier repas que tu feras avec Agnès, demain ou après-demain, quand vous aurez enfin une heure ou deux à vous, ce sera deux douzaines de Saint-Vaast. Puis deux douzaines de Prat-ar-Coum pour faire bonne mesure. Et du muscadet. Liberté, égalité, muscadet : le Bloc a gagné !

Maintenant, tu ne suis plus que d'un œil distrait *Masculin-Féminin* et tu t'aperçois que tu es fatigué, comme tu ne l'as jamais été, une fatigue qui ne doit rien à l'Absolut Vodka et aux dernières journées d'agitation politique, une fatigue qui n'est pas non plus, ou pas seulement, due à l'impatience angoissée que tu as de serrer Agnès contre toi.

Non, cette douleur dans l'épaule, cette crampe qui guette dans le mollet, ce début de lumbago qui pointe te renvoient à ton âge et tu comprends que tu n'as désormais plus rien de commun avec les Jean-Pierre Léaud, Catherine-Isabelle Duport, Marlène Jobert et Chantal Goya de 1966, non plus qu'avec l'époque, la réalité, ni même, désormais, leur éternelle jeunesse dans le film : toi, dans quelques mois, tu auras cinquante ans.

Alors autant revenir, puisque personne ne t'appelle, puisqu'il ne faut pas penser à Stanko, à ce qu'on va faire à Stanko, autant revenir à Rouen, à tes dix-sept ans, à ce dingue de Brou.

Tu l'impressionnais parce que tu lisais sans arrêt mais surtout tu lisais aussi tous les journaux que tu allais acheter à la gare ; tu aimais la phrase de Hegel qui disait qu'ils étaient la prière quotidienne du rationaliste. Mais les journaux salissaient les doigts, étaient mal écrits et tu te souvenais aussi de cette remarque de Proust qui déplorait qu'on passe sa vie à lire des journaux dont les informations seraient sans intérêt le lendemain alors qu'on ne lirait dans toute une existence que deux ou trois fois les *Pensées* de Pascal. Et que les journaux feraient donc mieux, chaque matin, d'imprimer les *Pensée*s de Pascal.

Une semaine ou peut-être dix jours après votre première rencontre au Château d'Ô et la nuit d'orgie chez lui, tu entras au Métropole. Les vacances de la Toussaint avaient commencé. Tes parents étaient partis pour un séjour dans un hôtel-club d'Hammamet et tes frères, emmenés par ta grand-mère, devaient se geler dans la villa de famille à Pontaillac. La vieille bonne, qui te craignait toujours autant depuis qu'elle avait compris que tu étais sans doute un géant psychopathe, jouait à cache-cache avec toi dans le grand appartement vide, laissant ce qu'il te fallait pour chaque repas et faisant ta chambre quand elle était vraiment certaine que tu étais sorti pour aller à la piscine. Dommage qu'elle soit si vieille. On aurait été dans un roman libertin, tu aurais pu la baiser. Mais on n'était pas dans un roman libertin et ton père n'avait aucune imagination. Il y avait encore pourtant, après toi, deux autres frères à dépuceler.

Brou était assis à sa place habituelle. Les vacances scolaires, les petites en tout cas, comme celles de la Toussaint, étaient une aubaine pour lui, et aussi pour le patron du bar. Une cour de fachos en herbe siégeait toute la journée, ratant consciencieusement ses études dans tous les établissements secondaires de la ville, surtout privés d'ailleurs, comme Join-Lambert où l'on repérait des nids entiers de fils de famille fainéants dont certains trouvaient dans un engagement à l'extrême droite le moyen de se donner une contenance dans le monde et de signifier leur appartenance de classe.

Étais-tu tellement différent d'eux ? Oui, tout de même, tu étais beaucoup moins pardonnable : tu savais ce que tu faisais.

Brou t'accueillit. Étrange Brou, te disais-tu. Tu te souvenais de son appartement au petit matin et tu avais vaguement pensé, surtout avec l'affiche de recrutement pour la LVF qui participait de l'atmosphère, à cette scène des *Damnés* de Visconti quand les SA, après une nuit d'orgie, vont se faire massacrer par les SS au petit matin.

Avais-tu si tort : à part l'origine sociologique, qu'est-ce qui différenciait Brou de Stanko, Stanko qu'on allait crucifier cette nuit, Stanko qu'il l'était peut-être déjà… Les soldats, ceux qui se mouillent vraiment, ceux qui sont des purs, ceux qui ne transigeront pas, ne peuvent pas survivre, ne doivent pas survivre quand leur parti cesse d'être révolutionnaire pour devenir un parti du gouvernement. Vous voulez vos ministères ? Butez vos Stanko… Ils ne sont pas présentables, ils ne savent pas se tenir… Si Brou n'était pas mort comme il est mort, il ne serait pas étonnant que, lui aussi, fasse partie de la purge définitive.

En attendant, il était là au Métropole. Il n'était que dix heures du matin et il buvait déjà un baby. Cinq ou six clones essayaient de l'imiter mais avaient renoncé au whisky pour des bières plus anodines. Deux filles, pas vilaines, buvaient des laits fraise. Tu demandas un express, non pas que tu aies envie de café, mais tu aimais le bruit aigu des percolateurs.

Le Métropole, quand tu y repenses cette nuit, tu t'aperçois que c'était encore un bar du monde d'avant. Toi qui aimes tant les bistrots, cette espèce en voie de disparition, aujourd'hui remplacée par des bars à thèmes pour bobos et par des brasseries franchisées pour cadres moyens, tu sais que même ceux qui survivent n'ont plus les mêmes bruits ni les mêmes odeurs. On n'entend plus les flippers, on ne sent plus la cigarette, il n'y a plus d'œufs durs sur le comptoir. Tu trouves même, parfois, que les voix, toutes les voix, n'ont plus la même tonalité, le même grain, et tu te demandes si tu ne vas pas te mettre un film de Sautet sur le lecteur de DVD pour vérifier cette impression. Les meilleures scènes de bistrot du cinéma français…

Masculin-Féminin se termine, Jean-Pierre Léaud est mort stupidement, les filles vont continuer à vivre et la chaîne câblée annonce qu'elle va passer une comédie pour trentenaires, jouée par des trentenaires pour des trentenaires, se passant exclusivement entre deux appartements de trentenaires dans un arrondissement de trentenaires. Un de ces films comme on en fait cinquante ou soixante par an, un de ces films que personne ne voit au cinéma. Tu te dis : comme de toute façon le monde de la culture hurlera à la mort quand vous entrerez au gouvernement, autant vous faire plaisir, épurer la commission d'avance sur recettes et en finir avec ces merdes.

Tu éteins la télé, tu regardes encore une fois l'iPhone. Les effets de la vodka commencent à s'estomper.

Tu reviens à Brou, trônant ce matin-là.

— Bonne surprise, Maynard. Comment vas-tu depuis la dernière fois ? Je vois que tu as un sac de sport avec toi.

— Piscine. À l'île Lacroix.

— Sportif, c'est bien. Tu ne pratiques pas un sport de combat ? Tu me diras, vu comment tu es bâti pour ton âge, c'est moins immédiatement nécessaire…

Tu te demandas pourquoi tu étais passé. Tu trouvais tout cela minable, sans intérêt. Tu aurais mieux fait d'enchaîner les longueurs dans le grand bassin et de ne t'arrêter, comme tu le faisais d'habitude, que lorsque tu aurais été au bord de l'épuisement et que des petits points noirs auraient dansé devant tes yeux.

Mais, en même temps, tu savais très bien pourquoi tu étais là, à lui refuser la Rothmans bleue qu'il te proposait et à te demander si une des filles, une blonde un peu ronde avec un chignon coiffé à la diable comme tu aimais, des chignons d'après l'amour quand une de leurs mèches retombe sur la joue, seize ans au maximum, se laisserait convaincre d'aller à la piscine avec toi et plus si affinités. Tu étais seul dans deux cents mètres carrés haussmanniens, il aurait été dommage de ne pas en profiter pour t'offrir une profanation façon Georges Bataille à la petite semaine, comme de baiser cette jeune fille de bonne famille sur le lit de tes parents.

Tu étais là parce que Brou allait sans aucun doute proposer quelques possibilités de faire danser la vie qui ne danse bien que dans la violence, le danger et l'adrénaline. En plus, tu pensais déjà à écrire des romans et Brou avait quelque chose de romanesque. Pas spécialement pour ses hypothétiques aventures de Tintin fasciste, mais par les fêlures qui semblaient le traverser.

Tu le revoyais sur son canapé à l'aube, avec cette fille qui t'avait sucé quelques heures auparavant, lovée contre lui. Tu soupçonnais chez lui un certain nombre de perversions ou une impuissance sexuelle ou les deux, choses qui ne manquaient pas de donner à Brou une dimension, une profondeur assez peu visible au premier abord. Il aurait été à sa place, ce matin-là, dans une nouvelle de Fitzgerald sans doute bien davantage que dans un roman de Gérard de Villiers. Tu t'étais aperçu qu'il avait tous les SAS dans ses chiottes et que sur les premiers, avant que les couvertures représentent des filles dénudées avec des flingues hyperboliques, Malko Linge était dessiné avec des Ray-Ban Aviator et que, malgré sa gueule brûlée, Brou tentait d'exploiter une vague ressemblance avec ce personnage.

Assez vite, il t'intégra dans un petit groupe qui comportait, outre toi et lui, un jeune CRS de la trente et une stationnée à Darnétal, nommé Simon, et un autre fils de famille décavé, Jean Émile, à peu près de l'âge de Brou. Jean Émile avait une maladie de peau qui lui dévorait les mains et lui desquamait le visage de façon assez terrifiante. Mais il était d'un chic parfait et, si Brou et le CRS t'enseignèrent à tirer et à te battre, Jean Émile t'apprit à t'habiller et à quitter ton pénible look tout velours pour des costumes cintrés qui faisaient encore ressortir ta carrure, des costumes que tu serais bien incapable de porter maintenant avec ton bide de flic américain.

Votre association fut évidemment dangereuse, violente, avec des déchaînements de fureur irrationnelle.

Elle vous donna dans la région une réputation de méchants, voire de fous furieux.

Toi, tu y trouvas ton compte, au point qu'il t'arriva, certaines nuits, de mieux dormir. Tu ne sais pas comment tu y parvins mais tu établis une cloison parfaitement étanche entre ces activités et tes études qui, décidément, te passionnaient. Les profs comme tes coreligionnaires te regardaient un peu, mais pour des raisons différentes, à la façon dont te regardait ta famille : un monstre qui rendait des copies impeccables. Mais, en te remettant un 18, le prof d'histoire ou de philo avait toujours l'air de se demander à quel moment les flics feraient irruption dans la salle de cours pour te coffrer.

Évidemment, quelques profs sur le point de prendre leur retraite avaient connu ton grand-père. L'un d'entre eux te fit une remarque, une fois, dans un couloir, non loin de la plaque commémorant les enseignants et soldats tombés au cours des deux guerres. C'était un professeur de mathématiques, conseiller municipal centriste, ce qui aggrava doublement son cas à tes yeux. La remarque avait pour raison ta tenue : tu portais un imperméable, même pas vert, avec une ceinture.

— Vous venez arrêter quelqu'un, Maynard, pour l'emmener à la Gestapo ? Votre grand-père n'aurait pas apprécié.

Tu l'as regardé. Tu étais de bonne humeur. Heureusement, sinon tu aurais eu assez peu de chances de finir ta scolarité dans le secondaire. La haine pure qui monta en toi fut contenue par une excellente note en histoire sur les relations internationales entre les deux guerres. Et aussi par un flirt très poussé, la veille, avec une fille de seconde 4. Tu avais encore l'impression d'avoir son odeur sur les doigts.

Alors tu t'es contenté de lui répondre :

— Vu votre âge, vous deviez déjà être là quand ce genre de choses arrivait dans ce lycée, non ? J'espère que vous serez plus courageux qu'à l'époque. Je me suis laissé dire que vous n'avez pas tellement bougé vos miches quand il s'est fait révoquer pour avoir protesté contre l'expulsion de vos collègues juifs, mon grand-père…

— Sale petit con, je vais vous…
— Vous quoi ?

C'était le censeur, passant dans les couloirs, qui venait de parler. Le professeur de mathématiques voulut sans doute éviter les complications, n'étant pas forcément persuadé d'en sortir à son avantage si on remuait les boues du passé, et fit un vague signe de la main comme quoi tout allait bien, que ça n'avait pas d'importance.

Les complications, il ne les évita qu'à moitié.

Dans un de ses instants de générosité, Brou t'avait donné une baïonnette censée avoir appartenu aux légionnaires de Camerone. Tu en doutais, mais l'objet était joli, avec une sorte d'évidence dans ses lignes pures, de parfaite adéquation entre sa forme et ce à quoi il était destiné. Cela te plaisait beaucoup.

Et c'est avec cette baïonnette que tu crevas, une bonne dizaine de fois au cours de l'année, les quatre pneus de la CX du vieillard matheux. Les premières fois, ce fut dans le parking du lycée ou dans la rue de Joyeuse, quand il se garait à l'extérieur. Les dernières, dans son propre garage. Simon, le CRS, t'avait donné quelques conseils simples pour forcer la serrure avec la baïonnette. Tu éprouvais une sensation délicieuse chaque fois que tu sentais la lame épaisse s'enfoncer dans la gomme et l'air s'échapper. On te soupçonna, bien entendu.

Mais le lycée fut assez mou, et tu compris que tu avais touché juste sur l'attitude du bonhomme pendant l'Occupation. Lui-même se contenta de déposer une main courante. Tu cessas tes petites sorties seulement au mois de mai. Le bac approchait et tu venais d'échapper de justesse à une ronde de flics, dont un sortit de la patrouilleuse pour te courser dans ce quartier résidentiel de Bihorel, mais perdit heureusement son képi, car c'étaient des années où les flics avaient encore des képis et ne tiraient pas dans la foule des banlieues.

En tout cas beaucoup moins massivement et systématiquement que par cette nuit de novembre.

Des années où il y avait encore des gros morceaux du monde d'avant, en fait.

Cet acharnement te valut un respect accru de Brou qui te dit un jour, alors que vous rouliez vers Dieppe dans un cabriolet 204 blanc aux pneus lisses pour finir la nuit à L'Auberge de la Côte, le seul endroit de Seine-Maritime où l'on pouvait boire et danser jusqu'à l'aube sur du Boney M. :

— Putain, Maynard, mais tu es presque aussi chien que moi !

« Être chien », c'était comme « Chasser la gisquette »,

cela faisait partie d'un lexique suranné que tu n'entendis jamais que chez Brou.

Ta première vraie expédition consista, fin novembre, avec Brou et Jean Émile, à distribuer des tracts devant le lycée Saint-Saëns. Simon, tout de même obligé à une certaine obligation de réserve, restait en couverture entre deux boutiques du marché aux fleurs. C'étaient des tracts pour Ordre nouveau. Ils étaient écrits dans un style incroyablement verbeux et emphatique, à la limite du compréhensible. En plus, ils racontaient des conneries et, pour finir, tu trouvais ça d'un ridicule achevé, ce guerrier celte qui avait des allures de drag-queen et qui disait dans un phylactère : « Toi aussi combats la subversion, toi aussi rejoins Ordre nouveau ! »

À Rouen, les gars d'Ordre nouveau étaient des théoriciens maigres qui faisaient du droit. Ils auraient trouvé indigne de leur statut de distribuer des tracts à des morveux. Ils avaient surtout une trouille bleue et Brou, bon garçon, leur rendait service en sous-traitant leur travail militant, comme il l'aurait fait pour n'importe quelle autre chapelle fascistoïde.

Bien sûr, au dixième tract refusé, vous étiez cernés par des terminales de plus en plus agressives. JCR et syndiqués lycéens.

Vous vous êtes retrouvés assez vite submergés, les tracts ont volé en l'air et la baston a commencé.

Brou, toujours avec ses Aviator, matraquait avec la même impassibilité qu'il massacrait les flippers du Métropole, le dos droit et l'air concentré.

Jean Émile avait retiré ses gants, et ses mains croûteuses et suintantes inspiraient toujours à ses adversaires un instant d'arrêt dû à la répulsion, qu'il mettait à profit pour frapper le premier.

Quant à toi, ta taille te permettait de distribuer de

grandes claques dont la force propulsive t'étonnait et te faisait bénir tes heures passées à la piscine de l'île Lacroix. Simon arriva en renfort et fut tout à fait décisif. Il faut dire que c'était tout de même un peu son métier, malgré tout.

C'est aussi lui qui donna le signal du repli, arguant du fait que le proviseur avait déjà dû appeler les tuniques bleues. Et il n'avait pas tort. À peine étiez-vous remontés dans la voiture stationnée près du palais de justice que déjà des sirènes deux tons se faisaient entendre.

Ils t'apprirent à tirer peu avant Noël, dans une ferme de l'Eure près de Bourgtheroulde. Elle appartenait à la famille de Jean Émile et faisait partie d'une série de résidences secondaires dont on ne se servait jamais. Jean Émile, dans une grange, avait entreposé des armes. Elles ne dataient pas d'hier et étaient rangées dans une cache sous le foin.

— Du matériel de la Résistance, avait affirmé Jean Émile.

Quand on soulevait le hayon de bois pourri, l'odeur sucrée du foin laissait place à celles du calcaire humide et du salpêtre. Bien rangés dans des caisses et enveloppés de sacs huilés en jute, on trouvait des Luger P08, des Sten démontés et des carabines « babygun » M1.

Vous aviez quitté Rouen au matin, vous donnant rendez-vous devant la gare. Tu n'avais pas dormi de la nuit, mais tu étais habitué. Tu avais lu d'une traite *Au-delà du fleuve et sous les arbres* d'Hemingway. Tu avais trouvé ça chouette et tu t'étais dit que tu aimerais bien un jour écrire un roman qui ressemble à ça.

C'était Brou qui conduisait. Il avait une Fiat Polski verte, une vraie caisse à savon, qui n'avait aucune tenue de route. L'habitacle puait le tabac et l'alcool. Tu montas à l'arrière avec Simon. Le CRS était le seul du groupe à avoir une carrure encore plus impressionnante que la tienne.

C'était un garçon mélancolique qui vivait tout le temps à la caserne de Darnétal, contrairement à nombre de ses collègues. Il en devenait populaire car il était toujours prêt à rendre service pour les astreintes du week-end ou des jours fériés.

Simon était persuadé, sincèrement persuadé, que les Soviétiques allaient franchir le Rhin et que Giscard était un agent du KGB, tout comme Mitterrand. La gauche avait perdu les dernières législatives, celles de 78, mais ça ne le rassurait pas. Il souffrait de fait d'une légère paranoïa et passait ses loisirs à lire dans sa chambrée des magazines de cul comme ses collègues : il n'aurait pas voulu qu'on le prît pour une tafiole. Mais, dès qu'il se retrouvait seul, il se gavait de romans d'espionnage avec une prédilection pour les SAS que lui prêtait Brou. Pour aggraver les choses, Brou lui prêtait aussi des romans de Saint-Loup et de Jean Mabire.

Tu portas d'ailleurs le coup de grâce avec la poésie.

Un jour que tu étais arrivé le premier au Métropole et que tu lisais *Clair de terre* d'André Breton, il vint s'asseoir en face de toi pour t'annoncer que Brou et Jean Émile allaient arriver en retard.

Il te demanda de sa voix douce ce que tu lisais et, sans que tu saches au juste ce qui te prit, tu lui lus un extrait d'« Union libre » :

Ma femme aux jambes de fusée
Aux mouvements d'horlogerie et de désespoir
Ma femme aux mollets de moelle de sureau
Ma femme aux pieds d'initiales
Aux pieds de trousseaux de clés aux pieds de calfats qui
  boivent

> *Ma femme au cou d'orge imperlé*
> *Ma femme à la gorge de Val d'or*
> *De rendez-vous dans le lit même du torrent*
> *Aux seins de nuit*

Tu fus presque gêné par sa réaction.

Là, au milieu des clients, du bruit de la rue qui couvrait brièvement les conversations à chaque entrée ou sortie d'un client, les yeux du CRS s'étaient emplis de larmes et il répétait mécaniquement :

— Qu'est-ce que c'est beau, qu'est-ce que c'est beau, qu'est-ce que c'est beau.

Depuis, tu lui prêtais ou lui offrais très régulièrement de la poésie. Après Breton, ce fut *Alcools* qu'il aima moins, René Char qu'il n'aima pas du tout, Verlaine, Rimbaud, Musset. Inexplicablement, Simon eut une véritable passion pour Michaux dont il ne se lassait pas. Bien qu'il t'ait demandé de garder cette dilection secrète, « ils vont se foutre de ma gueule », et que tu n'aies rien dit, cela finit par se savoir.

Jean Émile fut effondré. Il trouvait de très mauvais aloi que l'homme d'action s'émollie avec des vers.

Brou, lui, fut plus tolérant et indiqua que nous étions là dans une vieille tradition occidentale, celle des guerriers poètes. Il parla de Charles d'Orléans ou de Drieu.

Simon, rassuré, n'eut plus à se cacher mais il était très étrange, tout de même, de l'entendre murmurer comme une prière des extraits de *Misérable Miracle*, alors que vous incendiez au cocktail Molotov la permanence d'un conseiller général communiste du côté du Petit-Quevilly.

Dans la ferme de Bourgtheroulde, ce fut d'ailleurs Simon qui surveilla avec patience la façon dont tu remontas et démontas les Sten, ce qui était enfantin avec leurs quelques pièces, les carabines M1, ce qui était un peu plus compliqué, et pour finir les Luger P08 qui, sans que tu saches pourquoi, ne t'aimaient pas car tu finissais toujours par te coincer douloureusement le gras du pouce dans le percuteur.

Il n'empêche, joli souvenir, surtout quand tu y repenses en cette nuit de solitude, que de vous revoir tous les quatre dans le matin rose et bleu. Vos pas faisaient craquer le givre quand vous êtes montés dans un 4 × 4 antique qui vous conduisit à travers les bois de la propriété avant de s'arrêter dans une clairière. Là se trouvait sur le côté une baraque de forestier abandonnée, qui avait déjà manifestement servi de cible pour des entraînements.

Simon fit circuler une thermos de café et Brou proposa à ceux qui voulaient de l'allonger au calva en sortant une très belle flasque en argent. Il s'en dégagea une odeur de pomme presque plus forte que celle de la forêt et des armes graissées.

Vous avez tiré toute la matinée, grillant des centaines de cartouches.

Jean Émile ne semblait rien craindre de la maréchaussée, isolé par ses hectares de forêt. Pourtant, le bruit portait loin dans la transparence glacée de l'air de décembre.

On te décréta tireur potable, un peu nerveux. Tu eus du mal à maîtriser la Sten qui partait toute seule et envoyait ses douze balles de 9 mm en un rien de temps. Mais tu te débrouillas mieux avec le Luger et surtout avec la carabine M1. Tu adorais la manière dont le clip sur le dessus de l'arme sautait dans un bruit métallique, indiquant que tu venais de vider un chargeur.

Ce furent des mois bien amusants, au moins jusqu'en mai.

En mai, Brou mourut.

Apparemment, ces histoires de braquages politico-maffieux devaient avoir un fond de vrai. Brou se fit allumer par des gendarmes à la sortie d'une perception de Condé-sur-l'Escaut. On en parla dans *Paris Normandie* et dans la presse nationale. Il y eut même un portrait de Brou, avec une sale photo dans *Le Nouvel Observateur*. « La dérive d'un fils de famille ». L'argent de Condé-sur-l'Escaut était destiné, d'après l'hebdomadaire, à un groupe néonazi allemand.

Tu fus interrogé par la police, en présence de ton père, car tu étais mineur.

Tu fis profil bas. Tu reconnus que tu le fréquentais. Pierre Émile, lui, était opportunément parti pour la Suisse faire soigner ses prurits divers et variés dans une clinique spécialisée.

Quant à Simon, tu ne le revis pas non plus : il fut muté en Nouvelle-Calédonie. Tu espérais qu'il n'avait pas oublié ses Michaux.

Quand tu ressortis du commissariat, ton père prononça les seuls gros mots que tu lui aies jamais entendu dire :

— J'espère que tes conneries son terminées, Antoine.

En juin, tu eus ta mention très bien au bac.

Tu revins au Métropole. Tu t'aperçus que Brou te manquait. Les autres gamins et gamines en mal de caudillo local s'obstinaient à te considérer comme un héritier et te posaient chaque fois les mêmes questions. Le bruit commençait à courir que tu étais avec Brou à Condé-sur-l'Escaut pour le hold-up et que tu avais miraculeusement échappé aux tirs des gendarmes et à la battue qui s'était ensuivie.

L'Art de la déformation historique, on n'en sortait pas.

Oui, Brou te manquait tellement qu'une de ces matinées de début juillet, si belle qu'on voyait de la terrasse du Métropole la Seine briller au loin, au bout de la rue Jeanne-d'Arc, tu t'excusas un instant auprès des fafounets bavards, tu entras dans le bar, tu ouvris et refermas la porte des chiottes à la turque, tu poussas le verrou et tu te mis à pleurer, à pleurer comme jamais cela ne t'était arrivé depuis l'enfance.

Un que tu vis plus ou moins régulièrement, pendant que tu t'amusais avec ta petite bande, ce fut Charles Versini, le responsable du Bloc. Il n'avait pas oublié cette première soirée chez Brou et il t'invitait presque chaque fois qu'il passait à Rouen.

Il avait l'air, lors de vos déjeuners qui avaient lieu le samedi dans un restaurant de la place du Vieux-Marché, de trouver tes équipées sauvages avec Brou drôles, courageuses mais dangereuses, pour toi surtout. Il avait raison.

Après la mort de Brou, Versini réitéra donc régulièrement ses offres d'adhésion au Bloc Patriotique, te faisant miroiter une ascension éclair dans une formation d'avenir. Après la dissolution du groupe Brou, ta mention très bien au bac et ton admission en hypokhâgne, il devint franchement pressant.

Il changea de catégorie pour les restaurants où il t'invitait. Vous alliez à La Couronne qui avait la réputation d'être une auberge depuis les croisades, chez Dufour à deux pas de l'appartement de ta grand-mère, rue Saint-Nicolas, ou encore à l'Hôtel de Dieppe, en face de la gare, tout près du Métropole, connu pour sa spécialité de canard au sang. Heureusement que tu continuais les heures de piscine, et de plus en plus depuis la mort de Brou dont tu comprenais peu à peu qu'elle avait été le premier deuil de ta vie d'homme, sinon tu serais encore plus gros aujourd'hui.

Peu à peu, sous l'égide de Versini, tu te retrouvas à donner des conférences pour les membres du Bloc-Jeunesse, qui parfois étaient plus vieux que toi, sur des sujets aussi divers que l'autorité, les racines grecques de l'Occident, la pensée de la Tradition chez René Guénon, la lutte des classes chez Marx, mais aussi des choses plus amusantes : les romanciers hussards, Nimier, Laurent, Déon, Blondin, et la droite littéraire en général. Mieux encore, tu te livrais à des lectures politiques des films de Michel Audiard que tu visionnais grâce à ces engins, énormes et fascinants, qui venaient d'arriver sur le marché, les magnétoscopes.

Tu te découvris un don certain pour captiver un auditoire. Tu te croyais uniquement doué pour les heures solitaires de lecture, nager, écrire une dissertation qui se tenait en un temps record, draguer, casser du gauchiste, et voilà que tu savais passionner des garçons et quelques filles qui semblaient pourtant, a priori, peu convaincus de la nécessité de se cultiver.

— Ils sont bien gentils, bien dévoués, te disait Versini, mais parfois ils sont un peu bourrins. Mais tu les scotches, littéralement. Ils ne parlent que de toi, quand ils sortent. Si, si, j'entends bien... Et en hypokhâgne, comment ça se passe ?

Ça se passait bien. Tu trouvais dans la charge de travail démentielle qu'on vous demandait un véritable divertissement, aussi efficace que les heures de natation ou les expéditions avec les fachos contre tout ce qui s'affichait de gauche en ville.

Mais tu y allais moins souvent, à la baston.

Casser des gueules ou saccager des locaux de gauchistes en foutant le feu à des affiches protestant contre Pinochet et Videla, c'était toujours un peu la même chose. Et c'était rétrospectivement que tu t'apercevais du courage désespéré de Brou, de Jean Émile ou de Simon. Jamais vous n'aviez reculé, même quand les choses se présentaient plus mal que prévu. Votre infériorité numérique vous paraissait même une composante indispensable de vos actions, moitié par bravade, moitié pour la recherche informulée du mauvais coup qui s'apparentait, d'une certaine manière, à une bonne vieille pulsion de mort.

Mais maintenant, avec les glandus du Métropole, il fallait des jours et des jours pour planifier la moindre distribution de tracts et à la fin, alors qu'on comptait sur une vingtaine de volontaires, tu te retrouvais en compagnie de deux ou trois énervés qui flirtaient avec la psychose et autant de types devenant de plus en plus blêmes au fur et à mesure que l'échéance se rapprochait.

Versini s'était mis à te tutoyer tout naturellement quand il avait su que tu couchais occasionnellement avec sa sœur Paola. Une fille toute en rondeurs, de ces rondeurs qui tiennent quand on a dix-neuf ans mais qui sombrent dans la stéatopygie la trentaine venue.

Heureusement pour Paola, les dernières années de sa jeunesse coïncidèrent avec les dernières années où la publicité ne s'exaltait pas sur les anorexiques ou les androgynes. Cinq ou six ans plus tard, au même âge, elle aurait enchaîné régimes sur régimes, séances d'aérobic sur séances d'aérobic pour se conformer aux canons en vigueur. Non, là, elle avait l'air d'une femme, d'une vraie.

Monde d'avant, monde d'après, toujours…

Elle avait abandonné l'hypokhâgne au bout de trois semaines, s'était inscrite en Deug de lettres. Paola n'aimait pas trop l'idée de travailler dix heures par jour pour se retrouver avec 2 sur 20 à une dissertation sur la métaphore chez Mallarmé. Paola avait deux avantages à tes yeux : elle aimait vraiment le sexe et disposait d'une chambre à Rouen chez l'habitant, ne pouvant pas faire l'aller-retour sur Yvetot tous les jours.

C'était pratique. Entre l'hypokhâgne, les conférences pour les jeunes du Bloc-Jeunesse et tes tentatives souvent vaines pour trouver des compagnons de baston, le temps te manquait souvent pour d'éventuelles conquêtes et Paola, une fois que tu t'étais faufilé dans sa chambre en évitant ses logeurs, t'accueillait toujours avec des baisers qui avaient le goût du nescafé et des cigarettes blondes, et riait de bon cœur quand tu te branlais entre ses seins, au moins bonnet D, avant de jouir sur son visage.

Enfin, tu penses que c'est pour cela que Versini se mit à te tutoyer. Il ne te fit jamais aucune remarque explicite. Sa sœur devait le désoler. Elle avait ce qu'il est convenu d'appeler le feu au cul.

Qu'est-il devenu, Versini ? Il doit toujours être kiné à Yvetot, si ça se trouve. Il avait fait le mauvais choix, lors de la tentative de putsch interne, en devenant un des premiers couteaux de Louise Burgos. Paola, elle, a fait un beau mariage, auquel tu ne fus pas invité, avec un agent de change, comme on disait encore en ces années-là. Tu avais couché de loin en loin avec elle, à peu près jusqu'à ce que tu partes à l'armée, alors que tu étais prof dans un collège de la rive gauche. Aux dernières nouvelles, mais tu t'aperçois que ces « dernières nouvelles » remontent à au moins dix ans, elle vivait du côté de San Diego.

Pour les conférences ou les dîners débats, Versini faisait aussi appel à des pointures du Bloc. C'est drôle de te dire que certains de ces invités allaient devenir quelques années plus tard tes proches, au moins sur le plan politique. C'est ainsi que tu rencontras pour la première fois Sallivert, Ströbel ou Molène.

Brou, comme un deuil qui te poursuit encore…

Et c'est sans doute ce qui va aussi t'arriver avec Stanko.

En pire, parce que là, en plus, tu seras responsable, pour une part au moins.

Stanko.

Tu aurais pu voir aussi, déjà à l'époque, Roland Dorgelles, qui vint une fois à une de ces réunions rouennaises du Bloc-Jeunesse et demanda à tous les militants du Bloc Patriotique, et même au-delà, de se mobiliser afin de trouver les cinq cents signatures pour l'élection présidentielle qui approchait, et assurer ainsi la présence d'un représentant de la droite nationale lors d'une échéance aussi importante. Il ne les eut d'ailleurs pas. Dorgelles était encore invisible médiatiquement. Ses rares apparitions étaient presque caricaturales. Il n'avait pas encore remplacé sa main manquante par une prothèse gantée et il brandissait à la place un crochet qui évidemment, et c'était ce qu'il recherchait, favorisait les analogies avec le capitaine dans *Peter Pan*.

Le hasard fit que tu ratas ce dîner débat. Tu effectuais ce jour-là une période de ta préparation militaire supérieure et les gradés s'étonnaient de ton aptitude au tir. Il te semblait, quand ils faisaient ces remarques, que le fantôme de Brou, avec sa moitié de visage brûlée, te souriait entre les cibles du pas de tir.

Une ou deux fois, d'ailleurs, tu sillonnas la Seine-Maritime avec Versini et d'autres membres du Bloc pour convaincre des maires de ces villages perdus dans la plaine ou les valleuses boisées et fraîches qui descendent vers la mer de donner leur signature. Ils promettaient, ils oubliaient ou pire les donnaient aux frères ennemis du Parti des forces nouvelles.

Tu allas d'ailleurs, juste après un concours blanc, le

premier de ta khâgne, aller casser la gueule chez lui à un responsable local du PFN, un célibataire crasseux du nom de Maitron. Comme au bon vieux temps de Brou, tu optas pour la simplicité et tu balanças vers huit heures du soir un grand coup de pompe dans la porte de son studio, rue des Bons-Enfants.

Maitron fut surpris : il regardait un porno sur un de ces fameux magnétoscopes. On aurait dit que la machine occupait la moitié du studio qui sentait une odeur sui generis plus abjecte que ce que tu pourrais sentir plus tard à l'armée.

Maitron se branlait, le pantalon au bas des jambes. Elles étaient belles, les forces nouvelles !

Maitron se leva et évidemment tomba.

On ne frappe pas un homme à terre sauf quand il s'appelle Maitron. Tu lui cassas les dents avec un poing américain en lui demandant de ne pas se plaindre puisque tu allais lui laisser intactes ses misérables couilles à l'air. Puis, pris d'une inspiration subite, tu t'attaquas au magnétoscope, toujours avec le poing américain, jusqu'à ce que la fille qui subissait une double pénétration de la part de deux types qui avaient des têtes de représentants d'aspirateurs dans la Ruhr laisse place à un écran noir.

Tu te fis très sérieusement engueuler par Charles Versini.

Il te dit que ce n'était pas des méthodes. Qu'il avait dû faire jouer des relations pour que Maitron ne porte pas plainte, qu'il n'avait pas fait ça pour toi, mais qu'il n'avait pas envie que la campagne de collecte de signatures pour le Bloc Patriotique ait la réputation d'être faite par des voyous.

Tu as toujours beaucoup aimé le pays de Caux, sinon. Davantage encore que le Cotentin des Dorgelès.

Aujourd'hui encore tu te dis qu'il serait bien de tout lâcher, qu'Agnès, surtout, veuille bien tout lâcher et que vous alliez vous installer tous les deux dans une de ces gentilhommières maupassantiennes, loin de tout, sauf des falaises blanches rongées par la Manche vert et bleu.

Comme un con, la chanson de Ferrat et de Christine Sèvres te remonte à la mémoire et tu sens des larmes te piquer les yeux.

Tu dois être fatigué. Tu n'as plus aucune envie d'être secrétaire d'État, chef de cabinet ni quoi que ce soit, tu n'as plus envie que d'une chose, c'est qu'Agnès rentre du pavillon de la Lanterne, te dise que les négociations ont foiré, de la consoler, de descendre par l'ascenseur intérieur qui t'amène directement au garage, prendre votre cabriolet Z3 et foncer sur l'autoroute de l'Ouest.

Ne pas faire comme Nimier, ne pas vous tuer sur le pont de Saint-Cloud, écouter ce vieux coco, admirable poète, et son amour fou chanter :

> *Le soleil nous inonde*
> *Regarde-moi ce bleu*
> *Attends encore un peu*
> *Je refaisais le monde*
> *Lève-toi donc, respire*
> *Quel printemps nous avons*

et arriver à l'aube.

Tu regardes ta montre, oui, ce serait encore possible, à Veules-les-Roses, Saint-Valery-en-Caux ou Varengeville.

Agnès, toi, les livres.

La vue sur les vagues au bout du parc.

Les nuits à faire l'amour alors que la tempête fait rage.

Attendre la fin du monde. Oublier la guerre civile qui pointe, laisser tomber cette folie.

12

Je crois que j'ai entendu quatre heures sonner au clocher de Saint-Ambroise, mais c'était peut-être cinq. Et ça m'est totalement égal, je me réfugie dans le passé comme pour distendre le présent, en faire une bulle d'éternité, comme du temps de l'école quand j'avais ouvert les yeux juste avant que sonne le réveil.

Et aujourd'hui je fais la même chose pour empêcher l'aube de se lever. Un petit matin pluvieux, ce serait bien. J'aimerais qu'il pleuve enfin dans ce mois de novembre au goût de sueur et de poussière, qui marquera ma fin, celle de Stéphane Stankowiak, homme de peu de foi et de grande violence.

Antoine, qui est plutôt un lève-tard, un voluptueux des grasses matinées, avait l'habitude de citer je ne sais plus quel écrivain, Jules Renard peut-être, qui disait quelque chose du genre : « L'avenir appartient à ceux qui se lèvent tôt. La preuve, les exécutions capitales ont lieu à l'aube. »

Je soupire. Le *Journal* de Jules Renard, Antoine me l'a fait lire l'année où on a fait un carton aux municipales.

Quel temps faisait-il, tiens, en ce mois de juin triomphal ? Je devrais pourtant m'en souvenir. Un beau moment mais seulement un moment, à vrai dire, les victoires du Bloc Patriotique aux municipales. On gagne neuf villes, surtout dans le Grand Sud. La plus grande, c'est Lancrezanne. C'est un proche de Dorgelles, surnommé Haldol-Vodka au Bloc, qui devient maire. Un ivrogne dépressif, un temps conseiller au ministère de l'Industrie dans un gouvernement Messmer. Autant dire que ça remonte à loin. Très loin. Trop loin. Mais il est bien implanté localement. Et on ne veut pas voir qu'il est entouré d'une équipe de bras cassés.

Les autres villes sont prises par des burgosistes, dont une dans la banlieue de Nice par Louise Burgos elle-même. Elle a un peu disparu de la circulation, Louise Burgos, mais à l'époque elle était très médiatique. Une femme mince, élégante, un éternel chignon blond qui durcissait ses traits. Célibataire mais pas lesbienne. Et pourtant, on avait cherché. Elle avait un QI de 150 et la mégalomanie qui allait avec.

Louise Burgos, les médias disaient que c'était le nouveau visage du Bloc. Plus froid, plus technocratique, mais plus efficace. Avec ses copains des grandes écoles, dans les années 70, elle avait fondé un club de réflexion très influent, la fondation La Passerelle. On ne disait pas encore *think tank*.

Ils voulaient donner à la droite des idées moins molles. Ils avaient pris des places dans certains grands corps de l'État, dans des journaux de la droite classique. Ils repeignaient aux couleurs de la France des seventies des idées sur l'inégalité des races et des individus directement héritées d'Alexis Carrel. Antoine m'a bien expliqué. Pas étonnant que Louise Burgos et ses potes m'aient toujours regardé comme une merde lors des réunions du comité central. Ils voulaient construire une société où la hiérarchie se serait calquée sur les aptitudes biologiques de certains. Sans compter une hygiène raciale très stricte avec eugénisme et stérilisation. Ils auraient eu du boulot, du côté de Denain. Et pas seulement chez les bougnoules.

Malgré leurs allures bien propres, bien compétentes, Louise Burgos et ses petits copains de La Passerelle, ils ont bien vu que la droite classique, elle avait plutôt du mal à digérer ce genre d'idéologie. Alors ils sont arrivés en masse dans les instances dirigeantes du Bloc.

Dorgelles n'a pas voulu voir leurs ambitions, seulement qu'ils apportaient un crédit scientifique, technocratique au Bloc, un parti qui faisait encore quand même assez bande d'aventuriers nationalistes, d'illuminés catholiques, de royalistes en dissidence et autres amateurs de baroud sympathiquement courageux et batailleurs mais assez peu crédibles. Sans compter les mecs dans mon genre, des délinquants du *Lumpenproletariat*, comme elle disait, Louise Burgos, lors de certaines réunions où, si j'étais là, elle me fixait avec insistance.

N'empêche, cette différence, ce fossé entre la compétence du courant Louise Burgos et les bloquistes historiques, ça s'est bien senti avec ces municipales.

Au bout de six mois, même si la presse mettait toutes les mairies bloquistes dans le même sac, il était manifeste que Lancrezanne et Haldol-Vodka déconnaient complètement tandis que Louise Burgos obtenait des résultats très concrets et savait, contrairement à l'équipe lancrezannaise, faire parler d'elle en bien, sans provocation.

Dorgelles a envoyé Agnès et Antoine à Lancrezanne, pour voir s'ils ne pouvaient pas donner un coup de main. Bien sûr, j'étais du voyage. En plus, ça devenait une affaire de famille. L'adjoint aux finances, un banquier de Lancrezanne, Bruno Valargues, avait épousé Emma Dorgelles quelques mois avant l'élection. On avait espéré que ce type serait compétent, mais il était totalement alcoolique, lui aussi. Défoncé au Casanis à huit heures du matin, au bandol à midi et au Laphroaig le soir.

À Lancrezanne, quand Antoine a pris la mesure de la situation, il a cru devenir dingue.

C'était au moment des fêtes, il y avait des guirlandes partout en ville. Mais on n'a pas eu le temps de faire du shopping. C'était le bordel à tous les points de vue et la préfecture en rajoutait en bloquant tous les projets de la ville pour toutes les raisons possibles. On se retrouvait, par exemple, avec un tunnel routier qui devait désengorger la circulation entre l'Arsenal et le centre-ville et qui restait en chantier, faute de permis renouvelé. C'étaient des embouteillages hallucinants à toute heure du jour et de la nuit.

Les séances du conseil municipal, elles, tenaient de la foire d'empoigne. Les conseillers d'opposition ne voulaient plus siéger, mais ça n'empêchait pas les bloquistes élus de se détester entre eux et même parfois de se foutre sur la gueule pour la plus grande joie des localiers qui n'en manquaient pas une.

Haldol-Vodka et sa femme avaient aussi pris l'habitude, chaque vendredi soir, de faire défiler les jeunes du Bloc, tous en jeans impeccables et chemises blanches, sous le balcon de la mairie. Pour en rajouter encore dans la discrétion, le maire leur demandait de se munir d'une torche et d'un brassard frappé du Trident.

Il y avait eu des photos dans la presse, des reportages. Lancrezanne, ville fasciste. Répercussions désastreuses. On voyait Haldol-Vodka et sa femme qui saluaient, façon Perón et Evita, avec une coupe de champagne à la main, leurs jeunes troupes qui défilaient trois étages plus bas.

Évidemment, les SAAB leur tombaient une fois sur deux sur le râble et ça tournait au carnage pour les gamins. La police en avait marre de les séparer et intervenait de plus en plus lentement. J'étais déjà descendu deux ou trois fois avant avec des gros bras, mais je ne pouvais pas être toujours là.

Quand Dorgelles nous a envoyés sur place avec Agnès, à peu près dix-huit mois après l'arrivée de la municipalité bloquiste aux affaires, ça s'est accéléré. Il y avait déjà eu ce con de Martinez, qui s'était mutilé en faisant sauter une grenade dans son bureau mais, là, ça devenait beaucoup moins comique.

Au début, alors que j'avais pris une chambre à l'hôtel, Agnès et Antoine ont logé chez Emma et son mari. Une maison superbe près du Mont-Lancre avec vue sur la baie. Mais Valargues était toujours bourré et, se sentant sous surveillance, devenait de plus en plus agressif.

Le soir du réveillon du Nouvel An, où on m'avait invité, il a giflé Emma qui venait d'accoucher et il l'a menacée avec un tisonnier. Devant soixante personnes, dont Haldol-Vodka et madame, le gratin du Bloc local et quelques personnalités du monde économique qu'Antoine avait convaincues, non sans mal, de venir se montrer pour essayer de leur faire reprendre langue avec la municipalité.

J'ai vu Antoine, j'ai vu sa tête. La même qu'il a quand il monte à la baston contre des SAAB ou n'importe qui. Il a foutu un monumental coup de boule à son beau-frère qui a sombré dans le coaltar, le nez explosé. Inutile de préciser que ça s'est répandu à toute vitesse dans la ville. On ne parlait plus que du Nouvel An chez les Valargues et la rumeur n'a pas tardé à enfler, transformant la soirée en baston générale, voire en partouze qui avait mal tourné.

Ce con de Valargues a trouvé le moyen de rendre les choses encore plus catastrophiques en cherchant à étouffer l'info. Le surlendemain matin, il a envoyé des GPP locaux, aidés par des truands venus de tous les bas-fonds de la Côte, pour essayer de choper l'édition locale de *Sud Matin* quand elle est arrivée à l'aube chez les marchands de journaux et les kiosquiers. Évidemment des livreurs de la CGT ne se sont pas laissé faire.

Un truand a sorti son flingue et en abattu un, devant le kiosquier de l'Arsenal.

Scandale au carré. Valargues en garde à vue. Relâché dans l'attente d'un procès. Et Dorgelles qui hurlait à la mort en nous engueulant, Agnès, Antoine et moi, chaque soir au téléphone. Antoine avait évidemment quitté la villa avec Agnès et tous les deux s'étaient installés dans le trois-étoiles du cours Labourdette où j'avais pris ma chambre. Agnès était morte d'inquiétude pour sa sœur et Eudes, le bébé d'Emma.

Presque en face de notre hôtel, sur le cours Labourdette, il y avait un des meilleurs restaurants de poissons de la ville qui avait aménagé une cour intérieure en patio. Antoine a décidé d'inviter là Alexandre Dellarocca. Il m'a demandé de venir avec lui.

Officiellement, Alexandre Dellarocca n'était qu'adjoint à la culture mais, dans les faits, il était le seul avec Bruno Valargues à avoir, au moins en théorie, les compétences requises pour administrer une grande ville et c'est lui qui doublait le secrétaire de mairie, un fonctionnaire resté fidèle à l'ancienne majorité. D'habitude, les secrétaires de mairie partent quand la couleur de la municipalité change. Là, en fait, c'est le Bloc qui lui avait demandé de rester parce que les candidats ne se bousculaient pas au portillon pour le remplacer. On savait que c'était lui qui renseignait la préfecture, mais on en avait besoin pour expédier les affaires courantes.

Alexandre Dellarocca était un ancien militaire reconverti dans le livre ancien, un dandy cultivé, la cinquantaine grisonnante, les costumes impeccables. Au conseil municipal, il jouait plutôt le rôle d'élément modérateur. On pouvait peut-être compter sur lui pour sauver la mairie du naufrage. Il avait un passé royaliste et s'était beaucoup intéressé à la formation de la jeunesse nationaliste de Lancrezanne et de tout le Sud. Disons, pour être clair, que Dellarocca avait les mêmes méthodes que moi avec les garçons du groupe Delta, à Vernery.

Il était connu pour fréquenter aussi bien les boîtes et les saunas près de la gare que le théâtre lyrique de Lancrezanne. Antoine voulait le rencontrer en tête à tête, pour faire le point sur le bordel ambiant, que les conneries du mari d'Emma avaient encore aggravé. Voir ce qu'il en pensait exactement. Comprendre quel jeu il jouait ou même s'il jouait un jeu. Enfin bref, essayer avec ce mec à peu près sensé de sortir de cette mouise par un moyen ou un autre.

C'était un mardi de janvier. Je m'en souviens parce que je n'ai jamais vraiment aimé les mardis. C'est un mardi qu'on a repêché papa dans le canal et je crois bien que c'est un mardi que le Docteur a filmé Régis et le commando Excalibur en train de déchiqueter la gamine. J'ai gardé des superstitions à la con. Des superstitions de prolo.

Pendant que nous allions déjeuner avec Dellarocca, Agnès avait décidé d'aller voir comment ça se passait du côté de chez sa sœur, là-haut, dans la villa du Mont-Lancre. Elle se sentait inquiète pour Emma, pour le bébé, avec Bruno Valargues qui venait juste de sortir de garde à vue et restait placé sous contrôle judiciaire.

Pour le déjeuner, on a pu s'installer dans le patio. On y était à l'abri du vent et la température allait être agréable jusqu'à au moins trois heures par cette belle journée de janvier provençal. Dellarocca était sympathique, drôle, désabusé et parfaitement conscient de la situation. Devant nos poêlées de rougets des roches à la tapenade et le bandol blanc, il a réussi à ne pas se départir de son ironie pour nous expliquer que la situation était encore pire qu'il n'y paraissait et qu'il ne serait pas étonné que la préfecture mette la ville sous tutelle administrative, ce qui serait une catastrophe médiatique. Antoine a émis l'idée d'un coup de force au sein de la majorité municipale : pousser Haldol-Vodka à la démission et le remplacer par un bloquiste plus sûr, lui, Alexandre Dellarocca, par exemple.

— C'est une idée qui vient du Bunker ? a-t-il demandé, une idée de Dorgelles ?

Antoine a répondu que non, que c'était son analyse personnelle de la situation, que lui, Dellarocca, pouvait sauver la baraque en prenant le siège du maire. Dellarocca a souri courtoisement, a terminé la bouteille de bandol en la partageant entre nos trois verres.

— Même si je le voulais, même si par hasard je trouvais suffisamment de voix pour réussir un coup comme ça dans ce conseil municipal balkanisé et même si je suis le seul ou presque à savoir lire correctement un budget, il y aurait, voyez-vous, un obstacle. Quand on est poli, à Lancrezanne, on dit que je suis un dilettante cultivé mais dans les bistrots, autour du stade Jean-Giono ou de l'Arsenal, on dit que je suis une grosse tarlouze. Vous voyez, ce petit défaut, surtout dans une ville du Sud et surtout à l'extrême droite, il est rédhibitoire.

Un incident s'est produit à la fin du repas. Un type qu'on avait vu à la soirée du réveillon chez Bruno

Valargues et Emma, un chef d'entreprise dans le BTP, s'est approché de notre table et s'est adressé à Dellarocca. Il sentait le cognac à plein nez.

— Dellarocca, comme par hasard... Et à parler dans notre dos avec le Parisien, l'envoyé spécial du Bunker, et son chien de garde à gueule de tueur, là. Ça ne te suffit pas d'essayer d'enculer nos fils, salaud, il faut en plus que tu balances sur tes camarades locaux ?

Il s'est penché, renversant une bouteille vide de San Pellegrino avec son gros ventre et il a semblé vouloir porter la main sur Dellarocca. J'allais intervenir mais l'ancien soldat lui avait déjà saisi le poignet.

— Vous tenez vraiment à faire un scandale ici ? Vous y tenez vraiment ?

J'ai vu qu'il serait plus fort. L'autre blanchissait et, quand Dellarocca relâcha la pression, il s'en alla rapidement, suivi par des amis qui nous firent des mimiques gênées, surtout à moi, d'ailleurs, parce que j'avais pris ma gueule de psychopathe, mâchoires serrées et regard de chien fou.

— Vous voyez ce que je vous disais, monsieur Maynard, monsieur Stankowiak ? murmura Dellarocca à notre intention.

À ce moment-là, le portable d'Antoine sonna.

C'était l'époque des premiers téléphones de ce genre et Antoine s'excusa en sortant l'appareil qui déformait la poche de sa veste. La réception était mauvaise à l'intérieur du patio et il sortit sur le cours Labourdette pour enfin entendre correctement.

Quand il revint au bout de quelques minutes, il avait l'air décomposé. Il venait de parler avec Agnès.

Ça s'était très mal passé chez Emma. Le repas avait tourné au cauchemar. Bruno s'était montré de plus en plus violent, puis il avait giflé Agnès et, complètement bourré, venait d'emmener de force Emma dans son cabriolet Mercedes.

Je m'en voulus de ne pas avoir anticipé. J'avais été en dessous de tout : Agnès risquait bien plus là-haut avec l'ivrogne sous contrôle judiciaire qu'Antoine avec le charmant Dellarocca. Et là, maintenant, Agnès était seule et ne savait pas quoi faire. Elle avait le bébé sur les bras et il n'arrêtait pas de pleurer.

Antoine a dit : Est-ce qu'il faut appeler les flics ?

J'ai dit : T'affole pas, Antoine.

J'ai dit : On y va maintenant.

J'ai dit : Ça va s'arranger.

Évidemment, rien ne s'est arrangé et tout est arrivé en même temps.

Dellarocca nous a proposé son aide, mais on l'a remercié en lui disant que ce n'était pas la peine qu'il se mouille. Antoine a précisé qu'il préférait le garder en réserve pour la ville sans le mêler à ce qui menaçait d'être un merdier monumental. Dellarocca s'est éclipsé avec discrétion. J'aurais aimé ressembler à ce mec. Malgré son âge, il devait avoir moins de mal que moi à convaincre ses jeunes recrues d'aller au pieu. Il avait réglé l'addition, en plus.

On est allés récupérer Agnès et le bébé, et on est revenus à l'hôtel. Avec Antoine, tout l'après-midi, on a activé les GPP locaux et leurs contacts chez les flics pour chercher sans que ça fasse trop de bruit où pouvaient bien être passés Bruno et Emma.

Vers seize heures, un inspecteur sympathisant nous a prévenus sur le portable d'Antoine qu'on venait à l'instant de retrouver un cabriolet Mercedes complètement carbonisé au milieu d'une plantation d'oliviers, dans le nord du département. Emma était morte sur le coup.

On a foncé vers l'endroit. Je conduisais comme un

dingue la bagnole de location en laissant un peu plus de gomme sur l'asphalte à chaque tournant. Antoine me demandait quand même toutes les deux minutes d'aller plus vite. On a peut-être eu tort de se presser, pour ce que ça a servi. Quand on est arrivés sur les lieux, les pompiers finissaient juste leur boulot. On a eu le temps de voir le corps d'Emma. J'ai prié pour que tout le monde ne débarque pas à Lancrezanne avant qu'on ait pu un peu l'arranger. Ce n'était pas beau à voir. Brûlée vive. Antoine s'est mis à pleurer. J'ai demandé où était passé Bruno Valargues à un flic, un jeunot, blanc comme un linge, qui regardait la carcasse fracassée, encore fumante.

Cet enfoiré avait eu de la chance : il avait été éjecté de la voiture. On venait juste de l'emmener en observation au CHR de Lancrezanne. D'après le petit flic, il avait simplement quelques écorchures, plaies et bosses.

La nuit commençait à tomber et les oliviers sur le ciel qui noircissait m'ont aussi donné l'impression d'être brûlés.

Agnès est restée tétanisée, quand on lui a raconté, dans la chambre de l'hôtel. Elle n'a rien dit, elle s'est allongée sur le dos, elle a fermé les yeux.

C'est Antoine qui a prévenu le Vieux. J'ai voulu sortir mais je ne sais pas pourquoi Antoine m'a demandé de rester et a mis le haut-parleur.

Après qu'Antoine a expliqué, Dorgelles est resté silencieux. Longtemps. Très longtemps.

D'une voix presque normale, il a dit :

— Deux secondes, Antoine, ne quitte pas.

On a attendu. Antoine a regardé Agnès qui s'était progressivement recroquevillée sur le lit. On aurait dit qu'il avait du mal à la reconnaître. Elle était en position fœtale. On avait l'impression qu'elle voulait disparaître, occuper le moins de surface possible dans cet univers devenu cauchemardesque. On entendait bredouiller le bébé d'Emma dans son couffin.

Ça a été dans l'appareil, à nouveau, la voix de Dorgelles.

— J'arrive par l'avion de sept heures cinquante-huit. Je serai seulement avec Loux. Je ne veux pas de comité d'accueil, à part toi et Stanko. C'est compris ?

Antoine a dit oui.

Le lendemain matin, on est allés récupérer Dorgelles et Loux à l'aéroport. L'avion avait un peu de retard. Dorgelles a embrassé Antoine sans commentaire, m'a serré la main et a demandé où était la voiture. On est montés dedans, j'étais au volant, Loux à côté, Dorgelles et Antoine à l'arrière.

On dit quoi à un père qui vient de perdre sa fille et qui n'a pas l'air de vouloir en parler ?

— Stanko, tu nous emmènes directement au CHR, s'il te plaît.

On a roulé dans le silence.

— La lumière est très belle, par ici, non ? Vous verriez à Paris. C'est gris, pluvieux…

Ce fut la seule parole que Dorgelles prononça jusqu'à ce que je me gare dans le parking du CHR.

Ensuite, il a eu un bref entretien avec des médecins et, à notre grande surprise, il a demandé à voir son gendre, Bruno, dont le taux d'alcoolémie était de plus de deux grammes au moment de l'accident.

On est entrés à quatre dans la chambre. Bruno dormait. Il était relié à une perfusion et à un moniteur. Dorgelles a tiré une chaise près du lit et il a secoué doucement l'épaule de son gendre, avec une voix calme et assez terrifiante parce qu'elle lui était complètement inhabituelle.

— Bruno, Bruno, mon petit, allez, ouvre les yeux.

Valargues s'est enfin réveillé, a vu le visage de Dorgelles, a compris et a voulu appeler l'infirmière. Dorgelles l'en a empêché en lui enserrant l'avant-bras dans sa main artificielle.

— Ne t'inquiète pas, mon petit Bruno. Je ne te veux pas de mal. Pas tout de suite, en tout cas. Au contraire. Je veux que tu te rétablisses, tu comprends, je veux que tu sois en parfaite santé quand tu sortiras. Pour que Stanko que tu vois là, allez, dis bonjour à Stanko, ou un autre, puisse s'occuper de toi. Tu as tué Emma, comprends-tu, tu feras peut-être de la prison, peut-être même pas, mais ça, vois-tu, de toute façon, ça ne me suffit pas. Je veux que tu meures. Et je veux que tu aies mal en mourant comme j'ai mal, moi, là, maintenant.

Bruno a eu les yeux qui se sont emplis de larmes. Dorgelles s'est levé et lui a craché à la figure.

Nous avons ensuite quitté l'hôpital, dans le même silence. J'ai été soulagé de voir qu'il n'y avait pas de journalistes à la sortie.

— J'ai un vol pour Paris à douze heures trente, a dit Dorgelles. Je repars avec Loux. Stanko, Antoine, vous restez pour les formalités et vous revenez à Paris. D'accord ?

Comme si ça ne suffisait pas, c'est dans la même journée qu'on a appris la mort dans des conditions très suspectes de Dellarocca. L'ancien officier, l'élégant adjoint à la culture, avait été renversé par un chauffard juste devant son domicile du cours Labourdette, à seulement quelques numéros du restaurant où nous avions déjeuné la veille.

J'ai laissé Antoine avec Agnès et le bébé.

Je suis retourné à la pêche aux renseignements.

J'ai pris du speed.

Je me suis aperçu que je n'avais pas dormi depuis deux jours.

Les flics ne savaient pas trop, n'arrivaient pas à se faire une idée. On avait vu Dellarocca faire un tour au principal sauna de la ville, l'Anesthéia, puis boire, mais pas excessivement, dans une boîte gay où il avait ses habitudes. Il était sorti avec un jeune type que personne ne connaissait dans le milieu homo lancrezannais.

Après on perdait sa trace jusqu'à ce que la concierge entende le bruit d'un moteur en surrégime puis un hurlement juste devant sa loge à trois heures du matin et prévienne police secours.

Dellarocca avait été tué sur le coup. Et la voiture avait fait marche arrière pour lui repasser sur le corps. On pouvait penser que le chauffard avait eu la trouille d'être identifié si Dellarocca avait survécu.

On pouvait aussi penser que c'était tout sauf un chauffard.

Quand j'ai raconté ça à Antoine et Agnès, Antoine, comme moi, n'a pas pu s'empêcher de penser à l'incident de la veille, au restaurant. Mais on est tombés d'accord, avec Antoine et Agnès, sur le fait que ce n'était pas la peine d'en rajouter.

Ça sonne une demi-heure à Saint-Ambroise, je m'étire en bâillant : même quinze ans après, j'ai encore la sensation poisseuse du désespoir qu'on ressentait tous, et l'atmosphère de cette piaule n'arrange rien.

Bruno Valargues s'est sauvé du CHR le lendemain. Et il a disparu. Complètement. Il a laissé sa villa, son fils, ses comptes en banque, à part tout ce qu'il a pu retirer avec la carte qu'il avait sur lui au moment de son hospitalisation. Moins de quinze mille francs de l'époque.

Quand Dorgelles a appris ça, il m'a dit :

— Stanko, prends le temps qu'il faut, l'argent qu'il faut, mais je veux que tu le retrouves et je veux qu'il meure.

On se promenait dans le jardin de la maison de Saint-Germain-en-Laye sous une pluie très fine. Le col de l'imper de Dorgelles était mal mis. Je l'ai rajusté très doucement. Et j'ai dit :

— Je vous le promets, Président.

J'ai réfléchi et j'ai eu une putain d'intuition. Un banquier, ça ne sait rien faire et ça n'a pas d'amis. S'il voulait vraiment disparaître, il devait vivre complètement en marge, sans contact avec aucun organisme officiel où on aurait pu lui demander une identité et donc où il aurait laissé une trace. S'il voulait quitter la France, pareil. Et les flics le recherchaient aussi. Comme il était trop gros pour la Légion étrangère, il lui restait les hôtels minables puis, quand sa réserve de fric serait épuisée, les abris pour SDF.

Dans les semaines qui ont suivi, j'ai fait circuler sa photo dans toute la France auprès des responsables GPP et des militants de confiance, en leur demandant de bien regarder de ce côté-là et, s'ils trouvaient quelque chose de ressemblant, de me prévenir personnellement : c'était moi, Stankowiak, spécialement missionné par Dorgelles qui m'occupais de cette affaire.

Ce qu'il faut bien comprendre, c'est que les seuls vrais invisibles, dans notre société, ce sont les sans-abri. Finalement, si on tient à la vie plus qu'à tout, même dans ces conditions, ce n'était pas forcément un mauvais calcul de la part de Valargues qui savait que Dorgelles n'aurait aucune pitié. Après plusieurs fausses alertes, un an plus tard, Valargues a été signalé, mendiant près de la gare de Metz.

J'ai débarqué depuis la gare de l'Est par un train

incroyablement lent qui m'a fait voir un pays morne fait pour les invasions et les massacres. J'ai été accueilli à l'arrivée par un mignon militant du Bloc-Jeunesse, désireux de bien faire, qui m'a montré où se regroupaient les SDF. Je l'ai reconnu, Valargues, entre les punks à chiens et les clodos, mais je ne suis pas certain que cela ait été réciproque : on devient vite une ruine dans la rue. J'ai congédié le militant qui a eu l'air désolé de ne pas pouvoir mieux faire et j'ai eu un regard de regret sur son petit cul moulé dans un pantalon de toile beige.

Je suis allé traîner chez les skins locaux, je sais toujours comment les trouver et je sais toujours leur parler : j'ai été des leurs. Et, d'une certaine manière, je le serai pour l'éternité. J'ai arrosé tout le monde avec de la bière et des amphétamines dans une cave du côté de Woippy. Il y avait les habituels posters de groupes RIF et autres conneries SS sur les murs crasseux.

Toujours est-il que le lendemain, du côté des hangars de la gare de triage de Woippy, on a retrouvé le corps d'un SDF brûlé vif. Comme celui d'Emma dans le cabriolet, à Brignoles. J'ai supervisé moi-même la cérémonie. Parce que les petits cons, je ne suis pas sûr qu'ils auraient pensé à broyer la mâchoire, si par hasard la police avait cherché un peu sérieusement à identifier Valargues avec son empreinte dentaire.

En même temps, pour aller faire le lien à un an d'intervalle entre un banquier lancrezannais déclaré disparu sans laisser d'adresse et un SDF messin cramé...

Qui sentait encore plus mauvais que le mafé poisson dans cette turne où j'étouffe de plus en plus, avec l'impression que les fantômes des uns et des autres se sont tous donné rendez-vous cette nuit, ici, pour me dire à bientôt, Stanko, à bientôt.

On n'attend plus que toi...

13

On sonne, on sonne alors que la nuit vient de basculer de l'autre côté du temps et entame sa pente douce vers l'aube. Il y a beau avoir des émeutes partout ; il y a beau avoir Stanko, seul, traqué dans la ville ; il y a beau avoir du côté de Versailles, au pavillon de la Lanterne, des négociations interminables entre le gouvernement aux abois et le Bloc aux aguets ; il y a beau avoir Agnès, Ströbel, les conseillers et Loux à l'arrière-plan et, en face, le secrétaire général de l'Élysée, le ministre de l'Intérieur, ce salaud de préfet Marlin et encore plus de conseillers ; il y a beau avoir, à Saint-Germain-en-Laye, un vieil homme qui espère son triomphe et qui, tu en es certain, lui non plus ne dort pas et regarde le feu dans une cheminée en marbre, à boire un bas armagnac XO ; il y a beau avoir dans les salles de rédaction, devant des ordinateurs et des murs d'écrans, des journalistes français ou des correspondants étrangers qui d'un œil surveillent les affrontements qui ne cessent plus dans les banlieues et de l'autre attendent que tombe un éventuel communiqué sur l'entrée massive du Bloc Patriotique dans les ministères, parce que, malgré tout, la rumeur se fait de plus en plus insistante et les micros-trottoirs de plus en plus favorables, il y a beau avoir ta mémoire qui ne veut plus s'arrêter, pleine de bruit et de fureur, de mort, d'amour et de folie ; il y a beau avoir tout cela, il n'empêche que la nuit ne s'écoule pas plus vite pour autant. Qu'elle prend son temps. Qu'elle prend *ton* temps...

On sonne et tu penses Agnès.

Mais non, elle avait promis de te prévenir dès qu'elle quitterait la Lanterne et si, pour une raison ou une autre, elle n'avait pas pu le faire, ce serait Loux qui s'en serait chargé, conduisant la C6 et utilisant son kit mains libres pendant qu'Agnès sommeillerait sur la banquette arrière, relâchant toute sa tension d'un seul coup ou alors obligée, encore, de répondre à un conseiller ou à un membre du bureau exécutif pour donner d'ultimes précisions, d'ultimes éclaircissements.

On sonne et tu penses Stanko.

Mais non, il n'est pas fou. C'est le dernier endroit où il viendrait. Il ne peut plus avoir confiance en toi, de toute façon. Il sait forcément que tu n'as pas mis de veto, que tu n'as pas eu ce courage, misant sur le fait qu'il s'en tirerait. Qu'il s'en est toujours tiré. À Denain, chez les skins, à Coët, chez les paras, aux GPP... Tu aimerais que ce soit lui, finalement, qui sonne. Là, tu serais prêt à tout renier pour lui, pour le sauver, ton petit mec.

On sonne et tu penses ni Agnès ni Stanko. Ils ont le code du parking souterrain et celui de l'ascenseur intérieur qui arrive dans l'entrée de l'appartement. C'est quelqu'un qui a le code de la première porte mais pas celui de la seconde.

Tu vas dans l'entrée. Tu as l'impression que le buste du Duce te suit du regard. Tu décroches le téléphone, ce qui allume l'écran branché à la caméra extérieure. Image haute définition et tu reconnais le visage éclairé par la lampe au-dessus de la porte cochère qui se déclenche automatiquement, cinq étages plus bas.

Ravenne.

Seul.

Le nouveau chef du groupe Delta.

Et ce qui était une vague intuition devient maintenant une certitude, c'est bien à lui que l'on avait confié la chasse à Stanko pour complaire à Marlin. Qui avait pris la décision ? Le Vieux, Agnès, Loux ? Quelle importance, finalement, tout le monde avait dû se justifier en se disant que cette option serait la meilleure : efficace parce qu'elle ne laissait pratiquement aucune chance à Stanko et presque humaine puisque ça irait très vite, du fait même de cette efficacité.

Ravenne.

La nuit de Ravenne. Ha. Ha. Tu penses, sans trop savoir pourquoi à Molène. Tu n'es pas sûr du tout qu'il aurait aimé ce type d'homme. Les hommes du monde d'après, du Bloc d'après, celui qui va arriver au pouvoir, celui qui va être présentable.

C'était bien la peine de s'être fatigué à vaincre les burgosistes après la scission et à les traquer dans les années qui suivirent pour en arriver au même point. Des robots tueurs, des technocrates rationnels. Le côté foutraque, romanesque du Bloc, c'est terminé puisque vous êtes sur le point d'arriver au pouvoir et que, le pouvoir, c'est sérieux.

Agnès le sait.

Tu le sais.

Des mecs comme Ravenne le savent. Il n'y avait guère que Stanko qui ne le savait pas et les vieux guerriers comme Molène qui n'auraient pas voulu le savoir.

Ravenne regarde la caméra. Il sait que tu le regardes. Il ne s'humiliera pas à sonner une seconde fois. Tu es certain que cet enculé vient t'annoncer la mort de Stanko. Tu vas peut-être lui casser la gueule, si c'est le cas.

Il est en bien meilleure condition physique que toi mais tu auras pour toi la surprise, la colère et la surcharge pondérale.

— Oui ?

— Monsieur Maynard ?

— Oui...

— C'est Ravenne, je peux monter ?

— Je vous en prie.

Tu attends. Depuis le temps que tu vis ici, et finalement tu y auras été heureux, tu sais d'instinct quand l'ascenseur arrivera et tu ouvres la porte juste avant que Ravenne ne s'apprête à frapper, histoire de le déstabiliser un peu.

Il lui en faut davantage.

D'ailleurs, tu n'as pas le temps de réagir quand il te balance un direct au foie, te pousse du pied et que tu te retrouves sur le flanc, à contempler la marqueterie du parquet en gros plan alors qu'il referme la porte derrière lui.

Tu regrettes l'époque glorieuse où tu avais une ceinture abdominale digne de ce nom qui te permettait de faire le coup de poing à Rouen, les marches commando de ta PMS ou même une charge avec les GPP comme celle du Mont-Lancre.

Là, tu recherches désespérément un souffle d'air et le moyen de ne pas laisser le voile noir sur tes yeux gagner en épaisseur.

Cet enfoiré de Ravenne doit être bien sûr de son coup ou complètement à la masse pour se permettre une telle entrée en matière avec le prince consort, le mari d'Agnès Dorgelles, la présidente du Bloc.

Tu penches assez vite pour la seconde solution quand Ravenne s'agenouille près de toi et applique sur ta tempe le canon d'un Glock tout en mettant un doigt sur sa bouche.

Il chuchote :

— On ne fait pas de bruit, monsieur Maynard. On répond juste par oui ou par non en bougeant la tête. Stanko est ici ?

— Allez vous faire mettre, Ravenne.

Il te donne un coup du canon de Glock sur l'arcade sourcilière. Tu sens quelque chose qui se fend et du sang commence à t'aveugler.

— Est-ce que Stanko est ici ?

— Ça va vous coûter cher, Ravenne. Très cher. Non, il n'est pas ici. Et j'en déduis que vous n'avez pas été foutu de l'avoir et qu'il vous a bien entubé. Putain, mon vieux, vous pouvez vous chercher un boulot demain. D'abord parce que vous n'êtes pas capable d'accomplir une mission pour le Bloc alors que vous devez avoir l'aide de Marlin, ensuite parce que vous venez de foutre sur la gueule d'un futur secrétaire d'État.

Comme tu ne crois pas toi-même à ce que tu viens de dire, tellement cela te semble absurde, tu te mets à rire malgré les douleurs que cela te déclenche dans l'abdomen.

Le sang qui dégouline de ton arcade sourcilière tache ta chemise Brooks blanc cassé et tu en éprouves une vive contrariété qui stoppe aussi vite ton envie de rire.

D'ailleurs, Ravenne ne rit pas non plus.

— Je fais ça dans l'intérêt supérieur du Bloc, monsieur Maynard. N'y voyez rien de personnel. Il arrive que les prétoriens soient parfois obligés de protéger l'impératrice d'elle-même et de ses proches.

— Qu'est-ce que vous avez tous, au GPP, avec l'Antiquité, merde ? Stanko, c'est les Spartiates et vous les Romains... Vous êtes censés être des hommes de main, bordel, des fascistes à front de taureau, pas des profs de lettres classiques…

— Et puis si vous deviez parvenir à convaincre le bureau exécutif de mon incompétence, je vous rappelle que j'ai quelque part sur une clef USB le nom des membres des instances dirigeantes du Bloc qui ont eu recours à mes services pour se défoncer. Votre nom y figure, si je ne m'abuse. Ça ferait mauvais genre, au moment où le Bloc arrive au pouvoir sur une image de propreté et d'honnêteté. Il n'y a pas que les mains qui sont blanches, chez certains d'entre vous, il y a les narines aussi.

— Alors là, je préfère, ça vous correspond mieux. Ce n'est plus le genre vertueux antique, c'est l'homme d'affaires avisé et la pute libérale qui parlent d'une même voix… Donnant donnant, la morale des salauds.

— Ou de l'ancien militaire qui cherche simplement à assurer ses arrières par des précautions tactiques élémentaires. Je vous aide à vous relever ?

Ce qu'il fait, sans se montrer surpris par ton poids.

— Vous m'avez fait mal, Ravenne. Et vous m'avez flingué une Brooks…

— Vous m'en voyez désolé. Vous devriez aller vous soigner l'arcade sourcilière. L'hémorragie est très impressionnante mais cela reste une blessure très superficielle, vous savez… Sans aucun danger. Vous devriez néanmoins désinfecter et mettre un pansement.

— Je sais, Ravenne, c'est toujours ce qu'on dit. Il n'empêche que ça fait un mal de chien. Si je vais dans la salle de bains, je présume que vous allez en profiter pour fouiller l'appartement…

Il te sourit.

Tu lui exploserais bien la tronche.

Dans la salle de bains, tu nettoies ton arcade avec un

coton tige imbibé d'alcool à 90 parce que tu n'as pas envie de réapparaître devant Ravenne avec du mercurochrome et, de toute façon, tu n'es pas une gonzesse, pas vrai ? Mais quand tu appliques le liquide tu grognes de douleur, tu balances un coup de pied dans la poubelle de bain, et tu as encore plus envie de cogner Ravenne.

Tu retires ta chemise, tu regardes ton torse glabre et gras, presque enfantin qui contraste avec ta gueule de quinqua imminent et tu te demandes, dans un bref instant de désespoir, comment tu peux encore plaire à Agnès.

Tu tâtes ton ventre des deux mains. C'est douloureux mais pas trop. On ne voit aucune trace. Ces enculés d'anciens des forces spéciales savent cogner. Les talibans prisonniers, ça ne devait pas être la fête tous les jours.

L'autre con peut toujours fouiller, tu décides de prendre une douche et, encore une fois, un miroir te renvoie une silhouette ventrue qui te fait un profil grassouillet de notable. Et, va savoir pourquoi, alors que l'eau tiède te dénoue les muscles, calme la douleur et prend brièvement une teinte rosacée, tu songes à ta première douche prise avec Agnès.

Avril, mitan des années 80, ce sont les vacances de Pâques, vous venez de passer votre première nuit ensemble dans la grande chaumière glacée de Sainte-Croix-Jugan. Tu ne te doutes pas du nombre d'étés que tu y passeras par la suite. Tu as déjà raté l'appel du matin à Coët. Il te faudrait la matinée pour y aller, même avec la 205 d'Agnès.

Agnès. Agnès. Agnès.

Tout a commencé quand l'agrégé de grammaire, celui qui avait été de la sortie *Masculin-Féminin*, t'a proposé, le vendredi en début d'après-midi, un week-end dans l'appartement de sa grand-mère, à Saint-Malo intra-muros. La vieille dame était partie réchauffer ses os sous des températures plus aimables et avait laissé les clefs à son petit-fils. Vous auriez bien emmené Stanko, mais il était au trou, toujours les mêmes embrouilles avec son adjudant sadique.

Vous êtes arrivés sous une pluie battante à Saint-Malo dans une 4L dont la capote fuyait. Cela ne vous avait pas empêché de parler de cinéma et de littérature, de l'enseignement que vous n'aviez envie d'exercer ni l'un ni l'autre, parce que vous aviez goûté tous les deux, avant votre incorporation, à une année de professorat, lui dans un lycée de la région parisienne et toi dans un collège de ZEP, rive gauche à Rouen, au Grand-Quevilly.

Ce n'était déjà pas facile, personne ne te parlait car tout le monde savait que tu étais bloquiste. Un syndicaliste t'avait pris en grippe, guettant le moindre dérapage raciste de ta part avec tes classes peuplées à 80 % de mômes d'origine étrangère, arabe ou africaine pour la plupart. Il enrageait parce que ça se passait plutôt pas mal avec eux et il a enragé encore plus le jour où tu t'es aperçu qu'une des élèves d'une sixième dont il était prof principal était rackettée.

Tu l'avais signalé à l'administration et le grand syndicaliste antifasciste avait eu le droit à une remarque acerbe de la part du chef d'établissement, du genre : « Plutôt que de faire de la surveillance idéologique avec vos collègues, vous feriez mieux de prêter davantage attention à vos élèves. Ce n'est tout de même pas à un enseignant débutant de voir ce genre de chose en premier. »

Tu avais été étonné. C'était un socialiste bon teint, ce principal, et le climat en France était assez tendu idéologiquement. Sallivert avait fait ses premiers scores électoraux dans une municipale partielle, à Verville, quelque part entre Chartres et Rouen, on commençait à considérer le Bloc comme une menace pour la démocratie, d'autant plus que la droite classique semblait prête à des alliances. Sans compter la gauche qui mobilisait pour l'école laïque... Ce devait être un principal *old school*, un républicain qui avait sûrement fait ses premières crises d'apoplexie quand, quelques années plus tard, des gamines voilées allaient se présenter aux grilles de son collège. Si ça se trouve, s'il vivait encore aujourd'hui, il votait pour vous ou militait dans une de ces associations cryptobloquiste de défense de la laïcité où l'on détournait assez habilement le concept pour s'en servir d'arme de guerre anti-*muzz*. Des gens croyaient défendre Jules Ferry et se trouvaient à partager des apéros républicains, avec pinard et saucisson, dans des quartiers prétendument islamisés, sous protection des flics. Ce genre de provocations, si elles n'étaient évidemment pas à l'origine des émeutes actuelles, avaient malgré tout, à leur niveau, contribué à créer ce climat délétère qui avait permis depuis août le déchaînement de la violence dans tout le pays.

Tu n'avais pas un mauvais souvenir, malgré tout, de cette année. Tu trouvais une espèce de paix à t'abstraire quand tu faisais cours, un soulagement à calmer tes démons. À l'extérieur, tu ne militais presque plus, tu évitais les bastons et tu animais de loin en loin une session de formation. Versini te disait :

— On te perd, Maynard, on te perd. C'est dommage, c'est justement maintenant que le Bloc émerge.

Il avait peut-être raison mais ton bonheur était ailleurs. Tu n'aimais rien comme rentrer dans ton petit appartement de la rue des Maillots-Sarrazin — dès ta première paie, tu avais quitté sans regret tes parents et tes deux frères —, corriger tes copies, regarder des séries américaines en plein après-midi si tu n'avais pas cours, te faire à manger, lire et essayer d'écrire. Des poèmes, des ébauches de romans. Tu étais à deux pas, aussi, du clos Saint-Marc, là où tu avais pris goût aux éditions originales fascinantes et à la littérature noire. La salle Lionel-Terray avait été détruite et la place aménagée dans ce goût néo-Baltard qui allait uniformiser tant de villes françaises en ces années-là, mais le samedi tu retrouvais quand même, un peu vieillis, les bouquinistes de tes quinze ans.

Tu avais l'impression, enfin, que la bête en toi n'avait plus besoin de manger et tu t'aperçus que tu avais déjà eu une vie bien violente pour un jeune homme qui n'avait pas vingt-cinq ans.

Il te vint à l'idée que, peut-être, la vie pouvait ressembler à quelque chose de simple, presque de modeste. Même le sexe ne te manquait pas. Paola Versini savait être accueillante si vraiment des humeurs te perturbaient trop de ce côté-là.

Tu penses souvent à cette période, mi-ironiquement mi-sérieusement, comme ayant été celle où tu as frôlé la sainteté.

Cela n'aurait pas été si mal, d'être un saint, finalement...

L'agrégé de grammaire qui conduisait héroïquement sous la pluie, en écoutant *Eye in the Sky* d'Alan Parsons Project, s'étonnait que tu sois d'extrême droite mais ne semblait pas plus énervé que ça. Il avait même rigolé quand tu lui avais dit que deux catastrophes personnelles t'étaient arrivées en mai 81 : Mitterrand avait été élu et tu avais raté Normale Sup. Il se déclarait socialiste, lui, comme à peu près tous les profs. Tu étais sûr que, dans d'autres circonstances que le service militaire, il ne t'aurait pas adressé la parole, mais l'uniforme a cet avantage paradoxal qu'il rend tolérant ceux qui le portent au même moment que vous et qui vivent la même vie pendant une petite année. Comme une parenthèse, une suspension du jugement, le temps d'apprendre à marcher au pas, de démonter et remonter un Famas, de filer quelques cours et de prendre quelques cuites. Tout ça ensemble.

Quand vous êtes arrivés à Saint-Malo, dans l'appartement de la grand-mère, vous vous êtes aperçus qu'il n'y avait ni chauffage, ni électricité, ni eau chaude, que la grand-mère était injoignable et qu'il n'y avait aucun voisin pour vous renseigner.

Vous avez donc fait ce que font deux types jeunes et en bonne santé : la tournée des bars, dans l'intention avouée de vous saouler jusqu'au point où rentrer dans l'appartement glacé, dont la vue sur le Grand Bé était le seul agrément, vous serait devenu indifférent. On verrait bien le lendemain. De toute manière, c'était un vendredi soir. Rennais et Parisiens arrivaient pour le week-end ou les vacances, et tout était ouvert.

Est-ce l'intuition que quelque chose de merveilleux allait t'arriver dans cette ville qui sentait le grand large, mais tu n'éprouvas pas tellement l'envie de boire. Quand l'agrégé de grammaire commandait une troisième bouteille de muscadet pour terminer le plateau de fruits de mer à La Duchesse Anne, tu n'en buvais que quelques verres, et quand il prit trois cognacs pour faire passer le kouign-amann, tu ne terminas même pas le seul que tu avais demandé. Tu perdis ton pote grammairien définitivement dans un pub de la rue du Chat-Qui-Danse, quand il s'endormit à sa septième pinte de Guinness, sur la table, au milieu de Québécoises que vous aviez mollement draguées.

Tu le quittas, tu le retrouverais bien et, si ce n'était pas le cas, tu t'offrirais une nuit d'hôtel.

La pluie avait cessé de tomber mais la nuit était là.

Cette insouciance, cette légèreté, cette absence de poids sur le plexus que tu ressentais sans savoir pourquoi, c'était déjà Agnès. Elle n'allait pas tarder à arriver, tu ne le savais pas mais elle allait faire son entrée dans quelques heures à peine. Tu t'es souvenu, seul dans Saint-Malo, du début d'*Aurélien*, pas la phrase sur Bérénice, non, mais le moment où le héros est tout à son bonheur triste de démobilisé, dans une disponibilité légèrement inquiète, à se réciter en boucle un vers de Racine :

Je demeurai longtemps errant dans Césarée.

Saint-Malo était ta Césarée, ce soir-là, et tu fis plusieurs fois le tour des remparts, surplombant d'un côté la foule rieuse des rues illuminées tandis que, de l'autre, la nuit t'enveloppait, seulement limitée par les lumières de Dinard au loin et deux ou trois autres isolées, presque émouvantes, sur l'île de Cézembre dont on distinguait à peine la silhouette allongée.

— Antoine, qu'est-ce que vous faites là ?

C'était Versini, Charles Versini, habillé dans le plus pur style BCBG à la mer, c'est-à-dire entièrement en Saint-James, tout comme sa femme que tu n'avais que rarement rencontrée.

— Je suis en permission, Charles. Jusqu'à lundi matin. J'ai perdu un compagnon de boisson en route.

— Nous sommes en week-end, pour notre part. Venez donc avec nous, nous allons dans une boîte très amusante, près de Cancale, tenue par une ancienne idole yé-yé des années 60, Teddy et ses lanciers. Vous qui êtes un spécialiste, ça vous dit quelque chose ?

— Vaguement...

— C'est un sympathisant de la cause, en plus. Sa boîte a un décor à base de menhirs, un peu ridicule, mais on s'y amuse bien. Et puis tenez, ça va peut-être vous réconcilier avec le Bloc : je crois bien que deux des enfants de Roland Dorgelles seront là. Éric est resté à Paris. Mais il y aura Emma et Agnès, c'est certain. Elles révisent leurs examens dans la chaumière de Dorgelles, à Sainte-Croix-Jugan.

— Ça fait une trotte, Cancale - Sainte-Croix-Jugan, pour faire la fête !

— Je ne sais pas, ce n'est pas ce qui arrête les filles Dorgelles quand elles ont envie de s'amuser, vous savez. Et puis elles ont prévu de rester dormir ici, dans notre petit appartement de Paramé. Alors, vous venez ?

Il était heureux de te montrer son intimité avec les plus hautes instances du Bloc, l'air de dire que, si tu revenais, avec lui, tu ne jouerais pas le mauvais cheval.

— Je ne suis pas brouillé avec le Bloc, Charles...

— Distant, disons. C'est ça, vous êtes devenu distant. Je vous ai connu... beaucoup plus... tête brûlée, non ?

Le fantôme de Brou passa dans la nuit d'avril.

— Ça reviendra, Charles, ça reviendra. On y va dans votre boîte ? Surtout si on passe du yé-yé et du doo wop...

— Oui, vous verrez, Teddy chante lui-même de temps en temps. Ça s'appelle Le Moustoir. Dites, vous m'avez l'air encore assez frais. Vous ne voulez pas conduire ? Ce sera plus prudent, n'est-ce pas, chérie ? dit-il à sa femme.

Et tu te retrouvas à conduire une Autobianchi Abarth, beaucoup trop puissante pour sa carcasse de mouche anorexique. C'est fou ce qu'il y eut comme petites italiennes casse-gueule au milieu des années 80.

Au Moustoir, sur une piste qui rappelait vaguement Stonehenge, des jeunes gens propres sur eux, avec des pulls marine sur les épaules, dansaient un madison interprété par Teddy et ses lanciers, le groupe lui-même se trouvant juché sur une scène qui imitait un tumulus.

L'atmosphère était totalement kitsch, voire ringarde, et pourtant très gaie. Ou c'est toi qui te sentais très gai, d'une gaieté sans emploi, inexplicable.

Tu t'installas avec le couple Versini à un dolmen en carton, assis sur des tabourets inconfortables, dans le genre faux médiéval. Teddy avait renvoyé ses lanciers et annonça un hommage à son grand ami Alain Barrière, qui lui-même avait une boîte, le Stirwen, à l'autre bout de cette chère Bretagne, dans le Morbihan, et qu'il souhaitait qu'un pont musical unisse les deux lieux dans la nuit et le temps. Teddy avait une bonne bouille de pied-noir et l'accent qui allait avec, mais, après tout, il avait le droit de se sentir breton. Tout le monde pouvait être breton, finalement, même un ancien Constantinois yé-yé d'extrême droite.

Grand seigneur, Versini commanda un mauvais champagne hors de prix, comme toujours dans les boîtes de nuit.

— Pour fêter nos retrouvailles et j'espère aussi les vôtres avec le Bloc Patriotique.

On trinqua, tu tournas machinalement la tête alors que Teddy entonnait avec l'accent de Constantine *C'est ma vie*, et tu souris encore cette nuit, sous la douche, alors que le nouveau chef des GPP traîne chez toi et regarde sous les lits, oui, tu souris encore à l'idée que l'hymne de votre amour avec Agnès soit aujourd'hui encore cette chanson vraiment *too much*, même à l'époque.

Ma vie
J'en ai lu des toujours
Ma vie
J'en ai vu de beaux jours
Je sais
Et j'y reviens toujours
Ma vie
Je crois trop en l'amour.

Oui, tu tournas la tête et tu la vis, enfin, Agnès.

Elle était grande, brune, souriante, l'air d'une adolescente poussée en graine. Elle avait un pull en cachemire bleu marine à même la peau, et ce détail t'avait ridiculement troublé. Elle avait les yeux cernés. Agnès fatiguée, et pourtant incroyablement jeune, présente. Définitivement présente.

— Hello, Agnès, viens nous rejoindre ! La route a été bonne depuis Sainte-Croix-Jugan ? Je te présente Antoine Maynard. Tu es toute seule ? Où est Emma ?

— Bonsoir tout le monde ! Emma n'est pas là, elle a préféré rester à Paris avec Éric. Elle trouve Sainte-Croix-Jugan trop froid pour réviser.

Elle avait les cheveux sagement coiffés en arrière, noués par un chouchou. Mais des mèches s'échappaient ici et là, adoucissant encore le visage mat. Elle plongea des yeux noisette dans les tiens. Elle n'avait pas vingt ans et ne sut pas plus que toi cacher le trouble brutal qui s'empara d'elle, au point que son regard marqua un instant presque de la peur.

— On ne se serait pas déjà vus, par hasard ? te demanda-t-elle.

Des années après, vous riez toujours de cette phrase cliché.

— Mais comprends-moi, te dit Agnès, les coups de

foudre, je pensais vraiment que ce n'était que dans les livres. J'ai eu réellement peur. C'était comme si quelque chose de définitif, d'irréversible me tombait dessus. Il m'était arrivé, pas si souvent que ça d'ailleurs, de trouver des garçons pas mal, de jouer avec eux toutes les étapes obligées avant de passer au lit, avec un délai de décence pour éviter de passer pour une saute-au-paf. Et puis je me méfiais toujours. Être la fille de Dorgelles, tu sais, c'est du lourd. On t'insulte, on t'agresse parfois, mais je voulais aussi pouvoir prendre le risque des rencontres et il fallait que j'insiste pour ne plus avoir Loux ou Molène qui vienne me chercher au lycée. Je suis certaine d'ailleurs, sans l'avoir repéré, qu'il y avait ce soir-là au Moustoir, en plus de Versini et de sa femme, un de nos honorables correspondants locaux des GPP qui gardait un œil sur moi. En tout cas, il ne nous a pas embêtés. Il a dû être furieux de se farcir cent soixante bornes depuis Sainte-Croix-Jugan à me suivre dans ma 205. Même moi, je trouvais ça absurde de me taper tant de route pour aller danser avec Versini et ses amis. J'ai hésité. Et puis j'y suis allée quand même…

Versini, qui n'était pas du genre romantique, te raconta plus tard qu'il avait eu l'impression d'un changement d'atmosphère palpable autour de vous, que vous n'entendiez plus rien, ne voyiez plus rien.

— En même temps, vous n'aviez, continua-t-il, aucune conversation. Vous vous regardiez simplement, la bouche légèrement ouverte, limite débiles légers, et vous allumiez machinalement cigarette sur cigarette. Cela en devenait presque… presque gênant.

Et toi-même, te dis-tu, tu te souviens parfaitement de toute cette soirée, de cette nuit, de ce premier matin dans les moindres détails, mais tu as l'impression que ce n'était pas toi, ni Agnès au demeurant, qui étais à la manœuvre.

Teddy ayant enfin décidé de laisser faire son DJ, qui a pris l'initiative d'inviter l'autre à danser sur Otis Redding ?

Qui a pris l'initiative du premier baiser que vous vous avouez encore, vingt-cinq ans après, avoir été *vraiment* votre premier baiser alors que le destin, qui n'a jamais peur du cliché, faisait dire à Otis Redding que oui, il fallait essayer un peu de tendresse ?

Qui a pris l'initiative de quitter la boîte, de dire à peine au revoir aux Versini, de reprendre la 205 d'Agnès qui t'a laissé le volant dans la nuit d'avril et le bruit de la marée haute contre les rochers en bas de la falaise ?

Agnès ne sait plus et toi non plus.

Puis ce fut, vers six heures du matin, Sainte-Croix-Jugan, sa chambre à elle qui était encore sa chambre de jeune fille et qui deviendrait celle de votre couple lors des étés avec la tribu Dorgelles. Les murs étaient tendus de toile de Jouy, avec de la poésie et des livres d'architecture dans la bibliothèque, avec une chaîne hi-fi et de la variétoche au pied du lit bateau à une place et à l'édredon où vous alliez vous noyer d'ici à quelques minutes, parce que déjà t'arrivait l'odeur de sa transpiration, alors que tu l'aidais à retirer son pull, sueur de jeune fille et *Air du temps* de Nina Ricci.

Malgré toi, toujours en proie à cette impression de dédoublement, tu enregistrais avec une précision photographique quelques détails qui t'enchantèrent. Le poster au-dessus du lit n'était pas l'inévitable Magritte mais celui de José Antonio Primo de Rivera, en uniforme de phalangiste. Et dans le pêle-mêle de photos, au-dessus d'un petit bureau, on voyait son père qui la tenait dans ses bras. Son parrain, l'écrivain TNT, la portant sur les fonts baptismaux. Giorgio Almirante, le chef du MSI, le parti frère italien du Bloc Patriotique, jouant avec elle au jokari sur une plage, sans doute du côté de Menton.

Le reste fut de l'ordre de l'évidence, une évidence qui est toujours la même aujourd'hui, malgré le temps, l'âge, une évidence qui est toujours la même au milieu du bruit et de la fureur.

Tu repris ton poste de prof à Rouen à la rentrée 85 et, à nouveau, tu renouas une activité militante au sein du Bloc, comme pour rester avec elle, tout le temps, même quand elle glandait en école d'archi à la Villette, où elle était escortée en permanence par des gros bras du Bloc-Étudiant qui devaient se demander pourquoi cette emmerdeuse d'Agnès Dorgelles ne faisait pas du droit comme tout le monde, dans une fac amie où ils étaient bien implantés.

Votre liaison, bientôt, fut un secret de polichinelle au Bloc. Elle passait des week-ends entiers à Rouen, rue des Maillots-Sarrazin, et tu allais souvent à Paris la retrouver, aux vacances.

Quand ton premier roman parut en février 86, ce fut l'occasion d'une première rencontre avec Dorgelles, au Bunker. Tu découvris pour la première fois ce grand immeuble de bureaux sur cinq étages qui datait des années 60. Le dédale des couloirs, les salles de réunion, le grouillement des permanents.

Certains te saluaient au passage. Des Normands, ou des Rouennais de l'époque Brou. Certains te faisaient des clins d'œil et tu te dis que, si ça se trouvait, ils n'avaient cessé de parler de toi comme d'un autre Brou, une figure plus ou moins mythique, même quand tu t'étais effacé.

Tu ne fus pas réellement impressionné par Roland Dorgelles, président du Bloc Patriotique, mais tu éprouvas plutôt une sympathie instinctive. Un psychanalyste aurait sans doute parlé d'un besoin de père de substitution. Comme Dorgelles était plus habitué à inspirer la peur que la sympathie, il te trouva lui aussi sympathique parce que tu lui renvoyas de lui-même une image rassurante. Il commençait déjà à se rêver davantage père de la nation que trublion d'extrême droite qui avait roulé sa bosse de soldat de fortune dans tous les combats pour l'Occident. Il te parla de ton activité militante à Rouen, de ton service militaire, de ton roman. Il ne parla pas d'Agnès, alors que tu étais persuadé que c'était la principale raison de l'entrevue.

Aux législatives qui suivirent votre rencontre, le Bloc obtint plusieurs députés grâce à un scrutin à la proportionnelle et put faire un groupe parlementaire de justesse avec quelques non-inscrits. Tu te marias avec Agnès en juin et tu donnas ta démission de l'Éducation nationale en septembre. Le Bloc avait de l'argent, entre les indemnités des parlementaires et des dons discrets des organisations patronales qui se couvraient au cas où.

Tu fus donc embauché comme plume et, un temps, très officiellement « chargé de publication » des notes fournies par le conseil scientifique du mouvement. Le conseil scientifique était censé servir de boîte à idées pour le Bloc sur des sujets comme le sida, l'éducation, l'immigration. Ce n'était pas très fatigant. Il n'y avait pratiquement aucun écrivain, journaliste, universitaire ou médecin qui prenait le risque de se mouiller avec Dorgelles et le Bloc.

Tu quittas définitivement Rouen et la rue des Maillots-Sarrazin avec une absence de nostalgie qui te surprit un peu. Dans cet appartement, malgré tout, tu avais vécu cette étrange période de repli et puis, après l'armée, ces week-ends avec Agnès où, quand vous ne faisiez plus l'amour, elle relisait ses cours d'archi en restant au lit, allongée sur le dos, dans l'odeur du plaisir, simplement vêtue d'une petite paire de lunettes. Dans la pièce d'à côté, qui servait à la fois de bureau et de living, tu écrivais, écrivais encore sur une machine Canon à marguerite qui t'avait coûté bonbon. Agnès venait parfois se coller nue dans ton dos et forcément tu bandais et forcément vous recommenciez.

On frappe à la porte de la salle de bains.

Ravenne.

Il doit trouver le temps long. Tu l'emmerdes.

— J'arrive.

Tu t'aperçois que la simple évocation d'Agnès te fait bander comme un âne. Tu enfiles tant bien que mal un caleçon et ton pantalon. Ta queue raidie te gêne dans cette opération. Tu ouvres la porte torse nu, tu passes sans un regard pour Ravenne et tu vas te chercher une nouvelle Brooks dans le dressing-room de votre chambre seventies.

Maintenant, Ravenne est debout dans le salon, il tourne le dos à l'écran plat.

Tu regardes l'heure.

Près de quatre heure trente. Tu as un œil pour ton iPhone sur la table basse.

Rien.

Ravenne surprend ton regard.

Tu demandes :

— Vous avez des nouvelles, vous, de la Lanterne ?

— Un coup de téléphone de ce faux cul de Loux, il y a une heure, pour savoir si j'avais chopé Stanko. En même temps, il m'a dit qu'Agnès faisait le forcing, qu'elle répétait qu'elle ne sortirait pas de la pièce sans un accord de gouvernement pour l'annoncer aux premiers journaux du matin. Que si elle et sa délégation quittaient la table sans que rien ne soit signé cette nuit, elle en prendrait acte devant le pays et laisserait le gouvernement se…

Tu souris :

— … se démerder.

— Elle aurait dit ça comme ça ?

— Elle en est bien capable. Mais dites-moi, Ravenne, pourquoi parlez-vous de Loux en ces termes ? Faux cul, pour un compagnon d'armes du Vieux, vous vous croyez décidément tout permis cette nuit…

— Parce que c'est lui qui a prévenu Stanko tôt ce matin, ce qui a compliqué notre tâche, sans compter que Stanko a dégommé deux GPP contractuels arrivés juste avant nous. Un vrai bordel.

— Comment pouvez-vous être certain que c'est Loux qui a prévenu Stanko ?

— Parce que j'ai mis un mouchard dans son portable. Loux a toujours craqué pour le petit Stanko. Le nombre de pédés ou cryptopédés, chez nous les fachos, c'est quand même quelque chose. Je l'aurais bien fait avec vous, mais je n'en ai pas eu le temps, je veux dire de mettre un mouchard dans votre portable, ne vous méprenez pas, hein ? C'est dommage, ça m'aurait évité de vous brutaliser et de m'introduire dans votre intimité.

— Je ne sais pas encore comment, mais vous me le paierez un jour ou l'autre, Ravenne. *Time is on my side*. Je vous offre quelque chose à boire, sinon ? Un café ?

— C'est pour me faire perdre du temps et aider Stanko ?

— Bien entendu.

Ravenne a un petit rire.

— Je ne suis plus à quelques heures près maintenant, dit-il. Stanko n'a pas quitté Paris, il n'a pas pu. Marlin a mis ses nombreux contacts à notre disposition. On le saurait.

Ravenne et toi, vous passez dans l'office. Ravenne est un peu surpris par la dimension de l'endroit. Il s'assoit à la grande table de ferme. C'est là que vous auriez aimé, Agnès et toi, petit-déjeuner avec vos enfants si seulement…

Tu préfères ta bonne vieille cafetière traditionnelle à toutes les machines à expresso qui encombrent les plans de travail. Stanko aussi préfère ça, à condition que ce ne soit pas la cherloute, comme il dit, du café de mineur, trop clair…

— Vous savez, Maynard, je n'ai rien de personnel contre Stanko. C'est un vrai guerrier ! te dit Ravenne alors que tu poses les tasses et que tu t'assois à ton tour.

— Disons que vous n'êtes pas fâché de prendre sa place. Allez, soyez honnête…

— Bien sûr, ce serait faux de prétendre le contraire. Mais sans l'insistance de ce préfet Marlin et les ordres du Bloc, je n'aurais rien fait contre lui, directement ou indirectement.

— J'ai envie de fumer, vous avez des cigarettes ?

Ravenne fait signe que non. Tu fouilles dans les innombrables tiroirs de l'office et tu finis par tomber sur une boîte de cigarillos bon marché sans doute oubliée là par un extra. Tu l'allumes à même un brûleur à gaz, tu tires une bouffée que tu retiens longuement et qui réveille tes douleurs abdominales.

Il ne t'a pas raté. L'enflure.

Tu verses le café. Ravenne te remercie d'un mouvement de la tête.

— Il doit traîner une prune de Souillac par ici, ça vous dit, avec le café ?

Il dit oui, ce qui te rassure car tu as vraiment besoin de boire un coup, là, et que tu ne voudrais pas le faire seul, ce qui serait une manière d'accroître encore ton infériorité. Tu déniches la bouteille dans la réserve de l'office et tu verses à même les tasses. Tu rallumes un nouveau cigarillo, bien qu'ils soient dégueulasses. Tu as besoin de substances.

Nuit trop longue.

Mais tu n'iras pas chercher la coke dans le buste du Duce. Tu ne lui feras pas ce plaisir.

Ravenne demande :

— Mais pourquoi il veut sa peau comme ça, à Stanko, ce préfet Marlin ?

— Vous plaisantez ?

— Non...

— Vous êtes en train de me dire que vous ne savez pas pourquoi au juste Marlin veut la peau de Stanko ?

— Non. Je sais seulement que ça date de l'époque des bisbilles avec Louise Burgos, mais je n'ai pas cherché à élucider l'origine du problème. On évite de trop demander le pourquoi du comment quand on a servi dans les forces spéciales comme moi. Ça évite les états d'âme qui nuisent à l'efficacité.

— Putain... Ravenne ! Et là, pourquoi tout d'un coup ça vous intéresse ?

Il fait un geste de la main pour dissiper la fumée de ton cigarillo.

— Parce qu'on prend un café. Parce que vous m'êtes sympathique, bien que j'aie dû vous foutre sur la gueule. Parce qu'il est toujours intéressant de savoir comment un vieux grognard du Bloc Patriotique comme

Loux prend le risque de désobéir en prévenant Stanko...
Alors, ce Marlin, pourquoi tant de haine ?

— Stanko a tué sa femme. La femme de Marlin, je veux dire.

C'est au tour de Ravenne de ne pouvoir cacher sa surprise et tu es assez content de voir un masque d'incompréhension légèrement abrutie se poser sur sa face arrogante de superman.

Et tu racontes, tu racontes, tu racontes.

Tu as l'impression d'être Schéhérazade avec Ravenne dans le rôle du sultan. Si tu racontes tout, ce sera tellement long qu'il oubliera peut-être de couper la tête de Stanko.

Tu rallumes un cigarillo dont tu n'as même pas vraiment envie.

Tu racontes que, tout ça, c'est directement lié aux scandales lancrezannais qui ont achevé de discréditer pas mal de dorgelliens et que les burgosistes se sont senti pousser des ailes. L'affaire Valargues, l'affaire Dellarocca, des flics qui n'arrivent à rien mais une forte odeur de merde sur le Bloc.

Tu expliques que Marlin était à l'époque commissaire aux RG et pote de Louise Burgos. Que lors d'une université d'été du Bloc, dans la capitale du Grand Sud, au palais Socrate, par un juillet caniculaire, Louise Burgos a commencé son putsch. Elle a été acclamée par presque toute la salle et il y a eu au contraire des sifflements quand Dorgelles et sa garde rapprochée, dont tu faisais partie, sont arrivés à la tribune. Dorgelles venait d'être déclaré inéligible pour deux ans après un jugement pour un de ses fameux dérapages médiatiques, et les médias ne le rataient jamais, lui. Quand on veut tuer son chien, on dit qu'il a la rage. Il fallait montrer Dorgelles en enragé et, lui, il tombait dans tous les pièges.

Il perdait la main. Il ne sentait plus les choses, l'opinion et les journalistes qui la faisaient.

Les élections européennes allaient avoir lieu l'année suivante. Il proposa de mettre à sa place en tête de liste un homme de paille, un vieux chanteur des sixties. Une des rares stars ouvertement bloquiste. Enfin star, c'était une manière de parler pour ce sous-Charles Aznavour qui avait dû faire un seul *hit* du temps de *Salut les copains*. Il n'était même pas officiellement membre du parti. Même toi, même Agnès, même Ströbel, vous trouviez ça limite.

La salle, elle, a hurlé de colère et a de nouveau crié : « Louise Burgos ! Louise Burgos ! »

Stanko a demandé par oreillette aux GPP présents dans le palais Socrate de voir qui menait la fronde. C'est la seule fois que tu l'as vu presque paniquer, Stanko. Un bon tiers des soixante GPP l'ont envoyé chier et lui ont dit qu'ils n'étaient pas la police personnelle de Dorgelles, mais celle du Bloc.

Il y a eu des bagarres dans les couloirs. Tu y es allé, évidemment. On ne savait plus qui était avec qui.

Tu t'es avancé vers un GPP qui portait le Trident et qui en plaquait un autre contre le mur. Tu leur as dit :

— Merde, arrêtez, vous êtes dingues.

Le plaqueur s'est retourné vers toi et il t'a dit :

— Toi, le prince consort, ta gueule !

Tu n'as pas apprécié. Tu l'as pris par les épaules, ce qui a dégagé l'autre et, à deux, vous l'avez savaté. Sauvagement.

Tu es retourné dans la salle, c'était encore houleux mais déjà un peu plus calme. Dorgelles la jouait tribun, comme il savait si bien faire. Il reprenait la salle en douceur par son discours pourtant improvisé.

Tu en avais des frissons dans le dos. À la fin, il a lancé

un appel à l'unité et a tendu la main à Louise Burgos. Au sens propre. La femme au chignon a été obligée de se lever et de rejoindre le Vieux derrière le pupitre.

Et la salle, cette fois, a acclamé Dorgelles. Il s'était dit prêt à réexaminer la candidature du vieux chanteur, et il a convoqué un comité central extraordinaire en novembre pour pouvoir en discuter sereinement.

Il est reparti le soir même, par un avion privé. Il avait fait très bonne figure au banquet, avait même invité Louise Burgos à esquisser quelques pas de danse pour ouvrir la soirée de clôture sous les flashs des journalistes qui furent presque dupes, sur le coup, malgré la raideur évidente d'une Louise au sourire figé, contrastant avec la jovialité apparente de Dorgelles.

Dans l'avion du retour, outre Dorgelles, il y avait seulement Ströbel, Stanko, Agnès et toi.

— Cette vieille catin va me le payer, a dit Dorgelles. C'est une lutte à mort. On a deux mois avant le comité central. Stanko, je veux savoir sur qui je peux compter parmi les GPP. Je veux que ceux qui sont fiables utilisent tous les moyens, même légaux, si tu vois ce que je veux dire, pour s'assurer la loyauté des fédérations. Ressortez les dossiers, les casseroles des uns et des autres. Et bordel de Dieu, s'il pouvait arriver quelque chose à Louise Burgos d'ici ce comité central…

Toujours la même ambiguïté chez le Vieux. Sa dernière phrase, il fallait l'interpréter comment ? Un souhait échappé à cause de la colère, un ordre déguisé, les deux ?

Ce que vous ne saviez pas encore, c'est que symétriquement Louise Burgos pouvait compter sur son Stanko à elle : le commissaire Marlin, en l'occurrence. Depuis quelques mois, il avait infiltré les GPP pour le compte des burgosistes, retourné des cadres et même créé son propre groupe d'action avec des barbouzes semi-contractuelles qu'il employait déjà à l'occasion, par ailleurs, pour les Renseignements généraux.

Et le gouvernement, pourtant de gauche, avait envoyé des signaux discrets à la hiérarchie flicardière, qui les avait répercutés sur Marlin. En faisant comprendre que le gouvernement, quitte à avoir une extrême droite à gérer, préférait celle de Louise Burgos qui, à son avis, mordrait moins sur l'électorat populaire et donc lui piquerait moins de voix aux élections et davantage à la droite classique.

Vous avez donc eu en face de vous, pendant les deux mois qui vous ont séparés du comité central extraordinaire, un flic décidé, compétent, méchant et qui avait obtenu tacitement d'avoir les mains libres à condition que ça ne se voie pas trop.

Ça ne s'est pas trop vu. Les journaux se sont surtout intéressés à la « guerre des deux Blocs » d'un point de vue politique. Parce que, effectivement, personne n'a attendu le comité central de novembre pour reprendre l'offensive médiatique.

Déclarations contre déclarations, annonces de fédérations restant fidèles tandis que d'autres basculaient chez Louise Burgos. Celles-ci furent, dans un premier temps, beaucoup plus nombreuses. Beaucoup plus.

Tu repenses à ce déjeuner à Saint-Germain-en-Laye, chez le Vieux.

Ströbel, sa femme.

Toi, Agnès.

Stanko.

Le Vieux était furieux. Furieux et triste. Il venait d'apprendre que Lefranc, le viticulteur richissime, le mari de l'avocate du Bloc, avait annoncé à un journaliste d'Europe 1 qu'il avait décidé de ne plus abonder les comptes du Bloc tant que la direction n'aurait pas su se rénover en profondeur. Lefranc n'avait pas prononcé le nom de Louise Burgos, mais cela revenait à un ralliement pur et simple, surtout qu'il était devenu injoignable. Pendant ce déjeuner, le téléphone n'a pas cessé de sonner. Un domestique l'apportait sur un plateau. Au bout du fil, c'était Frank Marie, le responsable de la communication, qui annonçait à Dorgelles les fédérations qui basculaient ou les élus régionaux qui faisaient allégeance à Louise Burgos dans la perspective du comité central de novembre.

— Tu ne m'appelles plus que pour une bonne nouvelle, Frank, c'est compris ?

Et de colère, il avait brisé un verre de cristal en le serrant trop fort avec sa main artificielle gantée de noir. Le vin avait jailli jusque sur sa chemise. On aurait dit des taches de sang. Vous y avez tous pensé, tu en es sûr aujourd'hui, comme à un mauvais présage et, pendant qu'une domestique essayait de réparer les dégâts, il avait dit :

— Louise Burgos croit qu'elle a gagné. Louise Burgos croit que le vieux loup est mort. Ce qui va se passer, c'est que je vais faire le mort et, quand elle s'approchera pour être bien certaine que je ne bouge plus, j'attaquerai. À la gorge. L'homme est un loup pour l'homme. Pour la femme aussi.

Vous aviez souri autour de la table, poliment, saluant la tentative de bon mot. Le problème c'est que Dorgelles s'était dit que, si ça marchait sur vous, ça allait marcher sur les journalistes et le public : il l'a balancée le lendemain à la fin du vingt heures de TF1 et l'effet a été désastreux. Louise Burgos a passé pour une femme politique responsable face à une brute.

L'hémorragie des militants s'est poursuivie de plus

belle et ils n'allaient même pas forcément chez Louise Burgos. C'est l'ensemble du Bloc qui sombrait.

Tu courais de fédé en fédé avec Ströbel, tu invitais des conseillers régionaux à déjeuner, tu passais ta vie dans les TGV. Agnès faisait la même chose, avec Loux pour l'accompagner.

Opérations de charme.

Câlinothérapie.

Ça ne fonctionnait pas toujours.

Ravenne se souvenait peut-être, lui dis-tu, de cette image d'Agnès, prise à partie violemment par des militants burgosistes à la sortie du siège amiénois du Bloc. Salope, fille à papa, et Loux qui la couvre tant bien que mal vers la voiture avant de démarrer sous les huées.

Tu n'as pas supporté. La bête dans tes tripes. Il y avait une vidéocassette de l'incident. Tu l'as demandée au service communication du Bunker. On t'a dit qu'on ne la trouvait pas, que peut-être personne n'avait pensé à enregistrer le JT.

Tu as menacé les filles qui bossaient à la documentation. Si elles étaient pour Louise Burgos, qu'elles le disent. Frank Marie est sorti de son bureau, t'a dit de te calmer, qu'il l'avait, la cassette.

Tu as hurlé :

— Je veux savoir qui sont les types qui ont craché sur Agnès. Qui ont bousculé ma femme.

Il a soupiré, vous avez regardé la cassette sur une petite télé dans son bureau.

— Vous reconnaissez quelqu'un ?

— Non, Antoine.

— Ne vous foutez pas de ma gueule !

— Ça va servir à quoi ? Vous allez leur envoyer Stanko ?

— Je n'ai pas besoin de Stanko sur ce coup-là.

— Vous allez débarquer à Amiens et faire le cow-boy ?

— Oui, quelque chose dans ce goût-là.

— Ça ne va servir à rien. Si ça se sait, ça va renforcer l'idée que tous les partisans de Dorgelles sont des dingues incontrôlables.

— C'est ce que vous pensez, Frank ?

— Non, mais...

— Non mais *quoi*, bordel ! Vous la jouez attentiste ? Ou vous êtes peut-être déjà passé dans le couloir du dessous ?

Le couloir du dessous, c'était la façon de désigner les bureaux de Louise Burgos, toujours officiellement secrétaire générale du Bloc Patriotique, numéro 2, juste après le président Dorgelles. Elle y venait chaque matin, entourée de très près par Marlin et des types qu'on ne connaissait pas. Des mercenaires croates, disait-on. Ils avaient des talkies-walkies archaïques qui grésillaient trop fort. Matériel communiste de merde. Ils bloquaient les ascenseurs tant que leurs collègues en haut n'avaient pas confirmé que Louise Burgos était bien arrivée à destination.

Louise Burgos avait concentré sur l'étage, dans tous les bureaux du secrétariat général, le personnel administratif, les GPP et les permanents sur lesquels elle pouvait compter. Elle demandait d'ailleurs chaque soir à deux de ses Croates et à quelques bloquistes volontaires de rester la nuit pour surveiller les ordinateurs et vérifier qu'on ne venait pas fouiner ou changer les serrures.

Le troisième étage, l'étage Louise Burgos, était devenu un bunker dans le Bunker.

Finalement Frank Marie a soupiré, a téléphoné à une Amiénoise qui bossait à l'accueil et il l'a fait monter. Elle était toute tremblante. L'ambiance était à la paranoïa généralisée chez tout le personnel qui n'osait plus rien faire de peur d'être catalogué dans un camp. Elle a reconnu deux types sur la cassette. A donné les noms. Est repartie, toujours tremblante.

— Ça va aller, mademoiselle... Merci, a dit Frank Marie.

Tu as eu les adresses en consultant sur l'ordinateur de ton propre bureau les fichiers militants. Tu as pris ta voiture pour Amiens.

À l'époque, tu n'avais pas encore des goûts de luxe. Tu avais une 306 XSI. Assez puissante tout de même. Tu es arrivé en fin d'après-midi après avoir failli te tuer deux ou trois fois sur l'autoroute.

Il fallait calmer la bête. Le premier des burgosistes que tu avais identifiés était un permanent fédéral.

Tu as été au siège local du Bloc, une ancienne boutique de vélos près de la tour Perret. Tu es entré. Le type, un vingtenaire avec une gueule de futur agent immobilier t'a reconnu. Il a compris, a tenté de prendre le téléphone. Tu l'as soulevé par-dessus son bureau et tu l'as projeté contre un mur. Il s'est explosé le nez sur une belle affiche de Louise Burgos. Le sang a éclaboussé son visage de Cruella en chignon et le Trident tricolore barré par le slogan : « Louise Burgos, un Bloc d'avance ! »

Après tu as baissé le volet de la permanence et tu as redressé le type. Il pleurait. Tu avais pensé à lui demander de faire venir l'autre mec identifié par la secrétaire, mais tu t'es senti très fatigué tout d'un coup.

Tu as balancé une baffe, assez forte mais sans conviction.

La bête ne te mordait plus le ventre.

Tu es reparti et vers vingt-deux heures tu étais de retour rue La Boétie.

Agnès feuilletait des magazines dans le salon. Elle a

relevé les yeux, t'a souri. Vous ne vous étiez pas vus depuis deux jours. Elle n'avait pas l'air plus que ça traumatisée par l'agression d'Amiens.

Sans un mot, vous vous êtes déshabillés et vous avez fait l'amour. Ce que vous appelez entre vous l'« amour-médicament ». Une étreinte très calme, très douce, pour vous imprégner l'un de l'autre et chasser vos angoisses mutuelles. Plus fort que n'importe quel anxiolytique. Vous n'aviez même pas forcément besoin de jouir, même si tu crois te rappeler que, ce soir-là, Agnès a pris un plaisir très fort et presque silencieux avec ta bouche, plaquant ta tête contre son sexe comme si elle voulait que tu rentres en elle, tout entier, que tu viennes habiter son ventre pour qu'elle puisse te porter en permanence.

— Je ne sais pas pourquoi je vous raconte tout ça, Ravenne, vous n'en avez rien à foutre. Mais là, maintenant, même si elle va arriver dans peu de temps, elle me manque comme si je ne devais plus jamais la revoir.

Ravenne ne relève pas. Il s'éclaircit la voix et te demande :

— Et Marlin et Stanko, dans tout ça ?

Tu passes les mains sur ton visage. Elles sentent le cigarillo. Tu te lèves, tu vas vers un évier, tu les laves avec un liquide vaisselle à la violette et tu reprends ton récit.

Forcément tout ça s'est doublé bientôt d'un duel personnel entre Marlin, le champion de Louise Burgos, et Stanko, celui de Dorgelles. *L'Iliade*. Achille, Hector.

— Il était pédé, Achille, non ? Comme Stanko...

Tu ne relèves pas. Tu continues.

Tu racontes que c'est Marlin qui a cherché à verser le premier sang.

Stanko, début octobre, était parti voir sa mère à

Valenciennes. Sur la route, il s'est arrêté pour prendre de l'essence dans une station-service à hauteur de l'échangeur de Péronne. Avant, il a voulu aller pisser.

Il n'avait pas commencé à se débraguetter qu'il a vu trois mecs entrer et refermer la porte des chiottes derrière eux.

Un a pris un panneau « Hors service » qui traînait, a rapidement rouvert et l'a accroché à la poignée extérieure.

Stanko a compris qu'il était fait comme un rat. Il a regardé au plafond. Pas de vidéosurveillance. Il a regardé derrière lui. Un velux, mais trop haut.

Stanko t'a raconté que, lui qui n'était pas du genre impressionnable, quand il a vu les trois, là, s'adresser entre eux dans une langue inconnue et rigoler, il a quand même eu peur. Il était aussi large qu'eux, mais ils avaient cinq têtes de plus.

— Des Croates de Marlin ? demande Ravenne, pour la forme.

Tu acquiesces. Tu continues. La bagarre a été brève. Un des croates a sorti un fil à couper le beurre. Stanko, le poignard commando qu'il a toujours dans un étui au mollet. Ils ont marqué un temps d'arrêt, les Croates. Marlin n'avait peut-être pas assez précisé qu'ils n'allaient pas avoir affaire à un enfant de chœur.

Ou Marlin n'était pas assez bon en croate.

Toujours est-il que cette hésitation leur a coûté cher. Parce que Stanko en a profité pour en égorger un, avant de reculer pour ne pas être éclaboussé. Il t'a dit avoir à nouveau pensé aux Thermopyles, aux Spartiates. Un contre trois, et même maintenant un contre deux, c'était un rapport de force nettement plus favorable que celui de Léonidas contre les Perses.

Molon labé ! Qu'ils y viennent.

Il t'a raconté, Stanko, mais, pour t'être battu à ses côtés, tu sais qu'aucun récit ne peut rendre son espèce de souplesse animale au combat, le contraste entre sa lourdeur apparente et sa mobilité, son élasticité, presque. Une chorégraphie syncrétique de tous les arts martiaux qu'il pratique assidûment, avec une préférence pour le krav maga.

Pendant que le premier Croate touché essayait dérisoirement de refermer sa gorge ouverte dans des borborygmes rougeâtres au-dessus d'un lavabo dont la glace lui renvoyait l'image de sa mort, le deuxième avait à son tour sorti un couteau et essayait d'occuper Stanko pour que celui qui avait le fil à couper le beurre puisse passer par-derrière.

Mais Stanko comprend la manœuvre, Stanko se retourne, se baisse et éventre monsieur Fil à couper le beurre, puis il roule sur le côté, entrevoit un graffiti, « Je susse ici les grosses teub à cinq heur ts les jour », sent le souffle de la lame du dernier Croate qu'il contourne dans un roulé-boulé avant de se relever sur un genou et de le poignarder à la base de la colonne vertébrale.

— Et vous savez, Ravenne, la meilleure ? C'est qu'il est quand même allé voir sa mère à Valenciennes.

— Et la découverte des cadavres… On a dû le repérer tout de même…

— Eh bien, rien du tout. Pas une ligne nulle part. Marlin a sûrement fait le nécessaire pour qu'une enquête embarrassante sur la mort de trois mercenaires croates ne vienne pas mettre au jour sa petite guerre pour le compte de Louise Burgos. Seulement, Stanko, quand il est revenu de Valenciennes, il a décidé de se faire Marlin. En représailles. Et c'est là que ça a merdé.

Tu racontes à Ravenne la colère de Stanko. Comment tu as essayé de le dissuader. Même œuvrant en pleine barbouzerie, Marlin restait un flic. Avec des protections, des moyens.

Tu as cru que tu avais réussi à le convaincre.

Mais non, en fait.

Deux jours après, la Safrane de Marlin explosait chez lui, au Chesnay. Une explosion très propre, au démarrage, dans son garage souterrain, pour éviter les éclats qui volent partout et d'éventuelles victimes collatérales. Le problème : c'était la femme de Marlin qui était au volant. Vraiment pas de chance. Habituellement, la Safrane n'était utilisée que par Marlin lui-même. La voiture de sa femme restait garée dehors. On ne pouvait pas confondre. Mais, le jour de l'explosion, elle était en panne et Marlin, lui, avait décidé de rester à potasser des dossiers chez lui. C'est la femme qui a pris la Safrane.

Tu tousses, tu t'éclaircis la voix, tu reprends :

— Et voilà pourquoi, quinze ans après, Marlin, le préfet Marlin désormais, a demandé comme clause additionnelle au contrat de mariage entre la majorité présidentielle et le Bloc Patriotique, la peau de Stanko. Le reste, vous connaissez. Stanko a continué d'assurer la protection de Dorgelles. Le comité central extraordinaire a bien eu lieu en novembre mais sans les burgosistes qui ont tous été exclus quinze jours avant. J'ai été de l'opération nocturne, avec Stanko, quand on a repris l'étage Louise Burgos. On a braqué les deux Croates et on les a virés à coups de pompe.

Le lendemain, les GPP restés fidèles à Dorgelles ont interdit l'entrée du Bunker à Louise Burgos. Les permanents qui lui étaient favorables ont été licenciés. Il y a eu des procès, perdus par Louise Burgos qui, aujourd'hui encore, n'est plus à la tête que d'une microboutique identitaire et ne commande que quelques bandes d'excités, comme ceux de Combat Blanc. Marlin, lui, fou de rage, n'a rien pu prouver et il a même été obligé de présenter l'explosion de sa voiture comme un accident de réservoir GPL alors qu'il roulait à l'essence normale. Parce qu'un attentat, c'était une enquête, et une enquête, ça risquait d'attirer l'attention sur toutes ses barbouzeries. On lui a donc demandé en haut lieu de faire profil bas en lui assurant qu'on trouverait bien un jour le moyen de lui rendre justice, si on peut dire. Et ce jour est arrivé... C'est ironique, vous ne trouvez pas, Ravenne ? Stanko va mourir alors que ceux pour qui il s'est battu sont en train de gagner et que c'est maintenant, normalement, qu'il aurait dû enfin se sentir en sécurité.

La nuit s'éclaircit vaguement par les persiennes de l'office.

Novembre. Novembre tiède, mou.

La suspension au-dessus de la table de ferme où vous êtes accoudés semble moins bien éclairer la pièce et ne pas pouvoir lutter contre la grisaille du petit matin qui s'annonce. Tu entends la rumeur de la circulation de la rue La Boétie.

Ravenne te dit :

— Cette fois-ci, je vous laisse. Je vais aller au Bunker. Je vais essayer de dormir un peu. Dans le dortoir des GPP. J'ai un appart moins bien que le vôtre mais pas mal tout de même, du côté de la rue des Trois-Frères, à Boboland. Je ne m'y fais pas. D'avoir baroudé avec les forces spéciales, puis Stanko et le groupe Delta, je ne me sens en sécurité pour dormir que dans une atmosphère de caserne.

— Faites gaffe tout de même à pas virer pédé, dis-tu en bâillant quand tu lui ouvres la porte.

Ravenne sourit, un peu las :

— Je tuerai proprement Stanko, je vous le promets. Je ferai ça vite et bien. Sans haine.

— À moins que ce ne soit lui qui ait le temps de faire ça proprement avec vous. Vous voyez, je vais être honnête, ce n'est pas quelques tasses de café et de la prune de Souillac qui ont fait de nous des amis. Et si Stanko s'en tire, ce sera une aussi bonne nouvelle que l'accord avec le gouvernement. Et s'il vous tue, ce sera la cerise sur le gâteau.

— Vous avez le mérite d'être franc, Maynard.

Vous vous serrez la main.

Par la fenêtre du salon, tu le regardes dans la rue La Boétie, qui s'éloigne. On est entre le gris et les restes de nuit en bas et une vague promesse d'aube, vraiment très vague, au-dessus des toits.

Tu demeures là, longtemps, à contempler le va-et-vient des gens et des camions de livraison qui s'agitent dans cette demi-obscurité et font monter la rumeur d'une journée nouvelle, peut-être celle qui restera comme la première de l'accession du Bloc Patriotique aux affaires.

Tu touches de temps en temps ton pansement à l'arcade sourcilière.

Tu hésites à allumer l'écran plat, ou la radio. Maintenant, tu te dis que tu préfères apprendre la nouvelle par la bouche d'Agnès.

Et enfin, sur la table basse, l'iPhone vibre.

C'est elle.

Sa voix.

À la limite de l'aphonie, comme tu aimes.

Adolescente fatiguée.

Sa respiration.

— Mon amour, c'est bon. Tout est accepté. On a dix portefeuilles. Tout ce qu'on a demandé, tu te rends compte ? J'arrive. Loux me dépose et repart au Bunker. J'arrive tout de suite. Je t'aime.

— Je...

— Tu es content ? Ils ont tout accepté, je te dis, mon amour. Même le regroupement provisoire des forces armées et de la police. Au moins jusqu'aux présidentielles. J'ai envie de toi, tu sais.

Tu dis que, toi aussi, tu as envie d'elle, que ça n'a jamais été aussi vrai qu'à l'issue de cette nuit.

Mais tu ne peux pas t'empêcher de dire :
— Et Stanko ?
Il y a un silence.
— Stanko, je ne sais pas, Antoine. Je n'ai pas eu d'infos. Mais il ne faut plus parler de Stanko, je t'en prie. Stanko, il faut y penser comme à un enfant... je veux dire comme à ces enfants qu'on n'a pas eus. Il faut en faire le deuil de la même manière. Nous avons aimé Stanko, mais nous ne l'avons jamais eu, tu comprends ? Jamais.

14

Pourquoi n'y ai-je pas pensé plus tôt ? Pourquoi suis-je resté à me morfondre dans cette piaule pourrie, moi qui n'ai aimé que l'espace, l'air libre, loin des friches et de mes morts ? Oui, j'ai aimé toutes ces grandes cités, la nuit, à traquer les SAAB, les journalistes trop curieux ou les ennemis internes du Bloc, Valargues. Les grandes villes, la nuit, comme autant de terrains de chasse, les autoroutes comme autant de lignes de fuite, le goût standardisé du café dans les stations-service, les arrivées à l'aube dans des agglomérations inconnues, les sorties, après l'enfermement d'un vol intérieur, dans la fraîcheur bleue qui commence aussitôt que s'ouvraient devant moi les portes vitrées d'un aéroport. Respirer à fond, sentir mes muscles se dénouer et presque parvenir à maintenir à distance mes fantômes. Parce qu'une avenue s'ouvrait devant moi, évidente, large, droite comme la vie que je n'aurai pas eue.

Il est presque sept heures du matin, il fait déjà clair, il fera beau aujourd'hui, sûrement, comme il fait anormalement beau depuis des semaines.

Je prends un café au zinc des Cent Kilos, juste devant Saint-Ambroise.

J'ai quitté l'hôtel de la rue Saint-Sébastien, d'abord parce qu'il ne faut pas rester trop longtemps dans la même planque et que, de toute façon, je n'ai plus l'intention de me planquer. À cette heure-là, on ne voit dans les rues pratiquement que des Chinetoques, des vieux Chinetoques, des jeunes Chinetoques, des très jeunes Chinetoques, qui portent des ballots de fringues sur le dos ou qui poussent des portemanteaux à roulettes.

Les bobos se lèvent plus tard. Ils ont la gueule de bois après avoir eu de grandes discussions citoyennes dans les bars de la rue Oberkampf. Peut-être ce soir-là ont-ils un peu moins parlé d'eux-mêmes et enfin des événements. On ne les a pas trop vus manifester, par ici, paraît-il, ces belles consciences antiracistes. Ils ont quand même les foies, maintenant. Le XIe, c'est tout près de Belleville, et à Belleville c'est déjà la guerre intra-muros. Ne pas voir leurs réactions dans les jours qui vont venir, leurs protestations indignées : je regrette de devoir manquer ce grand moment de comique. Ça va piauler et s'indigner sur Facebook. Ils ont toujours été très forts pour s'envoyer du Daily Motion et du You Tube montrant les violences policières, les dérapages bloquistes ici ou là. Mais, sorti de ça, c'est quand même des soucis de copropriétaires, qu'ils ont. Ou de psychanalysés.

Alors, ça m'étonnerait qu'on les voie en première ligne dans la vie réelle. Parce que je pense qu'avec un ministre bloquiste à l'Intérieur ils risqueraient pour de bon d'avoir sur leurs sales gueules les stigmates qui les feraient ressembler à des étudiants chiliens cognés par les militaires de Pinochet. Travaux pratiques, mes mignons, il serait temps. Mais pourquoi penser à tous ces cons ?

Ça va gâcher ma cérémonie des adieux.

Tiens, j'en ai même eu le droit à plusieurs, moi, de ces vidéos qui font le buzz, comme ils disent. On me voit baffant un journaliste devant le Bunker ou faisant un salut mussolinien (ils ont dit hitlérien mais, dans mon esprit, c'était mussolinien) lors d'une manif contre l'extradition de je ne sais plus quel polardeux italien, ancien terroriste rattrapé trente ans après par Berlusconi qui lui demandait des comptes sur les années de plomb.

C'était près de chez moi, un rassemblement à Denfert. Antoine avait beau me dire que c'était un bon écrivain, ce Rital rouge, et qu'il ne faudrait jamais emmerder les bons écrivains, j'avais du mal à le plaindre.

Quand tu as une fois tenu un flingue en pogne avec l'intention de t'en servir, et sans que tu portes un uniforme quelconque pour t'y autoriser, il faut t'attendre un jour ou l'autre à ce qu'on te présente l'addition. Il me semble que je sais de quoi je parle. Il me semble même que c'est pour cette raison que je vais mourir ce matin. Qui a vécu par l'épée, et patati et patata… En même temps, au fond, c'est pour ça que je le respectais ce Rital. Il est entré en cavale. Et il a bien fait. Une cavale, c'est dehors au moins que ça se passe.

Et je veux mourir dehors. J'insiste.

J'ai mon idée pour bien partir.

Le baroud d'honneur, plutôt que l'abattoir. Mishima, j'ai bien aimé ce qu'Antoine m'a raconté sur la fin de Mishima.

Le flash de sept heures à la radio du trocson.

Il ouvre sur l'accord conclu entre la majorité présidentielle et le Bloc Patriotique. La moitié des consommateurs du bar applaudit et l'autre hue. On est à la limite d'en venir aux mains. Le patron gueule. Tu dois faire des efforts et te pencher au-dessus du zinc pour écouter la suite.

Dix ministres bloquistes vont entrer au gouvernement. Le remaniement sera annoncé officiellement par le secrétaire général de l'Élysée vers dix-huit heures, ce soir. La seule incertitude est de savoir si Agnès Dorgelles elle-même entre au gouvernement ou si elle garde le parti pour préparer les présidentielles comme candidate naturelle du Bloc Patriotique.

Dans ce cas, symboliquement, son mari, Antoine Maynard, se verrait confier un secrétariat d'État.

Antoine, ministre...

Je ne peux m'empêcher de le revoir à Coët ou dans les bastons héroïques, comme celle de la charge du Mont-Lancre, lors de cette présidentielle où tout nous réussissait, avec la horde sauvage. Ou en larmes devant le cabriolet Mercedes fumant et le corps carbonisé, racorni d'Emma que les pompiers achevait de désincarcérer.

Je t'aime, Antoine. Je t'ai toujours aimé. Même maintenant. Je pourrais te téléphoner pour te dire adieu. Mais tu es sûrement déjà avec Agnès.

Et il faut que vous m'oubliiez. Tous les deux. Je m'aperçois que, même si je me forçais, je ne pourrais pas vous en vouloir. Sans vous, je serais en taule avec des perdants de mon genre, ou à traîner comme une épave alcoolique dans les villes du bassin minier, vieux skin au foie détruit, ou déjà mort.

Le journaliste embraye sur les émeutes.

Il dit que le cap symbolique des huit cents tués depuis les premiers affrontements pourrait être franchi dès la nuit prochaine. Qu'il faut donc espérer que l'annonce d'une nouvelle équipe gouvernementale aux affaires fasse l'effet d'un électrochoc. Ils ne mettent jamais très longtemps à collaborer, les journalistes.

Mais là je dois bien reconnaître qu'ils vont tout de même très vite.

Je regarde autour de moi. Ça continue à s'engueuler à propos du Bloc Patriotique et d'Agnès Dorgelles aux Cent Kilos, jusque sur la terrasse.

Des fourgons de police filent vers le nord, le long du boulevard Voltaire.

À la radio, c'est maintenant une interview du ministre de l'Intérieur. Il confirme l'accord de cette nuit et annonce l'interdiction de toute manifestation dans Paris et les grandes villes pour les trois jours qui viennent, afin que le nouveau gouvernement puisse s'installer dans le calme.

Je ne serai plus là pour le voir, encore une fois, mais je sais déjà qu'il y en aura quand même, des manifs, pas celle des bobos mais celles des derniers couillus du camp d'en face, les trotsques, les cocos, les anars, les autonomes. Mais je sais aussi qu'on demandera aux GPP et encore plus aux Deltas de ne pas bouger pour éviter qu'on ne crie au loup fasciste.

Ravenne va être obligé de tenir ses fauves.

Ce ne sera pas facile. Je les connais. Finie la belle époque des batailles rangées. Finis les Spartiates.

Fini Stéphane Stankowiak, alias Stanko.

Je sors des Cent Kilos.

Je sais où je vais.

Je sais où je vais en finir.

Métro à Saint-Ambroise.

Puis RER A, arrêt La Défense.

Je n'écoute plus les conversations autour de moi. Des crieurs de journaux sont montés dans la rame et annoncent une édition spéciale de leurs gratuits respectifs. L'encre tache leurs doigts. On a fait vite, dans les rédactions. Je vois un beau garçon parmi eux. Un physique qui aurait pu faire de lui un stagiaire de Vernery, là-bas, dans le château.

Il a croisé mon regard et m'a souri : je peux remercier les dieux.

Je descends. Je me dirige vers le Bunker. J'arrive sur

l'esplanade, devant l'entrée. Je regarde le drapeau avec le Trident tricolore.

Bloc Patriotique.

Une dizaine de GPP devant l'entrée, bien équipés, au cas où des gauchistes viendraient attaquer le siège en réaction à l'arrivée du Bloc au pouvoir.

Bonne anticipation. Je les connais de vue. Pas de Delta parmi eux. J'ai, un instant, l'envie d'aller leur serrer la main. Ils ne sont pas au courant, pour moi, ou alors de vagues rumeurs. Mais non. Je ne peux pas. Je ne veux pas.

Je reste au milieu de l'esplanade.

Les premiers permanents arrivent pour bosser. Ils me saluent, certains me font le V de la victoire. D'autres ont l'air un peu étonné que je ne bouge pas.

Je regarde le gros soleil rouge. Je regrette d'avoir oublié de prendre des lunettes noires, quand je me suis enfui de la rue Brézin, hier matin.

Hier matin.

J'ai l'impression d'avoir vécu une vie, depuis hier matin. On dit que les gens sur le point de mourir revoient toute leur existence défiler. Moi, c'est déjà fait et j'espère que je ne vais pas avoir le droit à une rediffusion.

Parce que je sors mon GP 35 de mon holster d'épaule.

Parce que je fais monter une balle dans le canon.

Parce que je mets le canon dans ma bouche.

Je regarde le drapeau du Bloc.

Je regarde le soleil rouge.

J'enregistre vaguement au bord de mon champ de vision les GPP devant l'entrée, à quinze, vingt mètres, qui commencent à se rendre compte de quelque chose. Certains viennent vers moi.

Je vais appuyer sur la détente.

— Putain, Stanko, t'es gonflé de venir ici ! Ou suicidaire.

La voix de Ravenne, dans mon dos.

Il ne croit pas si bien dire. Si étrange que cela puisse paraître, je me dis que j'ai de la chance, ce matin. Je ne vais pas partir tout seul.

Je sors le GP 35 de ma bouche, je me retourne, je tire au jugé.

Une première balle dans l'épaule.

Ravenne, qui avait déjà dégainé son Glock, recule sous le choc mais ne tombe pas.

Le coup de feu résonne dans le matin clair contre la façade vitrée du Bunker qui reflète le ciel. Ça crie autour de nous. Ça court. Les GPP, eux, au contraire, se sont arrêtés, tétanisés. Ils ne comprennent pas.

Une deuxième dans la gorge. Il tombe en arrière, mais il a eu le temps de tirer. Je reçois comme un immense coup de poing dans le sternum, j'essaie de rester debout mais je tombe sur les genoux.

Goût de sang, impossibilité de bouger, même pour relever mon bras avec mon flingue. Mais de toute façon Ravenne, lui aussi, ne bouge plus.

Bientôt, je ne vois plus son corps. Seulement les jambes des gens qui font cercle autour de moi. Je reconnais au milieu des escarpins, des baskets, des chaussures plus ou moins bien cirées, les rangers des GPP.

J'ai mal. J'ai vraiment mal.

Je sens soudain une présence, plus proche.

— Oh, Stanko, nom de Dieu, Stanko.

La voix de Loux. Il s'agenouille à côté de moi, m'allonge, me berce. Il a l'air crevé. Une nuit blanche, à son âge...

Il répète :

— Oh Stanko, Stanko, Stanko…

Le soleil rouge. Le drapeau du Bloc.

Est-ce que Ravenne est mort ? J'aimerais bien en être certain. Je veux le demander à Loux.

Merde, je ne peux plus parler, je tousse.

Du sang. Soleil rouge.

Mais on dirait que Loux a compris, il se penche, me murmure à l'oreille :

— Tu l'as eu, Stanko, tu l'as eu.

Et ce n'est plus la voix de Loux, tout d'un coup, c'est la voix de papa, à Denain, qui me prend la main et me dit en souriant :

— Viens, Stéphane. Viens, mon grand, il faut y aller maintenant.

15

Agnès dort à côté de toi, dans la chambre.

Vous avez fait l'amour, tout de suite. Vous avez fait l'amour dans le salon. Vous avez fait l'amour dans la chambre. Vous avez fait l'amour dans la salle de bains, avant et après la douche.

Elle t'a demandé pourquoi ce pansement sur l'arcade sourcilière.

Tu as dit : Tout à l'heure.

Tu as dit : Ce n'est rien.

Tu as dit : Je t'aime.

Maintenant tu devines son long corps sous le drap. Dans le clair-obscur, il retrouve sa finesse adolescente. Tu regardes son visage de profil à moitié caché par les cheveux. Tu regardes ta femme qui va devenir la femme la plus redoutée de France après avoir été la plus haïe.

Tu te demandes si Dorgelles est heureux de cette réussite ou s'il n'y a pas en lui cette obscure frustration de ne pas avoir pu récolter les fruits du pouvoir. Si Dorgelles, c'est Saturne ou le roi Lear.

Tu ne sais pas à quoi elle rêve. Ou même si elle rêve. Peut-être à toi, peut-être à son futur ministère, peut-être à Stanko. Elle t'a demandé de la réveiller à onze heures pour qu'elle puisse aller au Bunker et se préparer à courir les plateaux info des éditions spéciales de la mi-journée. Tu iras avec elle, bien sûr. Tu conseilleras, bien sûr. Tu griffonneras des notes qu'on lui passera pendant les débats, bien sûr.

Mais tu éprouves avant même que tout ça ne commence une manière d'indifférence, de détachement, de fatigue. Et cela n'a rien à voir avec ta nuit blanche. Rien du tout.

Tu as cru qu'une fois la victoire acquise ce serait une fête, que tu pourrais aller exercer discrètement quelques vengeances, réparer quelques blessures narcissiques en allant faire peur à quelques gloires médiatiques et les avilir dans l'obséquiosité, et voilà que ça ne t'intéresse plus.

Agnès se retourne dans le lit.

Elle sourit dans son sommeil, puis soupire et retrouve une moue de jeune fille. Votre première nuit à Sainte-Croix-Jugan.

Il t'apparaît très clairement, alors, qu'elle ne sera plus jamais vraiment à toi désormais, Agnès.

Que la nuit solitaire que tu viens de passer préfigure une vie où il faudra l'attendre, tout le temps, entre espoir et anxiété. Que c'en est fini des escapades amoureuses sur les plages bretonnes. Qu'il faudra dire adieu aux départs décidés à la dernière minute pour les braderies du Brabant, les rues de l'Alfama, les villages blanc et bleu des Cyclades. Et tu pâlis au nom de Santorin, et de tout ce que tu vas perdre.

Tu fais glisser lentement le drap sur son corps. Tu vois d'abord les seins et tu les embrasses doucement.

Tu ne veux pas la réveiller, évidemment. Tu te rappelles le poème de Baudelaire, « La Géante » :

Parcourir à loisir ses magnifiques formes ;
Ramper sur le versant de ses genoux énormes,
Et parfois en été, quand les soleils malsains,

Lasse, la font s'étendre à travers la campagne,
Dormir nonchalamment à l'ombre de ses seins,
Comme un hameau paisible au pied d'une montagne.

    Tu repousses encore un peu le drap. Il n'y aura plus de nonchalance avec elle, plus de hameau paisible.

    Tu vois sa touffe foisonnante et noire comme l'origine du monde.

    Tu approches ta bouche.

    Finalement, tu es devenu fasciste à cause d'un sexe de fille.

DU MÊME AUTEUR

Aux Éditions Gallimard
LE BLOC, 2011, Folio Policier n° 707

Aux Éditions de La Table Ronde
UN DERNIER VERRE EN ATLANTIDE, 2009
MONNAIE BLEUE, 2009

Aux Éditions Mille et Une Nuits
PHYSIOLOGIE DES LUNETTES NOIRES, 2010
LA MINUTE PRESCRITE POUR L'ASSAUT, 2008
COMME UN FAUTEUIL VOLTAIRE DANS UNE BIBLIOTHÈQUE EN RUINE, 2007

Aux Éditions des Équateurs
EN HARMONIE, 2009

Aux Éditions Baleine
À VOS MARX, PRÊTS, PARTEZ !, 2009

Aux Éditions Syros (collection Rat Noir)
NORLANDE, 2013
LA GRANDE MÔME, 2007

Aux Éditions de l'Archipel
DERNIÈRES NOUVELLES DE L'ENFER, 2013

COLLECTION FOLIO POLICIER

Dernières parutions

465. Ken Bruen — *Toxic Blues*
466. Larry Beinhart — *Le bibliothécaire*
467. Caryl Férey — *La jambe gauche de Joe Strummer*
468. Jim Thompson — *Deuil dans le coton*
469. Jim Thompson — *Monsieur Zéro*
470. Jim Thompson — *Éliminatoires*
471. Jim Thompson — *Un chouette petit lot*
472. Lalie Walker — *N'oublie pas*
473. Joe R. Lansdale — *Juillet de sang*
474. Batya Gour — *Meurtre au Philharmonique*
475. Carlene Thompson — *Les secrets sont éternels*
476. Harry Crews — *Le Roi du K.O.*
477. Georges Simenon — *Malempin*
478. Georges Simenon — *Les rescapés du Télémaque*
479. Thomas Sanchez — *King Bongo*
480. Jo Nesbø — *Rue Sans-Souci*
481. Ken Bruen — *R&B – Le Mutant apprivoisé*
482. Christopher Moore — *L'agneau*
483. Carlene Thompson — *Papa est mort, Tourterelle*
484. Leif Davidsen — *La Danois serbe*
485. Graham Hurley — *La nuit du naufrage*
486. John Burdett — *Typhon sur Hong Kong*
487. Mark Henshaw / John Clanchy — *Si Dieu dort*
488. William Lashner — *Dette de sang*
489. Patrick Pécherot — *Belleville-Barcelone*
490. James Hadley Chase — *Méfiez-vous, fillettes!*
491. James Hadley Chase — *Miss Shumway jette un sort*
492. Joachim Sebastiano Valdez — *Celui qui sait lire le sang*
493. Joe R. Lansdale — *Un froid d'enfer*
494. Carlene Thompson — *Tu es si jolie ce soir*

495.	Alessandro Perissinotto	*Train 8017*
496.	James Hadley Chase	*Il fait ce qu'il peut*
497.	Thierry Bourcy	*La cote 512*
498.	Boston Teran	*Trois femmes*
499.	Keith Ablow	*Suicidaire*
500.	Caryl Férey	*Utu*
501.	Thierry Maugenest	*La poudre des rois*
502.	Chuck Palahniuk	*À l'estomac*
503.	Olen Steinhauer	*Niet camarade*
504.	Christine Adamo	*Noir austral*
505.	Arkadi et Gueorgui Vaïner	*La corde et la pierre*
506.	Marcus Malte	*Carnage, constellation*
507.	Joe R. Lansdale	*Sur la ligne noire*
508.	Matilde Asensi	*Le dernier Caton*
509.	Gunnar Staalesen	*Anges déchus*
510.	Yasmina Khadra	*Le quatuor algérien*
511.	Hervé Claude	*Riches, cruels et fardés*
512.	Lalie Walker	*La stratégie du fou*
513.	Leif Davidsen	*L'ennemi dans le miroir*
514.	James Hadley Chase	*Pochette surprise*
515.	Ned Crabb	*La bouffe est chouette à Fatchakulla*
516.	Larry Brown	*L'usine à lapins*
517.	James Hadley Chase	*Une manche et la belle*
518.	Graham Hurley	*Les quais de la blanche*
519.	Marcus Malte	*La part des chiens*
520.	Abasse Ndione	*Ramata*
521.	Chantal Pelletier	*More is less*
522.	Carlene Thompson	*Le crime des roses*
523.	Ken Bruen	*Le martyre des Magdalènes*
524.	Raymond Chandler	*The long good-bye*
525.	James Hadley Chase	*Vipère au sein*
526.	James Hadley Chase	*Alerte aux croque-morts*
527.	Jo Nesbø	*L'étoile du diable*
528.	Thierry Bourcy	*L'arme secrète de Louis Renault*
529.	Béatrice Joyaud	*Plaisir en bouche*
530.	William Lashner	*Rage de dents*
531.	Patrick Pécherot	*Boulevard des Branques*
532.	Larry Brown	*Fay*
533.	Thomas H. Cook	*Les rues de feu*

534.	Carlene Thompson	*Six de Cœur*
535.	Carlene Thompson	*Noir comme le souvenir*
536.	Olen Steinhauer	*36, boulevard Yalta*
537.	Raymond Chandler	*Un tueur sous la pluie*
538.	Charlie Williams	*Les allongés*
539.	DOA	*Citoyens clandestins*
540.	Thierry Bourcy	*Le château d'Amberville*
541.	Jonathan Trigell	*Jeux d'enfants*
542.	Bernhard Schlink	*La fin de Selb*
543.	Jean-Bernard Pouy	*La clef des mensonges*
544.	A. D. G.	*Kangouroad Movie*
545.	Chris Petit	*Le Tueur aux Psaumes*
546.	Keith Ablow	*L'Architecte*
547.	Antoine Chainas	*Versus*
548.	Joe R. Lansdale	*Le mambo des deux ours*
549.	Bernard Mathieu	*Carmelita*
550.	Joe Gores	*Hammett*
551.	Marcus Malte	*Le doigt d'Horace*
552.	Jo Nesbø	*Le sauveur*
553.	Patrick Pécherot	*Soleil noir*
554.	Carlene Thompson	*Perdues de vue*
555.	Harry Crews	*Le Chanteur de Gospel*
556.	Georges Simenon	*La maison du juge*
557.	Georges Simenon	*Cécile est morte*
558.	Georges Simenon	*Le clan des Ostendais*
559.	Georges Simenon	*Monsieur La Souris*
560.	Joe R. Lansdale	*Tape-cul*
561.	William Lashner	*L'homme marqué*
562.	Adrian McKinty	*Le Fils de la Mort*
563.	Ken Bruen	*Le Dramaturge*
564.	Marcus Malte	*Le lac des singes*
565.	Chuck Palahniuk	*Journal intime*
566.	Leif Davidsen	*La photo de Lime*
567.	James Sallis	*Bois mort*
568.	Thomas H. Cook	*Les ombres du passé*
569.	Mark Henshaw - John Clanchy	*L'ombre de la chute*
570.	Olen Steinhauer	*La variante Istanbul*
571.	Thierry Bourcy	*Les traîtres*
572.	Joe R. Lansdale	*Du sang dans la sciure*
573.	Joachim Sebastiano Valdez	*Puma qui sommeille*

574.	Joolz Denby	*Stone Baby*
575.	Jo Nesbø	*Le bonhomme de neige*
576.	René Reouven	*Histoires secrètes de Sherlock Holmes*
577.	Leif Davidsen	*Le dernier espion*
578.	Guy-Philippe Goldstein	*Babel Minute Zéro*
579.	Nick Stone	*Tonton Clarinette*
580.	Thierry Jonquet	*Romans noirs*
581.	Patrick Pécherot	*Tranchecaille*
582.	Antoine Chainas	*Aime-moi, Casanova*
583.	Gabriel Trujillo Muñoz	*Tijuana City Blues*
584.	Caryl Férey	*Zulu*
585.	James Sallis	*Cripple Creek*
586.	Didier Daeninckx	*Éthique en toc*
587.	John le Carré	*L'espion qui venait du froid*
588.	Jeffrey Ford	*La fille dans le verre*
589.	Marcus Malte	*Garden of love*
590.	Georges Simenon	*Les caves du Majestic*
591.	Georges Simenon	*Signé Picpus*
592.	Carlene Thompson	*Mortel secret*
593.	Thomas H. Cook	*Les feuilles mortes*
594.	Didier Daeninckx	*Mémoire noire*
595.	Graham Hurley	*Du sang et du miel*
596.	Marek Krajewski	*Les fantômes de Breslau*
597.	François Boulay	*Traces*
598.	Gunnar Staalesen	*Fleurs amères*
599.	James Sallis	*Le faucheux*
600.	Nicolas Jaillet	*Sansalina*
601.	Jean-Bernard Pouy	*Le rouge et le vert*
602.	William Lashner	*Le baiser du tueur*
603.	Joseph Bialot	*La nuit du souvenir*
604.	Georges Simenon	*L'outlaw*
605.	Kent Harrington	*Le serment*
606.	Thierry Bourcy	*Le gendarme scalpé*
607.	Gunnar Staalesen	*Les chiens enterrés ne mordent pas*
608.	Jo Nesbø	*Chasseurs de têtes*
609.	Dashiell Hammett	*Sang maudit*
610.	Joe R. Lansdale	*Vierge de cuir*
611.	Dominique Manotti	*Bien connu des services de police*
612.	Åsa Larsson	*Horreur boréale*
613.	Saskia Noort	*Petits meurtres entre voisins*

614.	Pavel Kohout	*L'heure étoilée du meurtrier*
615.	Boileau-Narcejac	*La vie en miettes*
616.	Boileau-Narcejac	*Les veufs*
617.	Gabriel Trujillo Muñoz	*Loverboy*
618.	Antoine Chainas	*Anaisthêsia*
619.	Thomas H. Cook	*Les liens du sang*
620.	Tom Piccirilli	*La rédemption du Marchand de sable*
621.	Francis Zamponi	*Le Boucher de Guelma*
622.	James Sallis	*Papillon de nuit*
623.	Kem Nunn	*Le Sabot du Diable*
624.	Graham Hurley	*Sur la mauvaise pente*
625.	Georges Simenon	*Bergelon*
626.	Georges Simenon	*Félicie est là*
627.	Ken Bruen	*La main droite du diable*
628.	William Muir	*Le Sixième Commandement*
629.	Kirk Mitchell	*Dans la vallée de l'ombre de la mort*
630.	Jean-François Vilar	*Djemila*
631.	Dashiell Hammett	*Moisson rouge*
632.	Will Christopher Baer	*Embrasse-moi, Judas*
633.	Gene Kerrigan	*À la petite semaine*
634.	Caryl Férey	*Saga maorie*
635.	James Sallis	*Le frelon noir*
636.	Gabriel Trujillo Muñoz	*Mexicali City Blues*
637.	Heinrich Steinfest	*Requins d'eau douce*
638.	Simon Lelic	*Rupture*
639.	Jenny Siler	*Flashback*
640.	Joachim Sebastiano Valdez	*Les larmes des innocentes*
641.	Kjell Ola Dahl	*L'homme dans la vitrine*
642.	Ingrid Astier	*Quai des enfers*
643.	Kent Harrington	*Jungle rouge*
644.	Dashiell Hammett	*Le faucon maltais*
645.	Dashiell Hammett	*L'Introuvable*
646.	DOA	*Le serpent aux mille coupures*
647.	Larry Beinhart	*L'évangile du billet vert*
648.	William Gay	*La mort au crépuscule*
649.	Gabriel Trujillo Muñoz	*Mezquite Road*
650.	Boileau-Narcejac	*L'âge bête*
651.	Anthony Bourdain	*La surprise du chef*

Composition IGS-CP
Impression Novoprint
le 15 septembre 2013
Dépôt légal : septembre 2013
ISBN 978-2-07-045309-2/Imprimé en Espagne.

252477